Ich bin V wie Vincent

LUCINDE HUTZENLAUB

ICH BIN V wie VINCENT

PLANET!

Für uns alle.
Superhelden unseres eigenen Lebens.

#dubistnichtallein
#vwievincent
#mutigundwahr

KAPITEL 1

Milo

Milo sah nervös auf die Uhr. Der Unterricht hatte vor genau drei Minuten und siebenundvierzig Sekunden begonnen. Seitdem stand er nun schon reglos vor der Klassenzimmertür. Drinnen im Raum herrschte immer noch Chaos. Gerade hatte der Lehrer mit lauter Stimme das erste Mal um Ruhe gebeten. Milo vermutete, dass es Herr Doktor Schneider war. Dieser Name stand zumindest auf dem Zettel, den er in seinen feuchten Händen hielt: Doktor Hans-Georg Schneider, Mathematik/Geografie. Klassenlehrer 10c. Klassenzimmer N114.

N wie Neubau. N wie der *Neue*.

Milo atmete tief ein und wieder aus. Seine Hände zitterten und er schwitzte. In seinem Magen breitete sich ein flaues Gefühl aus, je länger er hier stand. Am liebsten wäre er weggelaufen. Er schloss die Augen.

Ruhig bleiben, Milo, ermahnte er sich selbst und versuchte, all die positiven Gedanken hervorzukramen, die seine Großmutter ihm gestern via Skype noch mit auf den Weg gegeben hatte. »Jeder Neuanfang ist auch eine Chance, Milo. In deiner alten Klasse warst du total beliebt. Du findest bestimmt schnell neue Freunde. Sei einfach du selbst«, hatte sie ihm geraten.

Ihr Lächeln war so zuversichtlich gewesen, dass er selbst daran geglaubt hatte, dass heute ein guter Tag werden würde. Zumindest solange sie geskypt hatten. Aber schon in der Nacht waren ihm Zweifel gekommen. Es war nicht wirklich ein Kunststück, Milo zu sein, dort, wo seine Freunde waren. Es war etwas ganz anderes, den vielen Augen und dem strengen Urteil einer neuen Klasse ausgeliefert zu sein.

Aber es half ja alles nichts. Er lächelte, um sich selbst aufzumuntern, und griff nach dem Himba-Armband mit den drei kleinen Muscheln, das seine Großmutter ihm zum Abschied aus Namibia geschenkt hatte. Jede Muschel stand für etwas anderes: die erste für Mut, die zweite für Zuversicht und die dritte für die Liebe. Wenigstens hatte er seinen Glücksbringer dabei. Er schaute an sich herunter. Wie immer hatte er sich mit seinem Outfit Mühe gegeben: Weißes Hemd, eine beige, bis über die Knöchel hochgekrempelte Chino und helle Sneakers. Neutral, aber stylish. Am Dienstag war er extra noch beim Friseur gewesen, aber ganz kurz wollte er sich die Haare nicht schneiden lassen. Die Spitzen waren immer noch von der namibischen Sonne gebleicht. Er fand sich okay. Nicht so lässig wie Carl, sein kleiner Bruder, und ganz bestimmt auch nicht so auffallend gut aussehend, aber eben okay. Außerdem musste es reichen. Mehr hatte er einfach nicht zu bieten. Und er würde jetzt ja wohl kaum noch mal nach Hause fahren und sich umziehen, selbst wenn er gekonnt hätte. Nein, wenn er jetzt ginge, dann würde er nicht mehr hierher zurückkommen. Denn dann würde er in dem Zimmer, das sich vielleicht niemals wie seines anfühlen würde, ein paar Klamotten in einen Koffer werfen, ein Taxi zum Flughafen nehmen und nach Namibia zurückfliegen. Elf Stunden später wäre er in Windhoek. Sein wahres Zuhause. Kurz gönnte er sich die Fantasie, wie ihn alle am Flughafen abholen würden: seine Freunde Jake, Ferdi, Susan, Ellie und Mats und seine Großeltern natürlich.

Aber nein. Sein Zuhause war jetzt hier. Mit seinen Eltern und Carl. Milo schnaubte und legte seine Hand auf die Türklinke. Nein, es half alles nichts. Augen zu und durch. Ein letzter tiefer Atemzug und dann drückte er die Klinke nach unten.

Alle Gespräche verstummten sofort. Jeder einzelne Schüler starrte ihn an, selbst Doktor Schneider (wenn er es denn war) hatte mitten in der Bewegung innegehalten. Es sah so aus, als drohe er dem großen kräftigen Jungen mit den blonden Haaren in der ersten Reihe mit erhobener Hand. Der grinste nur. Schnell ließ Milo den Blick durch die Klasse schweifen, aber seine Augen fanden nicht ein einziges freundliches Gesicht, kein willkommen heißendes Lächeln, an dem er sich hätte festhalten können. Innerhalb von Sekundenbruchteilen fiel Milos restliches Selbstvertrauen in sich zusammen wie ein Kartenhaus bei einer Sturmbö. Er hatte sich noch nie in seinem Leben so fremd gefühlt.

»Äh. Ich …«

Herr Doktor Schneider ließ seine Hand sinken und wandte sich ihm widerwillig zu. Offensichtlich gefiel ihm diese Störung überhaupt nicht. Ob er überhaupt wusste, dass er ab heute einen neuen Schüler hatte?

»Ja?«, genervt zog er seine Augenbrauen nach oben.

»Ich äh, ich …«

»Ja, was denn? Du äh, du äh …«

Die Klasse lachte.

Milo schwitzte noch mehr. Das Bedürfnis zu fliehen, war kaum noch zu unterdrücken. Mühsam schluckte er den Kloß im Hals herunter.

Nicht heulen, Milo, sonst hast du gleich komplett verkackt.

Dann brauchst du morgen überhaupt nicht mehr wiederzukommen!

Er schluckte noch einmal und räusperte sich kurz. Dann strich er über das Himba-Armband, um sich Mut zu machen, und schließlich blieb sein Blick an der überdimensionalen Weltkarte hängen, die an der hinteren Klassenzimmerwand hing. Unten links war Afrika. Und Namibia ein kleines, beinahe perfektes Dreieck an der Westküste.

»Ich bin Milo Zander. Ich soll ... hier in diese Klasse ...« Souverän ging anders. Aber immerhin waren es beinahe zwei vollständige Sätze gewesen.

»Zander? Wie der Fisch?« Der Junge aus der ersten Reihe, der Milo als Allererstes aufgefallen war, drehte sich nach hinten um und feixte.

»Hey, Leute! Wir haben einen Neuen in der Klasse! Einen neuen Fisch!« Die Ersten lachten.

Ein feuchtes Papierkügelchen traf Milo an der Wange und er zuckte zusammen. In seinen Ohren rauschte es. Oh Gott. Das fing noch schlimmer an, als er es sich ausgemalt hatte. *Nicht heulen! Und bitte auch nicht ohnmächtig werden!*

»Ruhe!«, donnerte Herr Doktor Schneider. »Ruhe, verdammt noch mal! Wir haben nicht einmal die erste Schulstunde hinter uns gebracht und schon bin ich wieder ferienreif! Max!« Er drehte sich zu dem blonden Jungen in der ersten Reihe um. »Du fängst wohl genau da an, wo du im letzten Schuljahr aufgehört hast, was? Ich warne dich: dass du in der zehnten Klasse bist, hat mehr mit Glück zu tun als mit dem bisschen Verstand, den du zwischen den Ohren hast! Ich will von dir jetzt nichts mehr hören, sonst bist du schneller aus diesem Klassenzimmer draußen, als du piep machen kannst!«

»Piep!«

Herr Doktor Schneider verdrehte die Augen und schnaubte, aber Max wusste offensichtlich, wie weit er gehen konnte, denn anstatt ihn tatsächlich vor die Tür zu setzten, wandte sich Herr Doktor Schneider seufzend wieder an Milo.

»Und du? Neuer! Zander! Es wäre schön gewesen, wenn das Sekretariat mich ein einziges Mal informiert hätte. Aber da kann ich wohl warten, bis ich schwarz werde. Setz dich dahinten in die letzte Reihe neben Sarah! Und ab morgen bist du pünktlich, verstanden?«

»Verstanden, Herr Doktor Schneider«, sagte Milo und warf sich seinen Rucksack über die Schulter, den er zwischen seinen Füßen abgestellt hatte. Nur weg hier und aus der Schusslinie von Schneider, Max und den beißenden Blicken der 10c. Er machte den ersten Schritt. Dann blieb er stehen.

»Ich heiße Milo, Herr Doktor Schneider. Milo Zander.« *Verstanden?*

Feindschaft auf den ersten Blick, dachte Milo. Vermutlich war es nicht unbedingt schlau gewesen, sich gleich zu Beginn beim Klassenlehrer unbeliebt zu machen. Aber neu oder nicht – auch Milo hatte seine Grenzen. Er spürte Schneiders Blick im Nacken, als er vorsichtig zwischen den ersten beiden Tischen hindurch nach hinten ging und sich dabei bemühte, nicht über die Taschen zu stolpern, die im Weg lagen.

Hätte er nicht ein bisschen mehr Glück mit seinem Klassenlehrer haben können? Wehmütig dachte er an Frau Stein, die seit der Grundschule seine Lehrerin an der Deutschen Schule in Windhoek gewesen war. Sie war zwar streng und anspruchsvoll, was die Leistung und das Benehmen ihrer Klasse anging, aber fair.

»Hey, Goldfisch, Vorsicht mit meinem Rucksack, ja? Sonst bringe ich morgen meine Katze mit in die Schule – die steht nämlich auf Fische wie dich!«, grölte dieser Max ihm hinterher.

Milo drehte sich kurz um, und sah ihm direkt in die Augen. Glitzernde Wut lag in Max' Blick und eine Leere, die Milo beinahe noch mehr erschreckte. Dieser Typ stand auf Stress, so viel war klar. Besser, er hielt sich aus seiner Schusslinie heraus. Milo schluckte eine Erwiderung runter und ging, so schnell er konnte, in die hinterste Reihe. Vorbei an sich drehenden Köpfen, fliegenden Papierkügelchen, Gelächter und Menschen, aus deren Gesichtern nichts anderes sprach als Hohn, Ablehnung und Kälte.

Den Rest seines ersten Schultages verbrachte Milo hauptsächlich im Klassenzimmer und bemühte sich darum, so unsichtbar wie möglich zu sein. Wenn er auch insgeheim darauf gehofft hatte, dass sich vielleicht irgendjemand für ihn interessierte – und zwar nicht nur um herauszufinden, wie man ihn am besten quälen konnte –, so musste er diese Hoffnung schnell begraben. Nein, das Beste, was ihm passieren konnte, war wohl, dass sich *niemand* für ihn interessierte. Vor allem nicht dieser Max. Milo beglückwünschte sich selbst dazu, dass er geistesgegenwärtig genug gewesen war, sich ein Pausenbrot mitzunehmen, und bis zu Chemie in der fünften Stunde das Klassenzimmer nicht verlassen musste.

Wenigstens hatten sie nicht gleich am ersten Tag Sport. Das kam erst am Donnerstag auf ihn zu. Normalerweise hatte Milo Spaß im Sportunterricht, vor allem, wenn wie jetzt Basketball auf dem Lehrplan stand. Seine Sportart. Aber was machte er sich überhaupt Gedanken um morgen? Erst einmal musste er heute überstehen.

Das Theodor-Heuss-Gymnasium war so viel größer als seine alte Schule, in der er jeden Winkel, jedes Zimmer und definitiv jeden Schüler kannte. Hier sah alles und jeder gleich aus. Er hatte schon am Morgen Schwierigkeiten gehabt, überhaupt das Klassenzimmer zu finden, sich aber dann einfach nicht von seinem Platz wegbewegt. Das hatte zum einen den Vorteil, dass er sich nicht verlaufen konnte, und zum anderen, dass er in den Pausen nicht den Sticheleien von diesem Max ausgesetzt war, der das Klassenzimmer immer schon während des Klingelns verließ. Sich unsichtbar zu machen war ihm gut gelungen.

Zur Fünften hängte er sich auf dem Weg zum Chemieunterricht einfach an die anderen dran. Er durfte nur nicht seine Klasse aus den Augen verlieren. Ob er es wohl je schaffen würde, ihre Gesichter zu unterscheiden? Einen Freund zu finden? Namibia und seine Freunde dort nicht in jeder einzelnen Sekunde zu vermissen? Nun, er hatte mindestens ein ganzes Schuljahr vor sich, um das herauszufinden. Ein ganzes Jahr. Und dann würde er weitersehen. Dabei fiel es ihm schon schwer, über diesen allerersten Schultag hinauszudenken.

Ein Schritt nach dem anderen, Milo. Du schaffst das schon. Jeder und alles hat schließlich eine zweite Chance verdient, sagte seine Großmutter immer. Und morgen war auch noch ein Tag.

KAPITEL 2

Milo

»Milo?« Seine Mutter klopfte an die Zimmertür. Milo sah auf. Erst jetzt stellte er fest, dass es draußen langsam dunkel wurde. Anscheinend war der Nachmittag an ihm vorübergezogen, ohne dass er es bemerkt hatte.

»Ja?«

»Kommst du zum Abendessen?«

Er blinzelte. Milo hatte überhaupt keine Lust, den Platz vor seinem Computer zu verlassen. Seit Stunden saß er einfach nur da und starrte bewegungslos auf den Bildschirm im Stand-by-Modus. Er hatte keine Kraft, auch nur die Maus zu bewegen. Beinahe fühlte er sich, als hätte dieser erste Schultag ihn komplett gelähmt. Wenn er nur lange genug hier saß, loggte sich ja vielleicht doch noch einer seiner alten Freunde ein. Milo schaute auf die Uhr. Halb sieben. Wenn es hier halb sieben war, dann war es in Namibia halb acht. Ebenfalls Abend. Es war Mittwoch. Und somit waren garantiert alle an der Schule beim wöchentlichen Basketballtraining. Heute würde sich wohl keiner von seinen Freunden mehr bei ihm melden. Milo seufzte. In seinen Gedanken hörte er beinahe das Quietschen der Turnschuhe auf dem Hallenboden, das Geräusch, wenn der Ball vom Boden abprallte, und das Gelächter. Plötzlich hatte er sogar den Geruch der Turnhalle in der Nase. Er schloss die Augen und lächelte. Dass er sogar einmal Heimweh nach dem Turnhallengeruch haben würde, war schon auch irgendwie lustig. Wenn er nur dort sein könnte.

Sehnsüchtig dachte er an die fröhlichen Abende beim Training. An all das Geplänkel, die Neckereien und kleinen Kämpfe um den Sieg. Wobei, am Ende hatten immer alle irgendwie gewonnen: Jake und Ferdi hatten die meisten Körbe gemacht. Dafür war Susan superschnell und die winzige Ellie unheimlich wendig, wenn es darum ging, sich am Gegner vorbeizumogeln. Mats und er selbst waren Riesen, an denen kaum einer vorbeikam. Aber der absolute Superstar war Milos kleiner Bruder Carl. Von wegen klein. Er war zwar beinahe zwei Jahre jünger als er selbst, aber schon jetzt mindestens einen Kopf größer. Außerdem hatte er viel mehr Energie, war superschnell und wendig, und hatte noch dazu eine unglaubliche Sprungkraft. Wer Carl im Team hatte, war der Gewinner. Dabei war Carl selbst immer am erstauntesten, wenn seine Mannschaft gesiegt hatte. Er feierte jeden Korb, als sei er ein Wunder, und dabei war es ihm egal, ob es ein eigener oder einer der gegnerischen Mannschaft war.

Milo lächelte beim Gedanken an seinen kleinen Bruder. Er war so stolz auf ihn. Carl erzählte absolut jedem, ob er es wissen wollte oder auch nicht, dass er mal Profi werden wollte. Namibischer Basketballprofi selbstverständlich. Ob er wohl noch daran glaubte, obwohl sie hier bisher keinen Verein für ihn gefunden hatten und der Basketball seit ihrer Ankunft in Deutschland hinter der Eingangstür lag, ohne je benutzt zu werden? Carl schien auf gar nichts mehr Lust zu haben, seitdem sie in Deutschland waren. Am wenigsten auf Basketball.

Sie hatten hier noch nicht einmal eine Einfahrt, in der sie einen Korb aufstellen konnten. Anstelle des großzügigen Hauses und weitläufigen Gartens in Namibia wohnten sie hier in einem winzigen Häuschen, das Mama schon vor ein paar Jahren von ihrer Tante geerbt hatte.

Nichts gegen das Haus. Es war zwar klein und alt, aber Papa, Carl, Mama und er hatten es sich supergemütlich eingerichtet. Den ganzen Sommer über hatten sie Wände herausgerissen, alles neu gestrichen und nachdem eine neue Küche und ein neues Bad eingebaut worden war (was ihre Reserven komplett verschlungen hatte) und die Möbel, Decken und Teppiche, Bilder und Lampen aus ihrem alten Haus endlich angekommen waren, war es sogar ziemlich cool geworden. Aber auch sehr endgültig.

Nein, Milo hatte absolut keinen Hunger. Andererseits: Seine Mutter allein am Küchentisch sitzen zu lassen, ging irgendwie auch nicht. Sein Vater arbeitete gefühlte vierundzwanzig Stunden am Tag, und seitdem er diesen neuen Job als verantwortlicher Ingenieur bei einer Baufirma angenommen hatte, ging er in seiner Freizeit meist in den Keller, um, wie er sagte, endlich mal die restlichen Umzugskisten auszupacken. In Wahrheit gab es dafür keinen Grund, denn die meisten Kisten waren längst leer. Er wollte wohl einfach für sich sein.

Carl lag in seinem Bett und schlief. Wie sein erster Tag gewesen war, hatte Milo nicht herausfinden können. Als Milo von der Schule heimkam, hatte er schon im Bett gelegen und das »Nicht eintreten, Todesgefahr!«-Schild an seiner Tür aufgehängt. Es hatte zwar schon in Namibia an seiner Zimmertür gehangen, aber immer mit der »Hallo und herzlich willkommen, komm rein, wenn du was zu essen dabeihast«-Aufschrift nach vorne.

Milo gab sich einen Ruck. »Ich komme!« Er warf einen

letzten sehnsüchtigen Blick auf den grauen Bildschirm und stand auf, um zu seiner Mutter in die Küche zu gehen. Vielleicht konnte er ihr ja erzählen, wie es heute gewesen war. Und vielleicht konnte sie ihn trösten, wusste irgendwas, das ihm Hoffnung geben konnte. Oder ganz vielleicht reichte es einfach schon, wenn sie ihn ansah, wirklich ansah, und nicht durch ihn hindurch, wie so oft in den letzten Tagen und Wochen.

»Mama?« Milo hatte beinahe aufgegessen und schob mit seiner Gabel nun das letzte Stückchen Huhn auf seinem Teller herum. Sie hatten während des Essens kaum ein Wort miteinander gewechselt und es hatte Milo einige Kraft gekostet, nicht aufzuspringen und davonzulaufen. Oder schlimmer noch, seine Mutter anzubrüllen und sie zu fragen, was ihr eigentlich einfiel, sein komplettes Leben in eine unendlich deprimierende Abfolge von Tagen zu verwandeln, von denen einer schlimmer werden würde als der nächste. Er schluckte. Wut und Traurigkeit rannen scharf seine Kehle hinab und brannten in seinem Magen wie Feuer.

»Ja?« Auch seine Mutter schien nicht wirklich hungrig zu sein. Sie pikte mit der Gabel in ihrem Salat, ohne wirklich etwas zu essen. Als sie ihn ansah, waren ihre Augen müde. So müde. Milo wusste, dass auch sie erschöpft und traurig war und seine Wut fiel in sich zusammen.

Nein, er wollte absolut nicht, dass sie sich auch noch um ihn Sorgen machen musste. »Ach, vergiss es.«

Milo versuchte zu lächeln, aber es fiel ihm schwer. Am liebsten würde er fragen, warum sie nicht einfach wieder zurückgehen konnten. Zurück nach Namibia und in ihr altes Leben. Aber er kannte die Antwort. Sie waren in Deutschland, weil sein Vater in Namibia seinen Job als Ingenieur verloren hatte und seine neue Arbeitsstelle eben hier war. Besser bezahlt. Sicherer. Und jetzt, nachdem beide Eltern ihr ganzes restliches Geld in den Umbau des Hauses gesteckt hatten, war eine Rückkehr nach Namibia sowieso unmöglich. Auch wenn die Großeltern mithalfen (und das würden sie sicher tun, schließlich lebten sowohl die Eltern seiner Mutter als auch die seines Vaters dort und wollten ihre Enkel gern in der Nähe haben) – aber das war einfach nicht drin. Nein, die Antwort hatte er oft genug in den letzten Wochen von ihnen gehört und mit der Frage quälte er sie nur. Und sich selbst sowieso. Vermutlich hatte seine Mutter noch nicht einmal die Energie, um Heimweh zu haben.

Seine Mutter griff nach Milos Hand. »Komm schon, Milo, was ist los? Erzähl mir doch ein bisschen von deinem ersten Tag?« Aufmunternd lächelte sie ihn an, aber ihre Augen blieben traurig. Milo kniff die Lippen aufeinander und zog seine Hand aus ihrer.

»Ach, der erste Tag … Nichts Besonderes, Mama.«

Früher wäre keine Lüge über seine Lippen gekommen. Es gab einfach auch keinen Grund. Heute log er seine Mutter mit Leichtigkeit an. Er redete sich ein, dass dies zu ihrem Schutz geschah.

»Und deine Klasse? Sind ein paar nette Jungs dabei?«

Max' Bild erschien vor Milos Augen und er zuckte zusammen. Nur nicht an ihn oder gar an morgen denken. »Ach Mama, ich kenne ja noch keinen. Die sind bestimmt alle ganz … okay?« Für eine Sekunde schloss er die Augen. Hoffentlich kaufte sie ihm das ab. Seine Mutter war zwar sehr mit sich selbst beschäftigt, aber trotzdem hätte sie niemals zugelassen, dass eines ihrer Kinder gequält wird. Zu wissen, wie grässlich Milos erster Tag wirklich gewesen war, hätte für sie alles noch viel schlimmer gemacht. Und was konnte sie schon tun? Nichts. Gar nichts. Da musste er wohl alleine durch.

»Es geht mir gut.« Da, schon wieder. Als er den Zweifel in ihrem Blick las, legte er nach. »Alles gut.«

Er bemühte sich um ein glaubhaftes Lächeln, während sein Herz schmerzhaft den gleichen immer wiederkehrenden Takt schlug: *Frag nach! Frag nach! Frag nach!*

Enttäuscht und gleichzeitig erleichtert darüber, dass sie es nicht tat und dass er diesen schrecklichen Tag überstanden hatte, ohne zusammenzuklappen, stand er schließlich vom Tisch auf. »Muss los. Hausaufgaben. Sorry, Mama.«

Das schlechte Gewissen, weil er seine Mutter allein am Tisch sitzen ließ, breitete sich langsam aber stetig in seinem Magen aus. Gleichzeitig hielt er es nicht eine Sekunde länger aus. Diese beschissenen Lügen! Raus! Er wollte raus! Nach Hause! Zurück in sein altes Leben! Dass er nicht einfach zurückkehren konnte, zerriss ihm zuverlässig spätestens dann das Herz, wenn er in seinem Bett lag und die Augen schloss. Sein Verstand betete tagsüber immer die gleichen Argumente herunter und hielt seine Gefühle in Schach. Aber in der Nacht übernahmen sein Herz und die Sehnsucht nach zu Hause die Oberhand.

Manchmal, wenn er nachts aufs Klo musste, wusste er im ersten Moment nach dem Aufwachen nicht so richtig, wo er genau war, bis die Kälte vom Fußboden in seine Füße kroch und ihn endgültig aus seinem Namibiatraum aufweckte. Das war der absolute tägliche Tiefpunkt. Zumindest bis heute.

Nach dem Tag in der Schule war Milo allerdings klar, dass es immer noch schlimmer werden konnte. Viel schlimmer.

»Gute Nacht, Mama.« Er legte im Vorbeigehen seine Hand auf die Schulter seiner Mutter.

Kurz schmiegte sie ihren Kopf an seinen Arm und seufzte. »Gute Nacht, Schätzchen. Schlaf gut.«

Schätzchen. Ein Kosename, so oft beiläufig gebraucht, dass er komplett die Bedeutung verloren hatte. Sie hätte genauso gut »Gute Nacht, Fremder« sagen können. Oder einfach gar nichts.

Milo schleppte sich die Treppe hinauf, um in sein Zimmer im ersten Stock zu gelangen. Mittlerweile war Carl aufgewacht. Milo hörte irgendeinen Hardcore Rap durch die Tür. Verwundert blieb er stehen. Schien nicht so, als sei Carl besonders guter Laune.

»Carl?« Er klopfte. Nichts.

Carl hatte ihn bestimmt nicht gehört. Wie sollte er auch, bei dem Krach. Er klopfte lauter.

Keine Reaktion. Vorsichtig öffnete er die Tür und schaute durch den Spalt.

Er lag auf seinem Bett und starrte an die Decke. Auf seinem Bauch lag ein Sofakissen und er trug eine schwarze Mütze, die er tief ins Gesicht gezogen hatte.

»Hey! Carl!«, sagte Milo laut und machte ein paar Schritte auf seinen Bruder zu.

»Hau ab!«, antwortete Carl, ohne sich zu rühren.

Abrupt blieb Milo stehen. »Geht's noch? Was soll ich?«

»Was ist? Was stehst du hier so rum? Bist du blind? Ich chille! Lass mich in Ruhe, Mann, und verpiss dich aus meinem Zimmer!«

Carl zog die Mütze noch tiefer in sein Gesicht und drehte sich zur Wand, während die Bässe unvermindert laut wummerten.

Milo kniff die Augen zusammen. Das war ja echt kaum auszuhalten. Am liebsten hätte er sich die Ohren zugehalten und sich in seinem eigenen Zimmer versteckt, aber er würde nicht gehen, ohne dass er wusste, was hier los war. Noch drei weitere Schritte und er stand an Carls Bett. Irgendwie roch es hier seltsam.

Milo setzte sich auf die Bettkante. »Sag mal, hast du sie noch alle? Was ist denn los mit dir? Und warum stinkt es hier so nach Rauch?«

Immerhin drehte sich Carl jetzt zu ihm um und schob die Mütze nach oben. Wütend starrte er Milo an.

»Kannst du nicht lesen? Ich will alleine sein, okay? Und ich hab überhaupt keinen Bock, über irgendwas zu reden. Du mit deinem ›Wo ist das Problem, kleiner Bruder‹-Getue gehst mir so was von auf den Sack!« Er setzte sich aufrecht hin und nahm seine Mütze in die Hand. Wütend fuhr er fort, während er Milo böse anstarrte. »Es *gibt* nämlich ein Problem: Ich finde es hier zum Kotzen. Ich finde die Schule zum Kotzen. Und weißt du was? Dich finde ich am allermeisten zum Kotzen. Dieses weichgespülte ›Wir kriegen das schon irgendwie hin, Carl …!‹ Ich kann es nicht mehr hören! Was willst du denn machen? Wie Superman alles zum Guten wenden? Ach, komm schon! Geh in dein Zimmer und träum weiter, Milo, und lass mich einfach nur in Ruhe!« Damit drehte er sich mit dem Gesicht wieder zur Wand.

Milo stand da wie vom Donner gerührt.

Ja, sie hatten sich früher ab und zu gestritten und sie waren ganz sicher auch in den letzten Jahren nicht immer einer Meinung gewesen, aber derart grob und aggressiv hatte er Carl noch nie erlebt. So wie er gerade drauf war, konnte Milo ihm allerdings auch nicht helfen.

Milo verließ Carls Zimmer ohne ein weiteres Wort. Nachdem er die Tür hinter sich zugezogen hatte, lehnte er sich gegen die Wand und schloss für einen Moment die Augen.

Wie Superman, hatte Carl gesagt. Schön wäre es, wenn er dessen Eigenschaften tatsächlich hätte. Als Erstes würde er ... ach was auch immer es war, Hauptsache, sein Bruder fand es cool und es brachte ihn wieder zum Lachen. Carl hatte recht, er würde wirklich gerne alle Probleme von jedem lösen. Aber stattdessen kam er noch nicht einmal mit seinen eigenen klar.

Sorry, Carl, bin kein Superheld.

Wenn, dann wäre er sowieso nicht Superman, sondern eher »V« aus seinem Lieblingsfilm »V wie Vendetta«. Dieser Typ, also V, kämpfte ganz allein für die Wahrheit und die Unterdrückten in England. Er war ein Mensch. Einer gegen alle. Oder vielmehr *für* alle. Es glaubte ihm nur keiner. V trug den ganzen Film über eine Guy-Fawkes-Maske. So eine weiße, mit einem Bärtchen über dem eingestanzten Grinsen. Irgendwann im vorletzten Jahr hatte Milos Vater ihm auch so eine Maske mitgebracht und seitdem hing sie über seinem Bett. Milo hatte sich manchmal vorgestellt, wie es wäre, V zu sein. Ein bisschen V war er sogar tatsächlich. Immerhin war sein zweiter Vorname Vincent. Milo – V – Zander.

Er grinste. Obwohl er den Film schon mindestens hundert Mal gesehen hatte, stürzte ihn das Ende jedes Mal wieder in eine kleine Krise.

Milo beschloss, dass es höchste Zeit war, ihn zum hundertundersten Mal anzuschauen.

Er griff nach der Guy-Fawkes-Maske und setzte sie auf. Ganz schön unpraktisch dieses Ding, dachte er, wenn man ein Held sein wollte und immer mit einer Hand die Maske halten musste.

KAPITEL 3

Milo

Am nächsten Morgen war Milo der Erste im Klassenzimmer. Er hatte sich ausgerechnet, dass es vermutlich angenehmer war, wenn er vor seinen neuen Klassenkameraden dort war und schon saß, wenn einer nach dem anderen hereinkam. So hatte er vielleicht die Möglichkeit, irgendjemand in dieser Klasse auszumachen, der nicht so war wie Max.

Seine neue Nebensitzerin Sarah schien okay zu sein. Gestern hatte sie zwar nichts mit ihm geredet, sondern nur ihre Sachen zur Seite geräumt, damit er Platz für seine hatte. Aber ganz kurz hatte sie ihn sogar angelächelt.

Ansonsten hatte er nicht viel wahrgenommen. Zu sehr war er damit beschäftigt gewesen, sich zusammenzureißen. Er hatte sich bemüht, die ganzen Fischsprüche und das Gelächter an sich abprallen zu lassen und sich dafür auf sein neues Mantra konzentriert: *Es kann nur besser werden. Es kann nur besser werden. Es kann nur …* Es musste einfach.

Und noch viel wichtiger: Was war nur los mit Carl?

Offensichtlich ging es ihm nicht gut, aber warum war er so wütend auf Milo? Am allermerkwürdigsten war auf jeden Fall, dass er nicht zum Abendessen gekommen war. Der Carl, den Milo kannte, ließ keine Mahlzeit aus. Er lag auch nicht schon am Nachmittag im Bett und schlief. Nein, der Carl, den Milo in Namibia kannte, war immer unterwegs gewesen. Und dieser Rauchgeruch – ekelhaft. Dabei war Carl überzeugter

Sportler und militanter Nichtraucher. Rauchen passte absolut nicht zu ihm.

Das Klassenzimmer füllte sich langsam und der Geräuschpegel nahm zu, während seine neuen Mitschüler nach und nach eintrudelten und sich dabei meist über irgendwelche Videos, die sie gesehen oder Spiele, die sie gezockt hatten unterhielten. In Namibia wäre er einer von ihnen gewesen. Wobei Ellie, Jake und Susan V mittlerweile selbst so gut kannten, dass sie bei der Erwähnung des Films vermutlich die Augen verdreht hätten. Er grinste. Wenigstens hatte er sie in Gedanken immer bei sich. Ob hier auch jemand den Film kannte?

Ein merkwürdiges Gefühl, wenn keiner mit einem sprach. Als ob er unsichtbar wäre. Ob sich Carl genauso fühlte?

Milo nahm sich vor, am Nachmittag noch einmal mit seinem Bruder zu reden. Man konnte doch nicht von einem auf den anderen Tag ein anderer Mensch werden, oder?

Heute morgen war Carl mürrisch und wortkarg gewesen, und so waren sie schweigend nebeneinanderher zur Schule geradelt.

Carls Lachen fehlte Milo genauso wie die Sonne und die Wärme Namibias. Ach, er vermisste den ganzen Kerl. Es kam ihm beinahe so vor, als lägen nicht Tausende Kilometer zwischen ihm und dem Land, in dem er und Carl geboren und aufgewachsen waren, sondern als hätte dieser Umzug eine unüberbrückbare Distanz zwischen ihnen beiden geschaffen. Seltsam. Dabei lebten sie nach wie vor unter einem Dach, Zimmer an Zimmer, und doch weiter entfernt voneinander als je zuvor.

Hoffentlich hatte es seinen kleinen Bruder nicht ganz so schlimm erwischt wie ihn selbst. Wenn Milo nur dafür sorgen könnte, dass Carl zurechtkam, dann müsste er sich wenigstens um ihn keine Sorgen mehr machen. Das löste zwar seine eigenen Probleme nicht, aber …

Die Klassenzimmertür wurde aufgestoßen und drei Jungs betraten den Raum. Einer davon war Max. Die anderen beiden schienen seine besten Kumpels zu sein. Ein großer, dünner mit Brille und vielen Pickeln im Gesicht stieß Max in die Seite.

»Guck mal, der Fisch ist schon da!«, sagte er und kicherte albern. Der andere, ein kleiner schmächtiger, lachte laut über den lahmen Scherz. Offensichtlich war er mitten im Stimmbruch, denn seine Stimme schwankte von einem kieksigen hohen Ton zu einem rauen Krächzen.

»Hast du deine Katze mitgebracht, Chef?«, fragte er und grinste.

Milo traute seinen Ohren kaum. *Chef?*

»Quatsch, Tim, du Blödsack. Ich hab doch gar keine Katze!«, sagte Max und stieß Tim grob in die Seite. »Und wenn, würde sie doch so einen Blindfisch gar nicht anrühren!« Gehässig grinsend fläzte er sich auf seinen Stuhl, während sich Tim neben ihn setzte und ihn bewundernd ansah, als sei er das Beste, was einem am zweiten Tag im neuen Schuljahr passieren konnte. Der große Blonde ließ sich auf der anderen Gangseite nieder.

Alle drei drehten sich zu ihm um, während nach und nach die anderen Schüler eintrudelten.

»Und Neuer, wie läuft's? Wo kommst du eigentlich her?«, fragte Max und es klang eher neugierig als gemein, auch wenn sich Milo gewünscht hätte, er hätte ihn mit seinem Namen angesprochen und nicht mit »Neuer« – obwohl, im

Grunde hatte Max ja recht. Er war neu. Und seine Chance auf ein einigermaßen erträgliches Schuljahr tendierte gegen null.

Milo nahm sich trotzdem vor, vorerst die Hoffnung nicht aufzugeben. Er lächelte ein wenig schief, aber mehr als das war einfach nicht drin. Er räusperte sich. So richtig wollte ihm seine Stimme heute Morgen noch nicht gehorchen.

»Ich komme aus Namibia, aus der Nähe von Windhoek. Und ich heiße Milo.« Es konnte bestimmt nicht schaden, es zu erwähnen. Vielleicht hatten sie seinen Namen einfach nur vergessen. Oder auch nicht.

»Was du nicht sagst, *Neuer*. Aus Namibia? Das ist doch irgendwo in Afrika? Wie kommt's dann, dass du so weiß bist? Du bist echt der weißeste Nigger, den ich je gesehen habe! Und ihr, Jungs?« Beifall heischend drehte er sich zu dem langen Blonden um. Ein paar andere aus der Klasse hatten sich um Max herumgesetzt und lachten.

Oh Gott. In was war er da nur reingeraten? Eines war auf jeden Fall völlig klar: Sie hatten nicht einfach nur einen schlechten Start gehabt. Max suchte regelrecht jemanden, den er quälen konnte. Am liebsten mit Publikum. Und anscheinend hatte er in Milo diesen jemand gefunden.

Sarah war noch nicht da und Milo saß ganz allein in der letzten Reihe. Die Bänke vor ihm waren alle leer. Jeder, der bisher diesen Raum betreten hatte, setzte sich sofort neben Max. Milo kam sich vor wie ein exotisches Tier im Zoo, das von neugierigen Besuchern angestarrt wurde. Ein fremdes ekliges Tier. Genauso schauten ihn alle an. Vielleicht war unsichtbar sein doch die bessere Variante?

Sollte er aufstehen und Max sagen, dass er ihn in Ruhe lassen soll, weil er sonst ... sonst ... sonst was? Oder sollte er ihm einfach erklären, dass es viele Deutsche in Namibia gab, dass dieses Land bis 1915 eine deutsche Kolonie war und Deutsch-Südwestafrika hieß? Dass seine Großeltern immer noch dort lebten und schon seine Eltern dort geboren wurden? Was auch immer er tun oder sagen würde, es war vermutlich sinnlos. Max schien es nicht darum zu gehen, wirklich etwas über ihn zu erfahren. Was auch immer Milo tat, Max würde es gegen ihn verwenden. Milos vage Hoffnung, dass sich die Situation zum Guten wenden konnte, verpuffte.

Warum passierte das hier? Wie konnte es sein, dass ein Typ, egal wie groß und stark er war, eine solche Macht über andere besaß? Dass er einen Menschen, den er und überhaupt niemand in der Klasse kannte, in die Ecke drängen und fertigmachen konnte? Ohne Grund, ohne Zweck – einfach nur aus purer Lust am Quälen?

Milo verzog das Gesicht. Er spürte, wie Tränen hinter seinen Augenlidern brannten, und es kostete ihn alle Kraft, sie dort zu halten. Was auch immer passierte, Milo würde Max gegenüber niemals Schwäche zeigen, schwor er sich. Seinen Stolz konnte ihm dieser Typ nicht nehmen.

Als sich die Tür wieder öffnete, kamen vier Mädchen kichernd und quatschend herein. Abrupt blieben sie stehen, als ihre fröhlichen Stimmen auf eisige Stille prallten. Auch die Gruppe um Max wandte sich ihnen zu. Milo atmete auf. Wenigstens für ein paar Sekunden hatte er Ruhe. Zwei weitere Mädchen betraten das Klassenzimmer. Eines war Sarah und das andere war … Milos Mund wurde trocken. Ihr langes, glattes honigfarbenes Haar reichte ihr beinahe bis zur Hüfte und umrahmte ihr offenes Gesicht. Ihre helle Haut betonte den Kontrast zu ihren großen, blauen Augen. *Wie der Himmel über Namibia. Groß und weit. Unendlich tief und trotz des klaren Blaus von einer großen Wärme.* Sie war schlank, trug eine enge weiße Jeans und eine weite weiße Bluse darüber, dazu weiße Sneaker. War sie gestern auch schon da gewesen? Und wenn ja, wie hatte er sie übersehen können? Keine Frage: Sie war wunderschön. Für einen kurzen Moment vergaß Milo alles um sich herum. Die Geräusche, die Mitschüler, selbst die Gespräche über ihn. Er konnte nicht anders, er musste das Mädchen einfach anstarren.

Der Einzige, der ihn die ganze Zeit nicht aus den zusammengekniffenen Augen gelassen hatte, war Max.

»Ah, ach so! Sieh einer an, das ist ja interessant! Unser Neuer steht auf Nike! Na, da hat er sich ja genau die Richtige ausgesucht. Nicht wahr, Nike?«

Milo zuckte zusammen, als Max aufstand und den Arm um das Mädchen legte. *Bitte, lass sie nicht auf diesen Typen stehen*, flehte er in Gedanken und atmete erleichtert auf, als Nike versuchte, Max' Arm abzustreifen.

Nike.

Was für ein außergewöhnlicher Name. Hieß nicht eine griechische Göttin so? Milo erinnerte sich vage an eine Unterrichtseinheit in Geschichte und daran, dass er es damals schon lustig fand, dass es eine Göttin gab, die wie ein Sportartikelhersteller hieß. Oder vielmehr andersherum natürlich.

Währenddessen strich Max ihr mit der anderen Hand über die Wange.

»Lass den Quatsch, Max! Finger weg, Mann!« Nike versuchte, ihn wegzuschieben, aber Max war mindestens einen

Kopf größer und vermutlich beinahe doppelt so schwer wie sie.

»Aber wieso denn, Prinzessin? Gefällt dir das etwa nicht?« Er grinste gemein und zog sie näher an sich. Noch ein bisschen mehr davon und Milo wäre aufgestanden. Egal, was er hier auszuhalten hatte, niemand durfte ein Mädchen so behandeln. Niemand!

»Nein, es gefällt mir nicht. Und jetzt hau ab, Mann!« Zum Glück hatte Nike es geschafft, Max' Hände abzustreifen.

Kurz kniff Max wütend die Augen zusammen, bevor er wieder sein selbstgefälliges Grinsen aufsetzte. Milo sah ihm an, dass es ihm sehr wohl etwas ausmachte, vor der gesamten Klasse eine Abfuhr zu bekommen, auch wenn er so tat, als wäre das alles ein großer Spaß. Ja, Milo konnte in seinem Gesicht lesen, dass Max trotz dieser groben Aktion nicht damit gerechnet hatte, von Nike so deutlich abgewehrt zu werden. Jetzt war er frustriert und wütend. Und wer war wohl das beste Ziel für seinen Frust? Milo sog die Luft ein und versuchte, sich innerlich gegen eine weitere Attacke zu wappnen, denn Max war aufgestanden und nach hinten gekommen. Jetzt stand er direkt vor Milos Tisch.

»Sieh an, sieh an. Der Afrikaner steht also auf unsere Nike hier. Ist ja lustig! Dabei habe ich gestern noch gedacht, du seist schwul, so wie du dich anziehst. Oder ist es in Afrika etwa modern so rumzulaufen wie 'ne Tussi?« Er wuschelte durch Milos Haare und zog an seinem Jeanshemd. »Und dieser komische Schwuchtelschmuck!« Blitzschnell hatte er seinen Zeigefinger unter Milos Himba-Armband geschoben und ließ es zurückschnalzen.

»Finger weg!« Instinktiv war Milo ebenfalls aufgestanden.

Er war gleich groß wie Max, nur nicht ganz so muskulös. Das Basketballtraining hatte ihm allerdings eine gewisse Grundfitness verschafft und das sah man auch. Was man nicht sah, war, dass Milo sich noch nie in seinem ganzen Leben geprügelt hatte, wenn man von Rangeleien mit Carl absah. Aber auch das war schon viele Jahre her. Milo lehnte nichts mehr ab als Gewalt, trotzdem war er weder feige noch schwach. Er schnaubte. Nun reichte es einfach. Er wollte sich bestimmt nicht streiten, aber irgendwann war es einfach genug. Vielleicht war er nicht Superman, aber er konnte so sein wie V. Mutig und stark. Und möglicherweise schaffte er es ja doch noch irgendwie, respektiert zu werden. Oder wenigstens in Ruhe gelassen.

»Oha, der Fisch will sich prügeln!«

Max kniff die Augen zusammen, lehnte sich zu Milo über den Tisch und legte seinen Arm um Milos Hals. Es hätte beinahe schon freundschaftlich gemeint sein können, wenn Max nicht so fest zugedrückt hätte.

»Will ich nicht. Aber wenn es nötig ist, mache ich es!« Milo schob Max' Hand weg und setzte sich wieder. *Einatmen, Ausatmen. Einatmen, ausatmen. Nicht zulassen, dass Max ihn dazu brachte, die Kontrolle zu verlieren.*

Da, wo das Armband auf seine Haut zurückgeschnellt war, war sie ganz rot. Max legte seine Hand wieder auf Milos Schulter und drückte fest zu. Sein Gesicht war nur noch wenige Zentimeter von Milos entfernt. »Ich warne dich, Fisch. Leg dich nicht mit mir an!«, zischte er. »Wenn du Ärger willst, den kannst du haben.« Er spuckte vor Milo auf den Tisch.

In diesem Moment betrat Herr Doktor Schneider das Klassenzimmer. Sofort schnellte sein Blick in die letzte Reihe.

»Max!«, bellte er. »Auf deinen Platz! Und du, Neuer! Wenn du hier für noch mehr Unruhe sorgst, dann kriegst du es mit mir zu tun! Hast du mich verstanden?«

»Verstanden«, antwortete Milo. *Einatmen. Ausatmen.* »Und ich heiße Milo.« *Mutig und stark.*

Herr Doktor Schneider war schon dabei gewesen, seine Tasche auf den Stuhl zu legen. Nun richtete er sich wieder auf und fixierte Milo durch seine dicke Brille.

»Wenn du glaubst, dass du hier frech werden kannst, dann hast du dich geschnitten, Freundchen! Ich erwarte Respekt und Ordnung, das ist ja wohl das Mindeste, oder?«

Respekt erwarte ich auch, dachte Milo.

Dass sich hier in dieser Klasse offensichtlich niemand seinen Namen merken wollte, fand er total ätzend. Wenigstens wusste er seit ein paar Minuten, dass das tollste Mädchen, das er je gesehen hatte, Nike hieß. Und nicht nur das. Sie hatte ihn angelächelt, als sie zu ihrem Platz in der Reihe vor ihm ging. Freundlich und offen. Ohne sich darum zu scheren, dass Max ihr irgendwelche Anzüglichkeiten hinterherrief. Und das war vorerst das Allerwichtigste. Ein Tag, der so begann, konnte nicht komplett schlecht sein.

KAPITEL 4

Milo

Milo war schon beinahe bei den Fahrradständern angekommen, als er seinen Bruder vom Schulhof fahren sah. »Carl! Hey, Carl! Warte mal!«

Carl warf einen Blick zurück über die Schulter und trat noch fester in die Pedale, als er Milo sah.

Schnell schloss Milo sein Fahrradschloss auf und schwang sich in den Sattel. Wenn er sich beeilte, würde er ihn noch einholen.

»Mann! Carl!« Keuchend versuchte er aufzuschließen. »Warum wartest du nicht? Du hast mich doch gesehen?«

Carl schaute stur auf die Straße, während er noch fester in die Pedale trat. »Kein Bock.«

»Wie, kein Bock?«

»Kein Bock. Sag ich doch.«

»Auf was denn? Auf Warten? Schule? Mich? Mann, Carl! Red doch mit mir, du Idiot! Glaubst du im Ernst, dass es davon besser wird, dass du dich hier aufführst wie ein absoluter Arsch?«

Während Milo noch versuchte, seinen Bruder einzuholen, stieg Carl so plötzlich auf die Bremse, dass Milo beinahe in ihn hineingefahren wäre. Er konnte gerade noch ausweichen. Ein paar Meter weiter blieb er stehen.

»Sag mal, hast du sie noch alle? Was sollte das denn?«

Fassungslos schaute er zu Carl, der wütend sein Rad auf

den Boden geschmissen hatte und ihm nun auch noch einen Tritt verpasste.

»Was willst du von mir, Milo? Soll ich genauso weichgespült sein wie du?«, fragte er wütend. »Ich hab es dir schon gestern gesagt und ich sage es dir gerne noch einmal: Du gehst mir so was von auf den Sack mit deinem ›Alles wird gut!‹-Getue. Lass es einfach. Lass mich einfach in Ruhe! Du hast bestimmt schon eine ganze Menge neuer toller Freunde, die genauso entspannt und beliebt sind wie du und findest alles toll und großartig und wahnsinnig aufregend. Es kotzt mich an! *Du* kotzt mich an! Ich sage es zum letzten Mal: Hau endlich ab!«

Carl trat noch einmal gegen sein Rad, bevor er es aufhob und ohne einen Blick zurück in die entgegengesetzte Richtung davonradelte. Fassungslos schaute Milo ihm nach. Sein ganzer Körper zitterte. Woher kam nur Carls Hass? Was hatte er ihm getan? Und wie kam er darauf, dass Milo beliebt und glücklich war? Verdammt! Warum zur Hölle sprach er nicht mit ihm?

Er war so wütend, dass er platzen könnte. Am liebsten hätte er Carl eine gescheuert. Nur leider war weder Carl in der Nähe noch hatte Milo wirklich ernsthaft Lust auf eine Prügelei. Die hätte er schließlich schon heute Morgen mit Max haben können. Er lachte bitter. Ausgerechnet. Was war nur los mit seinem Leben?

Das Haus war leer, als Milo nach Hause kam. Seine Mutter war offensichtlich bei der Arbeit und Carl fuhr vermutlich immer noch wütend mit seinem Fahrrad durch die Gegend. Früher hätte Milo sich darüber gefreut, endlich einmal das ganze

Haus für sich alleine zu haben und mit einem Marmeladenbrot auf der Couch zu sitzen, während er fernsah, ohne dass seine Mutter ihn ermahnte, doch lieber etwas Gesundes zu essen und überhaupt: Fernsehen mitten am Tag?

Er seufzte. Nun hätte er sich gefreut, sie wäre da gewesen.

Hätte ihn, wie früher, fest umarmt und ihm aufgetragen, unbedingt die Hände zu waschen, bevor er in die Küche kam. Es hätte nach Essen gerochen (in Milos Lieblingsfantasie nach der wohl besten Hackfleischsoße der Welt) und er hätte die Augen verdreht wegen des Händewaschens.

Erst seit Kurzem hatte er so viel Zeit übrig, dass er aus lauter Langeweile angefangen hatte, ständig für Ordnung zu sorgen und seitdem redete er sich ein, dass es ihm auch so viel besser gefiel. Nur nicht daran denken, dass er diese vielen Stunden, die er nun in seinem Zimmer herumräumte, früher auf dem Basketballcourt oder draußen mit seinen Freunden verbracht hatte. Bevor er so richtig traurig werden konnte, konzentrierte er sich lieber auf Nikes Lächeln. Schließlich hatte die Erinnerung daran heute schon ein paarmal erfolgreich ein winziges Hoffnungslicht in seinen trüben Gedanken angezündet.

Kein Heimweh, Milo. Du wirst schon noch Freunde finden. Alles wird gut am Ende. Und ist es noch nicht gut, dann ist es auch nicht das Ende. Er hörte sich schon an wie einer dieser Gurus, von denen seine Mutter unzählige CDs hatte, die sie immer im Auto hörte: *Denke immer an das Gute. Die Realität folgt deinen Gedanken.* Blablabla. Aber auch Nikes Lächeln täuschte nicht darüber hinweg, dass er alleine war. In diesem Moment war das so, jetzt und hier, gestern und letzte Woche. Um genau zu sein: Immer, seitdem sie aus Namibia weggegangen waren.

Jetzt sehnte er sich beinahe danach, den Tisch decken zu müssen, denn das hätte bedeutet, seine Mutter, sein Vater und sein Bruder wären hier mit ihm. Selbst ein wütender Bruder war immer noch besser als gar keiner.

Er seufzte und schnappte sich den Zettel vom Küchentisch, den seine Mutter dort für sie hingelegt hatte.

Auflauf von gestern ist im Kühlschrank. In der Mikrowelle warm machen. Bitte nach dem Essen eine Ladung dunkle Wäsche waschen (40 Grad). Und Jungs: Händewaschen nicht vergessen! ☺
Mama

Ertappt. Lächelnd wusch sich Milo die Hände an der Spüle und füllte sich einen Teller mit Nudelauflauf. Während sich sein Mittagessen in der Mikrowelle drehte, lief Milo schnell in sein Zimmer, um seinen Laptop zu holen. Gestern war er mitten im Film eingeschlafen und nun freute er sich darauf, die letzte halbe Stunde von »V wie Vendetta« während des Essens anzuschauen. Irgendeinen Vorteil musste dieses Alleinsein ja haben und V war schließlich nicht die schlechteste Gesellschaft, wenn sonst keiner Zeit hatte.

Jedes Mal wieder faszinierte es ihn aufs Neue, wie Natalie Portman alias Evey Hammond so über sich hinauswachsen, ihre Angst hinter sich lassen und sich an Vs Seite gegen den bösen Kanzler Sutler stellen konnte, um ganz England vor dessen Schreckensherrschaft zu bewahren.

Gerade hatte er die erste Gabel Auflauf im Mund und die ersten Bilder flimmerten über den Bildschirm, da brummte sein Handy. Jake. Auf Skype.

Freude und Verzweiflung explodierten in seinem Magen, denn sosehr er sich danach sehnte, mit seinem besten Freund zu sprechen, so sehr fürchtete er sich auch. Jake und er waren seit dem Kindergarten unzertrennlich und sein bester Freund wusste oft besser als Milo selbst, was in ihm vorging. Milo wollte mit ihm reden und ihm alles erzählen und gleichzeitig wollte er es auch nicht. Niemand aus seiner alten Clique sollte denken, dass er unglücklich war. Und außerdem: Milo wusste, dass man in seinem Gesicht lesen konnte, wie in einem offenen Buch, wenn man das wollte. Er hatte seine Mimik null im Griff.

Schließlich konnte Jake weder seine Probleme lösen noch sollte er denken, dass Milo nicht alleine klarkam. Denn Jake war weit weg. Und wenn das hier je besser werden sollte, musste Milo durch diesen ganzen Mist alleine durch. Nein, wirklich völlig überflüssig, Jake davon zu erzählen. Milo atmete tief durch, setzte ein – wie er hoffte, einigermaßen glaubwürdiges – Lächeln auf und ging ran.

»Hey, Milo, altes Haus! Wie geht's?«

Altes Haus. Das hatte Jakes Vater immer zu Milos Vater gesagt und die Jungs hatten sich zuerst darüber kaputtgelacht, bis sie die Anrede dann übernommen hatten. Auch jetzt musste Milo grinsen.

Gut so. Der Kloß im Hals schluckte sich viel leichter mit einem echten Lächeln im Gesicht. Obwohl Jake das vermutlich auf dem briefmarkengroßen Smartphonedisplay sowieso nicht wahrgenommen hätte, war Milo froh, dass er noch ein paar weitere Sekunden hatte, bevor er der fröhlichen Miene entsprechend lustige Sachen von sich geben musste.

»Hey, Jakey! Alles bestens, und bei dir?«

»Auch gut. Sag mal, können wir am Computer skypen? Ich hab eine Überraschung für dich!« Jake und er hatten es sich zur Gewohnheit gemacht, am Samstagnachmittag miteinander zu sprechen. Dass er sich gerade jetzt meldete, als Milo sich so einsam fühlte, war wirklich eine schöne Überraschung.

»Na logisch! Er steht sowieso neben mir. Ich rufe sofort zurück.«

»Alles klar! Und hey, Milo?«

»Ja?«

»Beeil dich!«

Milo grinste und drückte auf die »Auflegen«-Taste. Erleichtert atmete er auf. Das hatte zwar gut geklappt, aber er war ein beschissener Schauspieler. Wie lange er die gute Laune aufrechthalten konnte, wusste er nicht. Aber er wollte versuchen, wenigstens so lange wie möglich so zu tun als ob. *If you can't make it, fake it!* Das war einer der Sprüche von Coach Smith gewesen, wenn es darum ging, ihre Basketballgegner einzuschüchtern. Oft genug hatte Milo diese Taktik angewandt und irgendwann festgestellt, dass sie funktionierte. Je mehr Selbstvertrauen er zeigte, auch wenn er es in diesem Moment gar nicht besaß, umso unsicherer wurde sein Gegenspieler, und desto mehr wuchs wiederum sein Selbstvertrauen. Es war alles eine Frage des Scheins. Coach Smith war schon immer ein Fuchs gewesen. Und ein Philosoph. Und was beim Basketball klappte, konnte im richtigen Leben vermutlich auch nicht schlecht sein.

Schnell fuhr Milo sich mit beiden Händen durch die Haare, obwohl Jake Milos Frisur vermutlich völlig egal war. Bis auf die wenigen Male, bei denen sie gemeinsam beim Friseur gewesen waren, hatten sie nie über Haare oder Klamotten oder sonst irgendwelche Äußerlichkeiten gesprochen. Jake war das alles nicht so wichtig. Hauptsache, er konnte sich gut in seinen Kleidern bewegen und sie hatten ausreichend Taschen, um Nahrungsmittel, sein Taschenmesser, Kaugummi, die Geldbörse, irgendwelche Karabinerhaken und am besten noch ein Seil darin unterzubringen. Carl war Jake sehr ähnlich. Wenn Jake wieder eine seiner verrückten Ideen hatte, wie zum Beispiel das Rinderwettreiten auf der Farm seiner Familie im letzten Sommer, als er sich in den Kopf gesetzt hatte, dass jeder aus der Clique versuchen sollte, eines der Tiere bestmöglich zuzureiten, war Carl der Erste gewesen, der sein Glück versucht hatte. Milo schüttelte den Kopf. Das war echt eine unglaubliche Aktion gewesen. Pit, Jakes Vater, war stinkwütend und Jake musste tagelang nach der Schule auf der Farm mit den Tieren helfen. Damit er wieder Respekt vor ihnen bekam, behauptete Pit. Milo hatte seine Zweifel, ob das funktioniert hatte. Er kannte Jake gut genug, um zu wissen, dass ihm bei der nächsten Gelegenheit etwas Ähnliches einfallen würde.

»Na endlich!«, hörte Milo Jake rufen, obwohl der Bildschirm noch komplett schwarz war. »Wir haben schon gedacht, du hättest was Besseres zu tun, als mit deinen alten Freunden zu quatschen!« Er hörte sie kichern, und dann erschien das Bild von seinen fünf besten Freunden, die sich um Jakes Computer drängelten, um auch ja alle auf dem Bild zu sein. Da waren sie: Jake, Ellie, Mats, Susan und Ferdie. Alle da. Alle lachend, kichernd, schubsend. Braun gebrannt. Vertraut. Glücklich. Scheiße. Das Heimweh fräste ein ätzendes Loch in sein Herz und sein Lächeln verrutschte.

»Hey, Milo! Heulst du oder was?« Das war Mats.

Susan stieß ihm in die Seite. Sie wischte sich eine Träne aus dem Augenwinkel. »Milooooo!« Sie kreischte beinahe. »Ich kann es nicht glauben! Es ist so schön, dich zu sehen! Mats, halt die Klappe! Wenn hier eine heult, bin ich das. Oh, Milo! Wie geht's dir?«

Sie schob sich vor die anderen und drückte einen dicken Kuss auf die Kameralinse. Milo musste lachen, als er hörte, dass es auf der anderen Seite ein Gerangel gab, und das ätzende Gefühl in seinem Magen verschwand.

»Hey, Susan, geh mal weg! Ich will auch was von Milo sehen!« Milo beobachtete, wie Ellies kleine Hand versuchte, Susans Wange wegzudrücken.

»Leute, so sieht doch keiner was! Setzt euch doch mal hin!« Jake versuchte offensichtlich, die Clique vom Bildschirm wegzulocken, während Milo das Chaos genoss. Oh Mann, wie er diese fünf Menschen vermisste.

»Milo? Milo? Bist du noch da?«

»Bin ich, Ellie. Alles gut.« Endlich hatten sie sich alle wieder auf Jakes großes Ledersofa gesetzt, mit ein wenig Abstand zur Kamera, sodass Milo jeden Einzelnen ansehen konnte. Susan versuchte, ihre langen blonden Haare hinter ihr Ohr zu streichen, die nach dem Kampf mit Ellie ein wenig zerzaust von ihrem Kopf abstanden. Ellie atmete immer noch heftig und Mats und Jake warfen sich belustigte Blicke zu, während Ferdie versuchte, das Bild ein wenig größer zu stellen.

»Also, noch mal: Wie geht es dir? Wie ist deine neue Klasse? Hast du schon viele neue Leute kennengelernt? Ein paar heiße Jungs vielleicht?« Susan klimperte mit den Wimpern und setzte sich aufrecht hin.

»Hey, reichen wir dir nicht mehr?« Jake knuffte sie in die Seite und grinste.

»Doooch, schooon, aber …« Susan kicherte. Gleich würden

sie wieder übereinanderliegen und balgen wie kleine Welpen. Wenn er wirklich etwas sagen wollte, musste er sich beeilen.

»Also. Na ja … die … Klasse ist … echt richtig groß, wir …« Er merkte selbst, wie schwach das alles klang. Wenn er sich nicht ein bisschen mehr Mühe gab, würden sie ihm nicht glauben, so viel stand schon mal fest. *If you can't make it, fake it.* Milo straffte die Schultern.

»Also *heiße Jungs* hab ich noch keine getroffen«, sagte er und dachte dabei an Max. Beinahe hätte er sich geschüttelt. Der war ja wohl alles andere als heiß, auch wenn wohl ein paar der Mädels auf ihn standen. Die sahen wohl eher seine Markenklamotten, statt … alles andere eben. »Es sei denn, ihr meint mich. Oder Carl natürlich.« Er zwang sich zu einem ausgelassenen Lachen, auch wenn es sich in seinen eigenen Ohren eher so anhörte, als würde er beinahe an einem Hustenanfall ersticken.

»Wo ist Carl überhaupt? Kannst du ihn nicht auch vor die Linse holen?«

»Keine Ahnung. Irgendwo draußen unterwegs.« Er hob bedauernd die Schultern. Wenigstens musste er bei diesem Thema nicht lügen.

»Komm schon, Milo, erzähl ein bisschen mehr!«, bettelte Ellie und er war ihr insgeheim dankbar dafür, dass sie von Carl ablenkte.

»Also …« Was sollte er sagen? Es wurde langsam eng für ihn. Viel zu erzählen hatte er nicht, und das wenige, was er erlebte, war einfach traurig. Nur eine Sache würde seinen Freunden bestimmt unglaublich gut gefallen. Sein Trumpf, wenn er nicht über sich reden wollte. Höchste Zeit, ihn zu ziehen. »Aber es gibt da ein Mädchen, das …«

Er hatte es gewusst. Er grinste. Seine Freunde waren so großartig berechenbar.

»Wie heißt sie?«, »Wie alt ist sie?«, »Wie sieht sie aus? Habt ihr euch schon gekü…«. Tumult und Geschrei. Gekicher und Rangeleien. Und die beste Möglichkeit, von sich selbst abzulenken, indem er von Nike und ihrem Lächeln erzählte. Sein Herz war schwer, als er seine Freunde beobachtete und gleichzeitig leicht, bei dem Gedanken daran, wie sehr sie sich für ihn freuten.

War das nicht absurd? Da hatte er die besten Freunde der Welt und brachte es nicht über sich, ihnen davon zu erzählen, wie es wirklich in ihm aussah. Obwohl er sich in Deutschland einsam und allein fühlte, viele Stunden am Tag, wusste er, dass da draußen Menschen waren, für die er wichtig war, die sich mit ihm freuen konnten und die ihn liebten.

Wie schlimm musste es für die sein, die überhaupt niemanden hatten?

Wie konnte man da weitermachen?

Als die Haustür sich öffnete und Carl in die Küche kam, versuchte Milo, den Blickkontakt zu seinem Bruder herzustellen. Aber der schnappte sich nur eine Banane und ging wortlos an ihm vorbei die Treppe hoch und in sein Zimmer.

KAPITEL 5

Milo

Es regnete seit vier Tagen ohne Unterbrechung. Der Himmel war entweder dunkelgrau oder schwarz, der Fußboden vor seinem Bett war eisig und Milo hatte allergrößte Mühe, sich morgens rauszuquälen. Kein Wunder. Es wurde erst hell, wenn er schon im Bus saß. Nicht, dass das für Deutschland und Ende Oktober ungewöhnlich war, aber für Milo war es das definitiv. Der Oktober war mit der schönste Monat in Namibia. Es war Frühling und warm. Selbst im sogenannten Winter hatten sie ein mildes Klima und Milo konnte sich nicht erinnern, auch nur einen Tag die Sonne vermisst zu haben. Sie war einfach da. Vermutlich hatte er sie zu selbstverständlich genommen. Umso schwerer fiel es ihm jetzt, auf sie zu verzichten. Die Fotos vom strahlend blauen Himmel, die Susan und Ellie ihm regelmäßig schickten, hoben seine Laune nicht wesentlich. Die Sonne musste man auf der Haut fühlen. An Fahrradfahren war jedenfalls nicht zu denken.

Die erste Woche an der neuen Schule war extrem hart gewesen, weil er sich zusätzlich zu der Ablehnung, die ihm auch jetzt noch beim Öffnen der Klassenzimmertür entgegenschlug, einfach an dieser riesigen Schule nicht zurechtfand. Erst als er beschlossen hatte, einmal nach der sechsten noch zu bleiben, sich in Ruhe zu orientieren, war es besser geworden.

Jetzt, nach etwas mehr als einem Monat, kannte er sich ganz gut aus.

Er hatte außerdem versucht, mit dem einen oder anderen ins Gespräch zu kommen, aber es war schwierig. Nicht jeder war so unfreundlich oder gemein wie Max. Die meisten waren einfach nur gleichgültig, mit sich selbst oder mit ihren Freunden beschäftigt, die sich wahrscheinlich schon seit Ewigkeiten kannten.

Die Einzige, die mit Milo in den Pausen redete, war Sarah. Und Nike. Wenn sie sich zu Sarah auf den Tisch setzte und mit Milo quatschte, als ob sie sich schon ewig kennen würden, dann waren das die guten Momente, von denen es gerade nicht allzu viele gab.

»Morgen.« Der Busfahrer hatte offensichtlich auch schon bessere Laune gehabt. Gelangweilt sah er zu, wie Milo einstieg. Noch gab es Sitzplätze, aber im Laufe der Strecke würde der Bus so voll werden, dass die Schüler stehen mussten und die Scheiben beschlugen. Es roch schon jetzt nach feuchten Jacken, miefigen Sporttaschen und Schlaf. Milo ließ sich auf einen der mittleren Sitzplätze fallen und rückte ans Fenster. Noch ein paar Minuten Schonfrist, bis der Schultag mit seiner ganzen ätzenden Macht an seinen Nerven zerren würde. Milo versuchte, durch den Mund zu atmen, bis er sich an den Gestank gewöhnt hatte.

Carl schlurfte an ihm vorbei, ohne ein Wort zu sagen, und setzte sich ganz nach hinten. Merkwürdig. Hatte er donnerstags nicht erst zur Dritten? Milo überlegte kurz, ob er aufstehen und ebenfalls zu ihm nach hinten gehen sollte, aber dann hatte er doch keine Lust, sich schon am frühen Morgen eine blöde Bemerkung von seinem Bruder einzuhandeln. Carls Schweigen war leichter zu ertragen.

Milo steckte seine Kopfhörer ins Ohr, scrollte zu seiner Klassikplaylist und lehnte seine Stirn ans Fenster, um noch ein bisschen zu dösen.

»Na, Fisch? Ist hier noch frei?«

Milo schreckte hoch, als Max sich schwungvoll auf den Platz neben ihn fallen ließ und ihm dabei absichtlich seinen Rucksack gegen die Schulter donnerte. Hinter ihm kamen Tim und Jonas durch den Gang geschlurft und mit ihnen eine Wolke von irgendeinem billigen Aftershave. Die beiden setzten sich in die Reihe vor Max und Milo und drehten sich nach hinten um. Jonas' Haare waren fettig, seine Klamotten dem gräulichen Schatten auf seiner Jeansjacke nach sicher nicht frisch gewaschen und sein Gesicht war von Pickeln übersät, für die er natürlich nichts konnte, die ihn aber auch nicht unbedingt attraktiver machten. Dass Tim immer mit den beiden abhing, wunderte Milo. Er sah eigentlich ganz nett aus, und wenn Max und Jonas Milo drangsalierten, stand er eher unsicher und unglücklich daneben. Irgendwie tat Tim Milo manchmal richtig leid, wenn Max plötzlich einen seiner Giftpfeile in seinen eigenen Reihen abfeuerte. Meistens traf er dabei Tim. Dass er ihm trotzdem hinterherlief, wie ein Hund seinem Herrchen, war beinahe schon absurd.

Nur Max schien sich mit seinem Äußeren Mühe zu geben. Milo war schon aufgefallen, dass er nie etwas zweimal trug und – auch wenn Milo davon nicht wirklich beeindruckt war, so war es ihm doch aufgefallen – ausschließlich teure Markenklamotten. Bestimmt sah er mit seinen stechenden, hellblauen Augen und den streng zurückgegelten blonden Haaren auf eine brutale Weise gut aus – abstoßend war er trotzdem.

»Nein, hier ist nicht mehr frei«, antwortete Milo ruhig und drehte sich zum Fenster. Vielleicht gingen sie ja wieder, wenn er sie ignorierte. Weiter hinten gab es schließlich auch noch Sitzplätze. Innerhalb der nächsten Minuten würde der Bus allerdings brechend voll sein, mit weiteren müden Schülern. Seine Chancen auf eine einigermaßen erträgliche Busfahrt schwanden von Sekunde zu Sekunde.

»Oh, das ist aber schade«, sagte Max und tat so, als ob er wirklich gehen wollte. Milo atmete erleichtert auf. Leider zu früh. »Schade, denn dann muss sich derjenige wohl einen anderen Sitzplatz suchen.« Max grinste, ließ sich zurück in den Sitz fallen und klatschte Jonas ab, der ihm die Hand zum High Five hingehalten hatte. »Obwohl: Ich wüsste gar nicht, wer hier sitzen will. Irgendwie stinkt es doch so nach …«, er schnüffelte an Milos Jacke, »… Fisch?« Er lachte.

Milo schloss für einen kurzen Moment die Augen. »Oh Mann, Max. Fällt dir echt nichts Neues ein? Der Fischwitz ist doch so was von ausgelutscht. Echt jetzt. Lass gut sein!« Milo schüttelte den Kopf und wandte sich wieder dem Fenster zu. Sollte er eben da sitzen. Der Busfahrer schloss die Türen und fuhr los.

Milo drückte erneut auf Play und schloss die Augen. Nur noch sechs Stunden und der schlimmste Teil des Tages wäre überstanden.

Bevor der erste Ton erklang, hatte Max ihm die Kopfhörer aus den Ohren gerissen und einen davon in sein eigenes gesteckt.

»Was hörst du denn da?«

Angewidert starrte Milo auf seinen Kopfhörer in Max' Ohr.

»Gib sie zurück.« Milo bemühte sich um eine ruhige Stimme

und griff nach dem empfindlichen Kabel, um das Max seine Faust geschlossen hatte. »Und dann such dir einen anderen Platz. Wie ich schon sagte: Hier ist besetzt.«

»Besetzt? Für wen denn?« Max grinste herausfordernd und begann aufreizend im Takt zu wippen, obwohl Milo auf stumm gedrückt hatte. In seinem Magen fing es an zu kochen. Die ersten Schüler, die nach Max eingestiegen waren, drehten sich zu ihnen um und schauten dann schnell wieder weg, als Jonas ebenfalls lachte und Tim in die Rippen stieß. »Wer will denn schon neben dem sitzen, Jungs?« Beifall heischend sah Max Jonas an, der pflichtschuldigst »keiner« johlte. Tim saß ein wenig verloren daneben und murmelte irgendwas, das Milo nicht verstand. Der Busfahrer sah in den Rückspiegel und schüttelte den Kopf.

»Nein, mein neuer afrikanischer Freund, ich sag dir was: Ich werde mich opfern und sitzen bleiben und zum Dank dafür wirst du mir zeigen, was du so hörst. Mach schon!« Max rückte so nah an Milo heran, dass er sein eigenes Spiegelbild in dessen Augen sehen konnte. Er konnte sein Duschgel riechen und das Waschpulver an seinen Kleidern. Max würde nicht lockerlassen, das war Milo klar. Dazu machte es ihm zu viel Spaß, zumal Milo nicht ausweichen konnte und es niemand zu interessieren schien, was hier passierte. Im Gegenteil. Sie sahen alle weg, als ginge es sie nichts an, oder als wäre es normal, wie Max sich aufführte.

Milo wusste, was auf ihn zukam. Es war schließlich nicht das erste Mal, dass Max ihn im Bus piesackte. Neulich hatte er irgendwie seinen Rucksack in die Finger gekriegt und seine komplette Federtasche auf den Boden gekippt. Milo hatte versucht, bis zur Schulhaltestelle alle Stifte zusammenzusuchen und dabei gehofft, dass der Busfahrer so gnädig war, ein paar Sekunden länger stehen zu bleiben, sodass Milo noch rechtzeitig aussteigen konnte. Und er hatte es geschafft, obwohl ihm keiner geholfen hatte. Niemand. Sie hatten alle weggesehen. Ein paar hatten gekichert und Tessa, die Oberzicke aus seiner Klasse, hatte sich extra bescheuert hingestellt, sodass Milo regelrecht vor ihr auf die Knie gehen musste. Währenddessen war Max schon ausgestiegen, und hatte fies grinsend mit der Faust gegen die Bustür gedonnert.

Glücklicherweise standen die Busfahrer ebenfalls nicht auf solche Aktionen und an diesem Tag war der Fahrer sogar ausgestiegen und Max hinterhergelaufen. Aber was brachte das schon?

Milo hatte es ausprobiert. Wenn er sich wehrte, stachelte er Max damit nur noch mehr an. Also ließ er alles, was von ihm und seinen Followern kam, einfach geschehen, und versuchte währenddessen, jede Berührung, jedes gemeine Wort auszublenden – und Carls Blick, den er immer auf sich spürte. Das Schlimmste für ihn war die Scham, die er dabei empfand. Seine eigene und die, die seinem Bruder ins Gesicht geschrieben stand.

»Was ist jetzt mit Musik, Fischgesicht?«

Noch einmal schloss Milo die Augen, atmete tief durch, scrollte schnell an den Anfang seiner Liste und zu Beethovens Fünfter, die er normalerweise nur hörte, wenn er sich beim Joggen auspowern wollte. Er drehte die Lautstärke voll auf und drückte auf Play. Max' erschrockener Gesichtsausdruck beim ersten Megaakkord war fast so göttlich wie dieses bombastische Musikstück. Beinahe hätte Milo laut gelacht, als

Max sich die Kopfhörer aus den Ohren riss und sie Milo in den Schoß warf.

»Alter, Milo!« Vor Schreck benutzte Max sogar Milos richtigen Namen. »Hast du sie noch alle? Von dem Scheiß wird man ja taub!«

Milo konnte sich nur mit Mühe ein Grinsen verkneifen. Dass er so einfach seine Kopfhörer zurückbekam, hätte er nicht gedacht. Diesen Blick musste er sich unbedingt merken. Aus dem Augenwinkel sah er, wie sich Sarah einen Weg durch den Gang und die Schüler bahnte.

»Was war denn das?« Noch immer geschockt schaute Max ihn an. »So was hörst du?« Er rieb sich die Ohren und schüttelte fassungslos den Kopf. »Der Fisch hört echt abartige Musik.«

»Du erkennst Beethovens Fünfte nicht? Peinlich, was?« Mittlerweile war Sarah bei ihnen angekommen und lächelte Milo freundlich an. »Hi, Milo«, sagte sie.

»Zu uns sagst du nicht mehr Guten Morgen, oder was?«, blaffte Max sie an. Offensichtlich hatte er zu seiner inneren Balance zurückgefunden.

»Na, wenn ihr ein Teil davon seid, kann man den Morgen ja wohl kaum als gut bezeichnen.« Sie lächelte zuckersüß auf Max hinunter und klimperte übertrieben mit den Wimpern. Nun hätte Milo sie am liebsten abgeklatscht. Sarah war echt schlagfertig … und ziemlich cool. Immerhin hatte sich bisher sonst niemand getraut, Max Kontra zu geben. Schon gleich gar nicht vor Milos Augen.

Verschwörerisch blinzelte sie ihm zu. Sollte er sie fragen, ob sie vielleicht neben ihm … Einen Versuch war es jedenfalls wert.

»Gut, dass du kommst, Sarah, ich hatte dir eigentlich freigehalten, aber Max wollte unbedingt neben mir sitzen.« Milo zuckte mit den Schultern. »Jetzt, wo du da bist, steht er bestimmt gleich auf. Oder, Max?«

Max hatte ein ziemlich rotes Gesicht. Entweder, es war ihm furchtbar heiß oder er war ganz schön wütend. Er kniff die Augen zusammen und zischte zwischen seinen Zähnen hindurch: »Pass auf, Zander. Pass bloß auf. Wenn du dich mit mir anlegen willst, musst du früher aufstehen.« Und während er sich seinen Rucksack über die Schulter warf und dieses Mal um ein Haar Milos Gesicht erwischte, sagte er an Sarah gewandt: »Und du, hässlichstes Mädchen der Schule, kannst dich warm anziehen. Sei froh, dass meine Freundin so gut auf dich aufpasst. Kommt, Jungs!« Er schob sich zwischen Sarah und einem anderen Mädchen Richtung hinterem Ausgang durch.

»Wer soll das sein, deine Freundin?« Sarahs Gesicht spiegelte nichts als Verachtung wider.

»Frag sie doch nachher selbst, wenn sie neben dir sitzt!«

»Wen meinst du? Nike etwa?« Sarah lachte. »Wovon träumst du nachts, du Idiot? Nike würde niemals mit Vollhonks wie dir ausgehen. Aber ja, ich frage sie gern.« Lachend drehte sie sich um und ließ sich auf den Platz neben Milo fallen.

Das Lachen schwand aus ihrem Gesicht und sie schüttelte den Kopf. »Was für ein blöder Affe. Unfassbar. Und das am frühen Morgen! Ich könnte gerade wieder ins Bett gehen.« Sie lächelte Milo an. »Du siehst auch so aus, als ob du lieber egal wo wärst, nur nicht hier, stimmt's?«

Noch bis vor einer Minute hätte er das absolut bestätigt.

Aber wenn er ehrlich war, war das gerade vielleicht der beste Moment, seit er auf dieser Schule gelandet war. Wenn man es genau nahm, war das zwar echt traurig, andererseits hatte er das erste Mal seit Langem das Gefühl, dass seine Situation nicht ganz so hoffnungslos war wie befürchtet.

»Bett wäre cool.« Er lächelte zurück. »Aber wir haben die beiden ersten Stunden schließlich Geschichte bei Behling, schlafen wir eben da weiter.«

Sarah lachte. »Gute Idee. Solange uns Albträume wie Max erspart bleiben, ist alles in bester Ordnung. Nike fällt vom Glauben ab, wenn ich ihr erzähle, dass Max behauptet hat, sie sei seine Freundin.«

Sie schüttelte immer noch fassungslos den Kopf. Sofort kribbelte es in Milos Magen.

»Ist sie das nicht?«

Bitte nicht. Bitte nicht. Bitte nicht.

Irritiert sah Sarah ihn an. »Nicht dein Ernst, oder?«

Ihre Empörung freute Milo mehr als alles andere.

»Nicht wirklich.« Er grinste.

Und egal, wie fies das Wetter da draußen und Max hier drinnen war, heute war schon jetzt ein ziemlich guter Tag.

KAPITEL 6

Milo

Wie zu erwarten zog sich die Geschichtsstunde so zäh wie Kaugummi in die Länge. Französische Revolution, tausend Jahreszahlen und immer wieder »Liberté, Égalité, Fraternité«. Milo schaute aus dem Fenster. Der zweite Nachteil seines Schulwechsels war eindeutig, dass er manche Unterrichtseinheiten mehrfach erleben durfte. Hatte ein bisschen was von »Und täglich grüßt das Murmeltier«, einem der Lieblingsfilme seiner Mutter. Die Stimme von Behling war noch dazu für einen Geschichtslehrer passenderweise unglaublich eintönig und Milo hatte Mühe, wach zu bleiben. Da ging es ihm wie Sarah, die rechts neben ihm saß und gähnte, und vermutlich der gesamten restlichen Klasse. Nur Nike schien aufmerksam zuzuhören, während sie eine lange honigfarbene Strähne um ihren Zeigefinger wickelte. Obwohl der Tag so trist und dunkel war, glänzten ihre Haare, als würde sie inmitten eines Sonnenstrahls sitzen. Selbst ihr rosafarbener Pulli schien zu leuchten. Wie machte sie das nur?

Nike schien seinen Blick zu spüren, denn sie drehte sich zu ihm um. Für diesen winzigen Augenblick, in dem sie ihm direkt in die Augen sah, hatte er das Gefühl, ihr ganz nah zu sein. So, als ob sie beide keine Worte bräuchten, um sich zu verständigen. Nike lächelte und die Wärme ihrer Sonne breitete sich auch in seinem Inneren aus.

Behling räusperte sich. Schnell drehte Milo seinen Kopf zum Fenster. Nur keine blöde Bemerkung darüber kassieren, dass er Nike angestarrt hatte. Diese Steilvorlage gönnte er Max nun wirklich nicht.

Draußen im Hof fegte eine einsame Gestalt den Dreck aus den Schulhofecken, leerte Mülleimer und hob mit einer Zange Butterbrotpapier und zertretene Papptrinktüten auf. Es nieselte. Arme Socke.

Man musste schon wirklich was ausgefressen haben, um bei Hausmeister Schmidt zum Saubermachen zu landen, das hatte selbst Milo in den ersten Tagen schon mitbekommen. Ausgerechnet bei Regen. Das sah verdammt nach »Beim Rauchen erwischt worden« aus. Mit das schlimmste Vergehen, dessen man sich an dieser Schule schuldig machen konnte. Gleich hinter »Kleinere verprügeln«, »Fensterscheiben einwerfen« oder ... gut, die Liste war ziemlich lang, aber Schmidt war bei den Schülern dafür gefürchtet, dass er sich die ekligsten Aufgaben für die Raucher aufhob. Man hatte auch schon davon gehört, dass er durchaus in der Lage dazu war, den einen oder anderen Mülleimer extra wieder auf den Hof zu kippen, wenn er fand, jemand hätte noch ein wenig mehr Bestrafung verdient. Oh Mann. Zum Glück war er nicht derjenige, der da draußen ... Aber diese Jacke kam ihm irgendwie bekannt vor. Milo kniff die Augen zusammen. Nicht nur die Jacke. Er kannte den ganzen Kerl.

Derjenige, der da draußen fegte, war niemand anderes als sein kleiner Bruder. Sie waren gerade mal vier Wochen an der Schule! Er hatte wirklich keine Zeit vergeudet, um sich unbeliebt zu machen. Jedenfalls wusste Milo jetzt, warum er vorhin im Bus gewesen war.

»Herr Zander, würden Sie uns wohl mit Ihrer Aufmerksamkeit beehren?«

Äh, was? Milo hatte sich wohl doch ziemlich von Carls Anblick ablenken lassen.

»Sturm auf die Bastille!«, flüsterte Sarah so leise, dass nur Milo es hören konnte. »14. Juli 1789.«

Milo antwortete schnell, in der Hoffnung, dass das die richtige Antwort auf Behlings Frage war.

Manchmal war es vielleicht doch ganz gut, dass er das Thema schon mal gehabt hatte. Behling nickte zustimmend und widmete sich wieder seinem Monolog.

Danke, formte Milo lautlos mit den Lippen und schickte ein Lächeln zu Sarah hinüber, das sie erwiderte. Zwei Reihen weiter vorne hob Nike ihren rechten Daumen. In tausend kalten Wintern hätte er nicht damit gerechnet, dass ihm in dieser Klasse irgendjemand aus der Patsche helfen würde. Obwohl: Da tat er Sarah unrecht. Sie war immer nett und freundlich zu ihm gewesen, seitdem ihn Doktor Schneider am ersten Tag neben sie gesetzt hatte.

»Gern geschehen«, flüsterte sie freundlich und lächelte zurück. Auch Nike lächelte und Milos Herz machte einen Hüpfer.

Nike

Sie hatte ihn dabei ertappt, wie er sie angesehen hatte. Nicht erst, als sie sich gerade in Geschichte zu ihm umgedreht hatte, sondern schon davor. Gestern. Vorgestern. Letzte Woche. Und an jedem anderen Tag, seitdem er in dieser Klasse war.

Dass sie *ihn* ebenfalls ansah, hatte er jedoch nicht bemerkt.

Zuerst war sie nur neugierig gewesen auf diesen Jungen, der so anders war als die anderen. Leiser. Aufmerksamer. Vorsichtiger. Er sprach wenig, aber wenn er etwas sagte, dann hatte es eine Bedeutung. Er schenkte sich einfach das ganze dumme und oberflächliche Gelabere der anderen Jungs und ging ihnen aus dem Weg. Allerdings ohne dabei ängstlich zu wirken. Ganz im Gegenteil. Milo strahlte etwas aus, das ihn klug erscheinen ließ. Als ob das etwas war, womit man andere beeindrucken konnte.

Sie lächelte bei dem Gedanken daran, dass eben gerade diese Ausstrahlung Max zusätzlich provozierte. Milo hatte einfach irgendwas Besonderes. Außerdem mochte Nike seinen Style.

Sie kannte alle Jungs in ihrer Klasse mindestens seit der Fünften und ein paar von ihnen, darunter Tim, sogar schon seit der Grundschule. Mit ihm war sie eine Zeit lang befreundet gewesen, weil ihre Mütter sich gut verstanden hatten. Zumindest so lange, bis Tims Eltern sich getrennt hatten und die Mutter mit ihrem neuen Freund in eine andere Stadt gezogen war. Soweit Nike wusste, lebte Tim mit seinem Vater, dessen neuer Freundin und deren gemeinsamen zwei Kindern immer noch in demselben Haus. Aber sie war nie wieder dort gewesen, seitdem die Eltern sich getrennt hatten. Tim war mal ein ganz netter Kerl gewesen. Davon war allerdings nicht mehr viel übrig. Und definitiv war er ganz anders als Milo.

Noch nie war ihr jemand begegnet, der so ehrlich war. Nicht, dass sie bisher viel miteinander gesprochen oder irgendetwas jenseits von Belanglosigkeiten ausgetauscht hatten, es war eher die Ehrlichkeit in seinem Gesichtsausdruck … Als könnte man alles, was er dachte und fühlte, darin lesen. Nike hatte gesehen, dass er Max abstoßend fand. Und Nike fand er … na ja. Schon oft hatten Jungs sie auf diese Weise angeschaut: Sehnsüchtig. Bewundernd. Aber das bedeutete ihr überhaupt nichts. Es hatte nichts mit ihr zu tun. Zumindest nicht mit der Nike, die sie jenseits ihrer langen Haare und ihrer blauen Augen war.

Manchmal beneidete sie Sarah dafür, dass sie so selbstsicher und bestimmt durch ihr eigenes Leben ging. Nike war davon überzeugt, dass es daran lag, dass sie großartig reiten, zupacken und zuhören konnte. Niemals (und das war absolut nicht böse gemeint) hätte irgendjemand Sarah über ihr Aussehen definiert – und niemals wäre Nike auf die Idee gekommen, an ihrer Freundschaft zu zweifeln. Wer mit Sarah befreundet war, *meinte* sie. Mochte sie. Und suchte nicht nur ihre Nähe, um sich mit ihr zu schmücken.

Als Milo Nike gerade mitten in Geschichte so angesehen hatte, hatte er die unsichere Nike in ihr entdeckt, die, die sich nach einer Freundschaft um ihrer selbst willen sehnte. Sein Blick prickelte immer noch auf ihrer Haut, obwohl er längst weggesehen hatte. So, als hätte er dort einen funkelnden Schimmer hinterlassen. Milo hatte *sie* gesehen. Nicht nur ihre hübsche Hülle. Nikes Lächeln und dieses Gefühl, etwas Besonderes erlebt zu haben, blieben bis zum Ende der Stunde, auch wenn Behling wirklich alles gab, um ihr ihre gute Laune zu verderben.

Milo

Plötzlich war ihm Behlings langweilige Geschichtsstunde gerade recht. Wenn jetzt Mathe oder Physik dran gewesen wäre, hätte er sich konzentrieren müssen. So konnte er einfach auf dem eintönigen Klangteppich von Behlings Monolog vor sich hin träumen und das Gefühl genießen, dass doch nicht alles so dunkel und trostlos war wie befürchtet. Ein winziges Lächeln hatte gereicht, um in ihm eine kleine Flamme der Hoffnung zu entzünden.

»Hey, Milo.« Beinahe schüchtern stand Nike vor seinem Tisch. »Sarah und ich gehen in der großen Pause kurz zum Bäcker. Wir haben uns überlegt, ob du ... Magst du vielleicht mit?«

Überrumpelt schaute er sie an. *Erde an Milo, bitte kommen!* »Ihr ... wie ... ja, ich ... ich ... okay ... gern?«

Gleichzeitig zu der Erkenntnis, dass er in der kommenden Pause nicht versuchen würde, so unsichtbar wie möglich zu sein, breitete sich ein Grinsen in seinem Gesicht und eine große Freude in seinem Bauch aus. Nicht nur nicht allein – sondern mit Nike.

Sie lächelte ihn an. »Cool.« *Cool.* »Wir treffen uns draußen, ich geh nur noch schnell ... « Sie drehte sich um und ging an ihrem Platz vorbei in Richtung Tür.

Sarah neben ihm grinste und schüttelte den Kopf. »Sie geht nur noch schnell ... was auch immer machen. *Ich* gehe jedenfalls zum Bäcker. Und du?«

»Ich komme.« Milo stand auf. Das allererste Mal ging er den Gang zwischen den Stühlen entlang, ohne sich nach Max, Tim und Co. umzusehen. Vor allem aber Max' wütenden Blick spürte er trotzdem in seinem Rücken. Da wusste Milo, dass diese Pause nur eine vorübergehende Auszeit war.

KAPITEL 7

Milo

»Und du spielst wirklich Ukulele?«

Sarah und Nike hatten ihn den ganzen Weg zum Bäcker gelöchert. So viele Fragen hatte er zusammengenommen in den letzten Monaten nicht beantwortet. Abgesehen von allem, was seine Freunde in Windhoek von ihm wissen wollten, hatte ihn überhaupt niemand irgendetwas Persönliches gefragt.

Ausgerechnet Ukulele. Jake und er hatten sich immer überlegt, womit sie Mädchen beeindrucken konnten. Ihr Ranking wurde angeführt von Coolness und einem perfekten Korbwurf. Jake hatte ihn immer damit aufgezogen, dass er nie ein Mädchen abkriegen würde, wenn er öffentlich zugab, Ukulele zu spielen. Nike hatte es glücklicherweise nicht in die Flucht geschlagen.

»So wie dieser dicke ›Somewhere over the Rainbow‹-Typ?« Im Gegenteil: Die Ukulele hatte es Nike anscheinend besonders angetan. Das musste er heute Abend unbedingt Jake erzählen. Er grinste.

»Meinst du Israel Kamakawiwo'ole?«

»Is… Wie?« Ratlos sah sie von ihm zu Sarah und wieder zurück.

»Komm schon, das kann doch jeder aussprechen.« Milo lachte.

Ob sie wohl wusste, wie außergewöhnlich ihre Augen waren? Abgesehen davon, dass sie noch größer wirkten, wenn sie sie so aufriss. Eines Tages würde er ihr sagen, dass er sich Namibia nah fühlte, wenn sie ihn ansah. Ihre Augen hatten die intensive Farbe des Himmels über dem orangefarbenen Namib-Naukluft-Nationalpark direkt nach Sonnenaufgang. Das intensivste Blau, das Milo je gesehen hatte. Heimwehfarben.

In Deutschland war alles so blass.

»Milo?«

»Wie? … Ja, also, Israel Kamakawiwo'ole, der Sänger. Iz. So nennen ihn die meisten. Ich kenne seinen Namen auch nur, weil ich das Lied schon so oft gespielt und gesungen habe.«

»Echt jetzt? Du singst?« Jetzt machte Sarah große Augen und Nike sah so aus, als ob sie ihn am liebsten losschicken würde, damit er seine Ukulele holte.

»Na ja, also … ja, ich singe schon. Aber nur so für mich. Ich bin nicht gut oder so. Ich … Ich singe einfach gern. Das hat sich jetzt nicht so angehört, als würde ich normalerweise Konzerte geben, oder?« Er grinste. »Nicht, dass ihr denkt, ich wäre ein Angeber.«

»Du? Ein Angeber? Nein, dabei denke ich eher an jemand ganz anderen.« Sarah schnaubte und auch Nike verzog das Gesicht. Sie alle hatten dabei wohl einen anderen im Kopf. Max. Konnte er sich nicht wenigstens aus seinen Gedanken und aus seiner Pause raushalten?

Als ob Nike das Gleiche dachte wie er, wechselte sie schnell das Thema und hielt ihm eine verführerisch duftende Zimtschnecke unter die Nase.

»Die Zimtschnecken sind der Hammer! Gibt's nur donnerstags und du musst sie unbedingt probieren!« Auffordernd wedelte sie damit herum und stoppte dann vor seinem Mund. »Mund auf, Augen zu!«

Er lächelte und schloss die Augen. Diesen Spruch kannte er von seiner Mutter, wenn sie früher versucht hatte, ihn dazu zu bewegen, etwas zu probieren, was er noch nicht kannte. Er roch den Zimt und spürte die Wärme des Gebäcks. Doch darüber lag Nikes ganz eigener frischer Duft und ihre Nähe, die ihn beinahe schwindelig machte. Tief sog er all diese umherwirbelnden Düfte und Gefühle in sich hinein, öffnete den Mund und biss von der Zimtschnecke ab. Er hätte ewig so stehen bleiben können.

»Milo? Du kannst die Augen jetzt wieder aufmachen.« Er hörte Nikes Lachen in ihren Worten. Erschrocken öffnete er die Augen. Peinlich!

»Und? Hab ich zu viel versprochen? Die sind doch köstlich, oder?« Erwartungsvoll sah sie ihn an. Nein, sie lachte ihn nicht aus.

»Sie … sie sind der Hammer.« *Nike war der Hammer.*

»Also, für so eine Zimtschnecke würde ich dir jederzeit was auf der Ukulele vorspielen.« Was redete er denn da? Er würde *niemals niemand* etwas vorspielen.

Nike strahlte ihn an. »Deal!«, sagte sie und hob die Hand, damit er einschlagen konnte. Verdammt.

Nike

Milo mochte Musik. Er würde ihr etwas auf seiner Ukulele vorspielen. Er hatte es versprochen. Dazu müsste sie ihn zu Hause besuchen und würde sein Zimmer sehen. Sie könnte herausfinden, welche Bücher er las, was er für Musik hörte, was für Filme er sah, welche Bilder er aufgehängt hatte. Sie würde ihn besser kennenlernen. Und das wollte sie. Unbedingt. Der erste Kerl, den sie kennengelernt hatte, der nicht versuchte, sie zu beeindrucken, sondern … einfach nur er selbst war.

Während er Sarah und ihr von Namibia erzählt hatte, hatten seine Augen geleuchtet, als ob jemand in ihm ein Licht angezündet hätte. Sie wollte mehr erfahren und ihn besser kennenlernen. Die Geschichte von seinem Himba-Armband mit den drei Muscheln hatte sie besonders berührt. So eines hätte sie auch gerne. Begleitet zu werden von Mut, Zuversicht und Liebe … was für ein wunderschöner Gedanke.

In Nikes Magen wirbelten ein paar Schmetterlinge mit der Zimtschnecke um die Wette. Dann zuckte sie zusammen.

Oh Gott, apropos: Hatte sie Milo eben wirklich mit einer gefüttert? Wie peinlich war das denn bitte? Sarah hatte die ganze Zeit neben ihr gestanden und gegrinst. Schon klar, ihre beste Freundin war ja nicht blöd. Sie hatte längst bemerkt, dass ihr Milo gefiel und Milo hatte offensichtlich auch nichts dagegen gehabt. Aber trotzdem … *oberpeinlich!*

Sobald er die Augen geschlossen hatte, waren ihr die vielen Sommersprossen aufgefallen, die er sogar auf den Augenlidern hatte. Seine Haut hatte einen warmen Ton, als ob er viel Zeit in der Sonne verbringen würde und seine Haare waren an den Spitzen sehr viel heller als oben. Dabei regnete es seit Tagen. Ob er einen Sonnenspeicher hatte, den er randvoll gefüllt hatte?

Sie schaute auf die Uhr. Noch sieben Minuten bis Unterrichtsbeginn. Deutsch bei Frau Brettschneider. Auch nicht unbedingt ein zwischenmenschlicher und pädagogischer Hauptgewinn. Nike hatte den Verdacht, dass sich die Lehrer die 10c wie den schwarzen Peter hin- und herschoben, weil keiner sie wirklich haben wollte. Dabei war die Klasse gar nicht so schlimm. Nicht alle jedenfalls.

Wenn Max nicht wäre, wären die anderen vermutlich sogar ganz okay. Der einzige Lehrer, der wirklich spitze war, war Herr Ertel. Er war Vertrauenslehrer, unterrichtete Gemeinschaftskunde in der 10c und betreute die Social-Media-AG, die aber erst diesen Donnerstag starten sollte, weil die Raumverteilung – wie an jeder Schule – am Anfang des Jahres chaotisch war. Sarah hatte sich fest vorgenommen, hinzugehen. Dass Herr Ertel in der Klasse war, war echt ein Lichtblick. Wenigstens einer, der auch mal die wichtigen Themen ansprach. Er war der Einzige, der Max in seine Schranken wies.

»Kommt, wir müssen los.« Sarah war schon ein paar Schritte vorausgegangen, nur Nike und Milo standen nach wie vor an Ort und Stelle. Irgendwie hatten sich ihre Blicke ineinander verhakt. Nike hatte allergrößte Mühe, sich loszureißen.

»Nike? Milo? Kommt ihr?« Sarah lachte, als beide synchron zusammenzuckten. Der Bann war gebrochen. Aber das warme Gefühl, das sich in den letzten Sekunden in Nikes Körper ausgebreitet hatte, blieb, obwohl Milo sich nun auch in Bewegung gesetzt hatte.

»Ja, klar. Sorry. Dank eurer Zimtschnecke hab ich völlig vergessen, auf die Uhr zu schauen. Da war bestimmt was Einschläferndes drin.« Milo grinste.

»Einschläfernd? Nein, *das* war Behling.«

»Da sagst du was. Oh Mann, wenn ich nur daran denke, dass wir ihn auch in Französisch haben, muss ich gähnen. Ich sollte ihn vielleicht als Einschlafhilfe mit nach Hause nehmen.« Er riss plötzlich die Augen auf, als hätte er ein Geheimnis verraten.

»Du kannst nicht schlafen?«

»Doch, ich ... na ja, ich ...« Er schluckte. »Ich skype eben oft mit meinen Freunden oder ich schaue einen Film und da vergesse ich dann gern mal die Zeit. Tja, so ein Behling wäre jedenfalls nicht schlecht. Er würde mich wohl rechtzeitig einschlafen lassen und dann wäre ich morgens nicht immer so müde. Vielleicht könnte er auch bei meinem kleinen Bruder vorbeischauen. Hilft bestimmt besser als dieses Deutschrap-Zeug, das er immer zum Einschlafen hört.« Obwohl Milo lachte, hatte Nike das Gefühl, dass ihm das Gespräch unangenehm war. Dabei war nicht einschlafen zu können etwas, was Nike selbst nur allzu gut kannte. Schließlich lag sie ebenfalls nächtelang wach und grübelte.

»Du hast einen Bruder?« Mittlerweile hatten sie den Schulhof überquert und Milo stemmte die Tür auf, damit Sarah und sie hindurchgehen konnten.

»Ja, hab ich. Er heißt Carl und er ...« Milo drehte sich noch mal um und zeigte in Richtung Fahrradständer, »... steht da drüben.«

Gerade als Milo auf diesen Jungen zeigte, der ihm tatsächlich ziemlich ähnlich sah, blies der eine Rauchwolke aus, die garantiert nicht dadurch entstanden war, dass es draußen so kalt war. Kein Zweifel: Carl, Milos Bruder, rauchte. In Milos Gesicht spiegelte sich ebenfalls Erstaunen. Anscheinend hatte er das nicht gewusst.

Neben Carl standen Max, Tim und Jonas mit dem Rücken zu ihnen. Milo hatte die drei anscheinend noch nicht erkannt.

»Echt jetzt? *Das* ist dein Bruder?«

»Äh, ja. Warum nicht?« Irritiert sah er sie an.

»Na ja, weil er mit Max und den anderen abhängt.«

In seinen Augen konnte Nike den Schock erkennen, den diese Erkenntnis in ihm auslöste. Genau in diesem Moment drehten sich die vier zu ihnen um. Und obwohl der Schulhof zwischen ihnen lag, sah sie, wie Max' Mund sich zu einem gehässigen und boshaften Grinsen verzog, sobald er sie entdeckte. Aber was noch schlimmer war, war der ablehnende Ausdruck in Carls Gesicht.

Milo zuckte zurück, als hätte ihn jemand geschlagen. Nike hätte ihn am liebsten in den Arm genommen, aber dazu kannten sie sich nicht gut genug. Außerdem hatte er sich längst umgedreht und war wortlos im Treppenhaus verschwunden.

KAPITEL 8

Milo

Das konnte doch nicht wahr sein! Carl rauchte also wirklich. Und noch viel schlimmer: Er gab sich ausgerechnet mit dem allergrößten Idioten der Schule ab? Milo schnaubte frustriert, als er die Stufen zum Klassenzimmer hochstieg. Was war nur in Carl gefahren? Kaum hatte Milo das Gefühl, dass es aufwärtsging, wenigstens ein bisschen, musste er so was mit ansehen. Warum? *Warum?* Wütend stapfte er die Treppe hoch.

»Milo?« Nike und Sarah standen immer noch unten.

Milo lehnte sich über das Geländer und sah geradewegs in Nikes Augen. Ihre Blicke verfingen sich für einen kurzen Moment und Milos Mund wurde trocken. Spürte nur er dieses, diese … merkwürdige Vertrautheit oder ging es ihr genauso?

»Alles in Ordnung?« Super. Mitleid zu erregen war ja wohl alles andere als attraktiv.

»Ja, alles gut. Sorry. Ich hab nur die … Hausaufgaben nicht und dachte, ich könnte …« Oh Mann. Alles ging schief. Da hatte er einmal die Gelegenheit, mit dem tollsten Mädchen der Welt Zeit zu verbringen und dann verhielt er sich plötzlich wie ein Vollidiot und sagte zu ihr, dass er lieber Hausaufgaben machen wollte, als mit ihr zusammen ins Klassenzimmer zu gehen. Und das, obwohl sie sich nicht mal von der Ukulele und dem Himba-Armband hatte abschrecken lassen. Jake würde sich kaputtlachen, wenn er ihm das erzählte.

»Warte kurz.« Nike kam ebenfalls die Treppe rauf und blieb auf der Stufe unter ihm stehen. Wenn er die Hand nur ein kleines bisschen ausstreckte, könnte er ihre berühren. Er könnte außerdem die Haarsträhne, die sie gerade aus ihrem Gesicht gepustet hatte, hinter ihr Ohr streichen. Er könnte sich damit allerdings einfach auch immer weiter blamieren. Nicht notwendig. Er steckte schnell seine Hände in die Hosentaschen, um weder das eine noch das andere zu tun.

»Max ist ein Idiot, Milo«, sagte Nike. Und nun war sie es, die ihre Hand ausstreckte und sie ihm auf den Arm legte. Dort, wo sie ihn berührte, wurde seine Haut ganz warm.

Sie lächelte und in ihren namibiablauen Augen sah er, dass sie nachvollziehen konnte, wie er sich fühlte. Anscheinend war er ziemlich talentfrei, was das Verbergen von Gefühlen anging.

»Dass ausgerechnet dein Bruder sich mit Max so gut versteht, tut mir echt leid.« Sie schüttelte den Kopf. »Aber er wird es schon noch kapieren, ganz sicher. Wenn er auch nur ein bisschen so ist wie du, eher früher als später.« Aufmunternd sah sie ihn an. »Und das ist er doch, oder?«

Milo schluckte. Bis vor ein paar Wochen hätte er das bestätigt. Aber was wusste sie schon? Er hatte ja selbst keine Ahnung mehr, wer Carl war. Was er allerdings ganz genau wusste, war, dass Mädchen Jungs nicht toll finden konnten, die sich einfach nur durchgehend als Loser präsentierten. Zu viel Gefühl, zu wenig Coolness.

»Passt schon, danke.« Milo versuchte ein Lächeln, das ihm einigermaßen gelang. »Er kriegt sich bestimmt wieder ein. Und wegen Max …«

Er hatte sich voll auf Nike konzentriert und ihn nicht kommen sehen. Erst als jemand Milo grob anrempelte, sah er auf und in Max' aggressives Gesicht.

»Was ist mit mir?« Er verschränkte die Arme vor dem Körper und lehnte sich nach vorne, sodass Milo dessen ekelhafter, nach Rauch stinkender Atem ins Gesicht schlug.

»Mit dir? Was soll mit dir sein?« Milo wedelte mit der Hand vor seiner Nase herum, um den Geruch zu vertreiben. Das machte Max nur noch wütender. Hinter ihm stand Jonas in der gleichen Pose auf der Treppenstufe und darunter Tim, der so aussah, als wäre er gern überall, nur nicht dort auf der Treppe. Carl ging an ihnen vorbei, wortlos und ohne Milo eines Blickes zu würdigen. Sein abfälliger Gesichtsausdruck sprach allerdings Bände.

»Glaubst du im Ernst, du bist so interessant, dass wir immer nur über dich sprechen?«, fragte Milo und hätte sich im selben Augenblick auf die Zunge beißen können. Schließlich hatte er sich vorgenommen, Max aus dem Weg zu gehen und ihn nicht noch zusätzlich zu provozieren, aber Nikes Anwesenheit hatte ihn dazu verleiten lassen, auf seine Provokation einzugehen. Er wollte nicht, dass sie glaubte, er sei alles andere als cool und überlegen.

Max kniff die Augen zusammen. »Es wäre besser für dich, du wüsstest, wo dein Platz ist, Fisch. Sonst muss ich ihn dir vielleicht demnächst zeigen.« Bei den letzten Worten war er mit seinem Gesicht ganz nah an Milos gekommen und hatte ihm seinen stinkigen Atem direkt ins Gesicht geblasen. Beinahe hätte sich Milo geschüttelt, wobei die Situation dann vermutlich eskaliert wäre. Am liebsten hätte er sich weggedreht und wäre ins Klassenzimmer gegangen, aber Max, Jonas und Tim hatten Nike und ihn quasi am Treppengeländer eingeklemmt, während Sarah noch unten stand und zu ihnen nach oben sah. Wenn die drei keinen Schritt zur Seite machen würden, kämen Nike und er nicht raus.

Tief einatmen. Ruhig bleiben. Lächeln. *Kill them with kindness.* Noch so ein Spruch von Coach Smith, mit dem er seinem Basketball-Team beizubringen versucht hatte, dass man mit Freundlichkeit meist mehr erreichte, als damit, zusätzliche Aggressivität ins Spiel zu bringen.

»Würdest du bitte mal einen Schritt zur Seite machen, damit Nike und ich in den Unterricht können?«

Es schien nicht bei jedem zu greifen. Bei Max bewirkte es genau das Gegenteil.

»Oha, was bist du nur für ein fleißiges Fischchen, Zander! Da freut sich die Brettschneider sicher, wenn sie so einen Streber in Deutsch unterrichten darf.« Er lachte gehässig und verstellte seine Stimme, sodass sie höher klang. »Da kommt er ja, mein kleiner Liebling«, sagte er, während er so tat, als würde er sich über seinen nicht vorhandenen Busen streicheln. »… ob er mich heute wieder so glücklich macht wie gestern?«

»Lass gut sein, Max!«, mischte Nike sich ein und funkelte ihn böse an. »Spiel mit deinen eigenen Jungs!« Sie legte ihre Hand auf Max' Arm. Beinahe wäre Milo zusammengezuckt. Diese besänftigende Geste schmerzte in seinen Augen. »Komm schon. Das hast du doch gar nicht nötig, oder?«

Wie auch immer sie das gemeint hatte, es zeigte Wirkung. Max schaute selbstgefällig grinsend von Jonas zu Tim.

»Meine Süße eben … Einem wie dem bin ich logisch Millionen Mal überlegen.« Er schüttelte den Kopf. »Das Einzige, was ich nicht verstehe, ist, warum mein Mädchen diese Lusche verteidigt. Aber wenn du meinst …« Er war schon im Begriff, sich umzudrehen und endlich den Weg freizugeben.

Beinahe hätte Milo aufgeatmet.

»Ich bin nicht dein Mädchen«, sagte Nike da ganz ruhig und fixierte Max aus zusammengekniffenen Augen, »und deine Süße schon gar nicht.«

Nike

Was hatte sie sich nur dabei gedacht? So viele Jahre hatte Nike es erfolgreich geschafft, Max' Annäherungsversuche ins Leere laufen zu lassen, ohne ihn damit gegen sich aufzubringen. Sie hatte es immer so aussehen lassen, als ob sie nicht an ihm interessiert war, aber auch, dass sich das durchaus eines Tages ändern könnte. Instinktiv. Um sich zu schützen. Auch wenn ihr im Nachhinein klar war, wie feige das war.

»Was hast du gesagt?«

»Ich sagte, dass ich nicht dein Mädchen bin.« Es gab kein Zurück mehr.

»Das würde ich mir allerdings gut überlegen, Süße. Du weißt nicht, was dir entgeht. Oder vielleicht ja doch?« Mit einem süffisanten Lächeln hakte er seine Daumen in die Laschen seiner Jeans. Nike konnte die Wut sehen, die sich hinter dieser Geste verbarg und ihr selbst wurde schlagartig eiskalt. Die Andeutung, die er gemacht hatte, reichte aus, damit die Angst sie zu fassen bekam und sie bereute, ihm die Gelegenheit verschafft zu haben, mit ihr zu spielen. Nicht zum ersten Mal, seitdem sie ihn kannte, wurde ihr bewusst, wie schnell die Situation kippen konnte. Max war eine tickende Zeitbombe, voller Frust und Zorn und allezeit bereit, komplett auszuflippen. Sie konnte trotzdem nicht mehr zurück. Denn selbst wenn sie jetzt einknickte, würde er nicht lockerlassen.

»Doch, das weiß ich wohl. Gerade deshalb.«

Max schob sich ganz nahe an sie heran und legte eine Hand in ihren Nacken. Seine kalten Augen hielten ihren Blick gefangen und sie hatte keine Chance, wegzusehen. Ihr Hals schmerzte, als er seinen Griff verstärkte. Nike spürte, wie Milo neben ihr zusammenzuckte, und aus dem Augenwinkel sah sie, wie er die Hände zu Fäusten ballte.

»Lass sie sofort los!«, zischte Milo. Sein Gesicht war beinahe weiß. »Du hast sie gehört, Mann. Sie will dich nicht!«

»Das werden wir ja sehen«, flüsterte Max, schob sich noch ein Stückchen näher an Nike und drückte ihr grob einen Kuss auf den Mund, so schnell, dass sie überhaupt nicht reagieren konnte. »Nicht wahr, Rotkäppchen?« Er drehte sich lachend um und war schon im Begriff, die Treppe hochzugehen. »Kommt Jungs. Die Brettschneider wartet!«

Milo

Er hasste Gewalt. Und er war davon überzeugt, dass es immer einen anderen Weg gab, um Konflikte zu lösen. Aber bisher hatte er auch noch niemanden wie Max getroffen. Er war noch nie so wütend gewesen. Mit einem Satz war er neben Max und packte ihn an der Schulter.

»Nein heißt Nein. Sie will dich nicht, Mann. Kapier' das einfach und lass sie in Ruhe!« Langsam drehte sich Max um und starrte zuerst Milos Hand an seinem Arm und dann Milo mit zusammengekniffenen Augen an.

»Bist du jetzt ihr Ritter in schimmernder Rüstung, Fisch? Für wen hältst du dich eigentlich? Für Iron Man? Ich mach dich platt, du schwules Arschgesicht. Ich mach dich ...« Er sprach den Satz nicht zu Ende, sondern donnerte Milo seine Faust ins Gesicht.

Ein stechender Schmerz bohrte sich in Milos Schädel und er spürte, wie ihm das Blut aus der Nase schoss. Er taumelte kurz, um nicht das Gleichgewicht zu verlieren. Vor seinen Augen tanzten Sternchen und er hatte allergrößte Mühe, nicht zu stolpern. Irgendjemand griff nach seinem Arm und hielt ihn fest. Sein Kopf dröhnte und seine Nase pulsierte.

»Oh Gott, Milo, alles okay?«, rief Nike und stellte sich neben Milo. »Max, du Vollidiot, du hast sie doch nicht mehr alle!«

Jemand reichte ihm ein Taschentuch. Sarah. Die Sternchen verblassten allmählich. Der Schmerz blieb. Vorsichtig tastete er nach seiner Nase.

»Mann, Max, spinnst du? Für so was kann man von der Schule fliegen, komm schon, lass gut sein.« Tim hatte seinen Freund am Ärmel gepackt, während Jonas ans Treppengeländer gelehnt daneben stand und grinste. Mittlerweile hatten die anderen aus ihrer Klasse offensichtlich den Lärm gehört und waren aus dem Klassenzimmer gekommen, um nichts zu verpassen. Keiner sagte etwas. Alle starrten gebannt auf die Szene, die sich vor ihren Augen abspielte.

»Ich habe dich gewarnt, Fisch.« Max machte einen Schritt auf Milo zu und versuchte, ihn zu schubsen. Dadurch, dass Tim ihn festhielt, gelang es ihm nicht, was ihn nur noch wütender machte. Er holte nach hinten aus, um sich aus Tims Griff zu befreien. Dabei schlug er seinem Freund beinahe ins Gesicht. »Verpiss dich, Mahler!« Erschrocken ließ Tim Max' Ärmel los und trat einen Schritt zurück.

Das Adrenalin pulsierte durch Milos Körper und er war bereit für alles, was da kam. Bevor Max allerdings einen weiteren Treffer landen konnte, war Frau Brettschneider neben sie getreten, ohne dass Milo es bemerkt hatte.

»Was ist hier los?« Sie griff nach Milos Kinn und drehte sein Gesicht zu sich. »Uh!«, machte sie und schüttelte den Kopf. »Erst seit Kurzem hier und schon eine Schlägerei, Milo? Das sieht aber gar nicht gut aus.«

Milo wusste nicht, ob sie seine Nase oder die Auseinandersetzung mit Max meinte.

Beides traf definitiv zu.

»Milo hat damit gar nichts zu tun!«, schaltete Nike sich ein und schob sich vor Milo. »Max hat einfach zugeschlagen.«

»Das mag ja sein, Nike Steiner, aber ganz ehrlich: Es ist mir egal, wer angefangen hat und aus welchem Grund. Ihr seid alle alt genug, um die Konsequenzen für euer Handeln zu tragen. Sowohl derjenige, der angefangen hat, als auch der, der weitermacht. Ich habe es satt, ständig mit euren Auseinandersetzungen konfrontiert zu werden.« Sie schüttelte den Kopf. »Max und Milo, ihr schreibt mir bis Montag eine Zusammenfassung der ersten zehn Kapitel von *Faust*. Mindestens vier Seiten. Ihr meldet euch außerdem nach der Schule bei Schmidt. Und Milo: Ich informiere selbstverständlich Doktor Schneider. Kein guter Einstieg, muss ich schon sagen. Von dir, Max, habe ich sowieso nichts anderes erwartet.« Sie warf ihm einen letzten bösen Blick zu, bevor sie sich abwandte und

Richtung Klassenzimmer ging. Es wurde getuschelt. Natürlich. Der Neue hatte sich geprügelt.

Kurz blieb Frau Brettschneider stehen und drehte sich noch einmal um. »Wer nicht in den nächsten zwei Minuten im Klassenzimmer ist, darf sich Max und Milo anschließen. Ach ja, die Zusammenfassung wird selbstverständlich benotet.«

KAPITEL 9

Milo

Was für eine Scheiße! Nicht genug, dass er jetzt selbst der Nächste sein würde, der da draußen im Hof Blätter fegen oder Müll aufsammeln würde. Viel schlimmer war, dass er sich nicht gegen Max gewehrt hatte. Er hatte nur dagestanden und sich eine runterhauen lassen. Seine Nase hatte zwar aufgehört zu bluten, aber sein Kopf dröhnte immer noch, und das, obwohl er mittlerweile die schlimmste Doppelstunde Deutsch seiner Schullaufbahn hinter sich gebracht hatte. Die Brettschneider hatte ihnen sogar die Pause gestrichen und wenn sie nach Deutsch nicht kurz ins Lehrerzimmer gemusst hätte, wäre sie vermutlich direkt zu Bio übergegangen, denn leider unterrichtete sie auch dieses Fach in der 10c. »Brettschneider-Thursday« hatte er den Tag insgeheim schon beim ersten Blick auf den Stundenplan getauft. Es half auch nichts, dass Frau Brettschneider ihn gebeten hatte, sie ins Lehrerzimmer zu begleiten und ihm draußen ein Gespräch angeboten hatte. Selbst wenn Max und die anderen nicht so laut über ihn gelästert hätten, dass er sogar vor der Tür jedes Wort hörte, hätte er gewusst, was hinter seinem Rücken abging. Selbst wenn er Frau Brettschneider erzählt hätte, wie Max ihn quälte, würde sich nichts ändern. Sobald es Konsequenzen für Max gäbe, würde Milo es doppelt büßen müssen. Nein, Milo würde kein Wort sagen. So schwer ihm auch das »Alles in Ordnung, danke der Nachfrage, Frau

Brettschneider«, über die Lippen gekommen war. Und sosehr ihr Blick Bände gesprochen hatte.

Nur noch eine Stunde Bio und dann war er frei. Wenigstens bestätigte das Gespräch, dass die Brettschneider eigentlich ganz in Ordnung war. Milo vermutete trotzdem, dass sie ihn sofort in eine Schublade gesteckt hatte. Eine, mit dem gleichen Label wie die von Max vermutlich. »Lohnt sich nicht« stand darauf. Er konnte es ihr noch nicht einmal verdenken.

Wenigstens drehte sich Nike immer wieder mal um und lächelte ihn mit diesem unglaublichen Lächeln an, in dem Milo alles Mögliche las und das ihn noch ein paar Minuten von Innen wärmte, auch wenn ihn schon wieder Brettschneiders eisiger Blick traf.

Solange es dieses Lächeln gab, konnte ihm weder Max noch irgendein Lehrer etwas anhaben. Ihr Lächeln schien seine Seele mit einer glänzenden Ritterrüstung zu überziehen. Milo grinste. Wie poetisch. Jetzt drehte er völlig ab. Zum Glück konnte keiner seine Gedanken lesen.

»Milo Zander?«

»Ja?« Er setzte sich aufrecht hin und versuchte, wenigstens den Anschein zu erwecken, als ob er bei der Sache sei.

»Was ist so lustig an Zellteilung?«

»Eh, nichts?« *Was ist so schlimm an einem Grinsen?*

»Nun, es wäre mir sehr recht, du würdest deine Energie in den Unterricht investieren und nicht in irgendwelche Witze, die du dir selbst erzählst.«

Ein paar Schüler kicherten. Tim, Max und Jonas und noch einige andere drehten sich zu ihm um. Nike ebenfalls. Sie verdrehte die Augen und sah ihn mitfühlend an. Alles Idioten, sagte ihr Blick.

Los, Milo, schnell – eine schlagfertige Antwort, damit sie sieht, dass du kein sprachloser Loser bist.

»Ich … ich …« *Okay.* War wohl nichts. Schade, dass es im Sportverein keine Abteilung »Schlagfertigkeit« gab. Volkshochschule wäre auch okay. Hauptsache, ihm fiel zur Abwechslung mal direkt etwas ein, was er sagen könnte, und nicht erst Stunden später, oder schlimmer noch nachts, wenn sich solche Momente in seinen Träumen in ihrem ganzen wortlosen Vakuum ausbreiteten.

»Gut, dann komm doch mal nach vorne und male uns einen Ablaufplan von Mitose und Meiose an die Tafel. Ich habe es ja jetzt ausreichend erklärt. Die jeweiligen Begriffe stehen auf dem Blatt, das ich vorhin ausgeteilt habe. Du kannst es gern mit nach vorne bringen.« Sie lächelte dünn.

Danke, Frau Brettschneider. Vielen Dank. Es musste ein großartiges Gefühl sein, seine Macht ausspielen zu können. Wie armselig. Milo schob den Stuhl nach hinten, schnappte sich seinen Zettel und stand auf. Es blieb ihm wohl nichts anderes übrig, als ihr zu beweisen, dass sie ihn unterschätzte.

Kill them with kindness. Er würde sich keine Blöße geben. Zumindest nicht mehr. Es reichte schon, dass er sich von Max eine blutige Nase geholt hatte.

»Kein Problem, Frau Brettschneider.«

»Oh, sie liebt ihn ja doch noch!«, zischte Max, als Milo an ihm vorbei nach vorne ging, »… ihren kleinen Liebling!«

Mann, was für ein Idiot. Milos vorgetäuschte Gelassenheit war so gut wie aufgebraucht und er biss die Zähne fest aufeinander, um sich selbst daran zu hindern, irgendetwas zu sagen (was auch immer das sein konnte). Mehr denn je sehnte er sich nach dem Klingeln der Pausenglocke. Aber wenn er die Brettschneider nicht noch mehr gegen sich aufbringen wollte, reagierte er besser nicht darauf. Das kam seiner nicht vorhandenen Schlagfertigkeit wenigstens sehr entgegen.

Nike

Unglaublich, was Milo alles aushielt. Wie er da absolut cool an diesem Idioten vorbeiging, ohne ihn eines Blickes zu würdigen oder auf seine blöden Sprüche zu reagieren, das war schon ganz schön beeindruckend.

Milos Nase sah ziemlich geschwollen aus und als er an ihrem Tisch vorbeikam und ihr dieses schiefe Lächeln schenkte, hätte sie am liebsten seine Hand festgehalten. Wäre mit ihm aus dem Klassenzimmer und ins Schulklo gegangen, um das restliche, angetrocknete Blut wegzuwischen und dann raus aus der Schule, über die Straße, ins *Vera*. Hätte sich mit ihm an den Tisch hinten in der Nische gesetzt und eine heiße Schokolade mit Sahne getrunken. An manchen Tagen half nur sehr viel Zucker. Heute war definitiv so einer.

Stattdessen sah sie Milo zu, wie er versuchte, anhand der Fremdwörter auf dem Blatt die Aufgabe zu lösen. Prophase. Anaphase.

Nike schämte sich. Für Max. Für Frau Brettschneider. Für Doktor Schneider. Und dafür, dass diese Klasse nicht in der Lage war, einen neuen Schüler normal aufzunehmen.

Milo stand aufrecht an der Tafel und Nike bewunderte seine langen, schlanken Finger, die die Kreide hielten und die kraftvolle, schön geschwungene Handschrift. Selbst wenn es nicht okay war, dass er da vorne stand, so hätte sie ihm stundenlang zusehen können. Ob er wohl wusste, wie gut er aussah? Er hatte vom Basketballspielen in Namibia breite Schultern, die sich unter seinem Shirt abzeichneten, und seine etwas längeren Haare glänzten, wenn er sie sich aus dem Gesicht strich. Als er an ihr vorbeigegangen war, war ihr wieder einmal aufgefallen, wie gut er roch. So, als sei er gerade erst aus der Dusche gekommen. Und bei jeder seiner Bewegungen glaubte sie selbst jetzt noch, einen Hauch von seinem Duft erhaschen zu können.

Sarah, die ausnahmsweise mal neben Nike saß, stieß sie in die Seite.

»Nicht sabbern, ja?« Ihre beste Freundin grinste und wies mit dem Kopf nach vorne. »Dass du Tafelaufschriebe in Bio so spannend findest, habe ich gar nicht gewusst. Ach ja, und die Herzchen in den Augen stehen dir top!« Sie zwinkerte Nike zu.

Nike lächelte ebenfalls und tippte Sarah liebevoll mit dem Ellbogen an. »Klappe, Sarah! Ich muss aufpassen!«

»Schon klar.« Ihre Freundin kicherte.

»Haben die Damen etwas zum Unterricht beizutragen?«

Die Brettschneider merkte aber auch alles.

»Nein, alles gut. Wir passen auf.«

»Gut, denn wenn ihr etwas zu sagen habt, dann meldet euch und sagt es laut.«

Diese Sprüche immer. Wie oft sie die schon gehört hatten. Ob die Lehrer sich nicht mal was anderes einfallen lassen konnten? »Bis zum Ende der Stunde will ich nichts mehr von euch hören!« Auch nicht besser. Immerhin hatte sie Sarah und ihr nicht angedroht, etwas über *Faust* schreiben zu müssen, obwohl es ihr durchaus zuzutrauen war. Vor allem, weil sie heute anscheinend besonders schlechte Laune hatte.

In der Reihe vor ihr beugte sich Tessa zu Natalie. »Manche Leute haben einfach immer Glück«, zischte sie ihrer besten Freundin zu, bevor sie verächtlich nach hinten sah und den Kopf schüttelte.

Warum hatte sie das gesagt? Wie kam sie darauf? Nein, Tessa und Nike waren keine Freundinnen. Aber sie hatten bisher auch keine Probleme miteinander gehabt. Sie waren sich auf Partys begegnet und natürlich in der Schule. Dabei hatten sie sogar manchmal kurz gequatscht. Sie waren in einer Klasse. Neutral. Nicht mehr und nicht weniger. Da Nikes Bruder Ed nächstes Jahr Abi machte, kannte sie ein paar aus der J1 und der J2. Und deshalb war Tessa immer ziemlich freundlich zu ihr gewesen, vor allem, wenn die Oberstufenschüler dabei waren. Aber die fand jedes Mädchen am THG gut. So weit, so normal.

Nata war immer da, wo Tessa war. Sie war zwar total schüchtern und Nike war davon überzeugt, dass sie die Schülerin war, mit der sie selbst bisher in all den Jahren am wenigsten gesprochen hatte, aber wenn Tessa nicht dabei war, hatten sie schon das ein oder andere Wort gewechselt. Nata war okay. Hatte Nike zumindest bisher gedacht.

Was hatten die beiden also plötzlich gegen sie? Egal. Es gab Wichtigeres.

Milo schlug sich gut. Noch zehn Minuten und dieser grässliche Vormittag war zu Ende. Draußen regnete es immer noch. Was auch immer sich Schmidt für Milo und Max ausdachte, es würde keine angenehme Arbeit sein.

Als es klingelte, entstand sofort ein unglaublicher Lärm im Klassenzimmer: alle sprangen gleichzeitig auf, warfen ihre Sachen in die Tasche, um so schnell wie möglich das Klassenzimmer zu verlassen. Nur Milo nicht. Seelenruhig beendete er seinen Aufschrieb, während die Brettschneider am Fensterrahmen lehnte und ihn misstrauisch beobachtete.

Nike sah Frau Brettschneider an, dass sie alles erwartet hätte, nur nicht, dass Milo seine Aufgabe so gut lösen würde. Damit hatte er ihr den Wind aus den Segeln genommen und ihre Vorurteile ihm gegenüber mehr ins Wanken gebracht, als er es je in einem Gespräch hätte schaffen können.

Er klopfte sich die Kreide von den Fingern. In dem Moment, als er aufsah, trafen sich ihre Blicke. Ein feines Lächeln erschien auf seinem Gesicht, und Nike sah ihm an, dass er sich freute, weil sie geblieben war.

»Hast du auf mich gewartet?«

Hatte sie? Sarah war jedenfalls längst nach draußen gegangen, nicht ohne ihr noch einmal lachend ein »Hach, Milo!« ins Ohr zu raunen.

»Ich, ja, also, ich dachte, wir könnten …«

»Sehr gut, dass du gerade da bist, Nike«, unterbrach Frau Brettschneider Nikes Gestammel. Ausnahmsweise war sie froh darüber. »Du könntest Milo zeigen, wie er zum Hausmeister kommt. Ich nehme an, Max ist schon dort. Jedenfalls hoffe ich das.« Seufzend schüttelte sie den Kopf. »Wie dem auch sei, deine Performance an der Tafel war nicht schlecht, Milo«, fuhr sie fort, bevor sie sich umdrehte. »Wäre schön, es würde auch in den Pausen so gut klappen.«

Nike verzog das Gesicht, als die Tür hinter ihr ins Schloss fiel. »Sorry. Ich hatte gehofft, sie lässt deine Strafe fallen. Es wäre fair gewesen, nach dem, was du gerade abgeliefert hast.«

»Passt schon. Kein Problem, wirklich. Ich wollte den Hausmeister sowieso schon längst kennenlernen.« Er grinste sie mit funkelnden Augen an und griff im selben Moment nach seiner Tasche, als sie ihre vom Tisch nehmen wollte. Als sich ihre Hände zufällig berührten, tanzten die Schmetterlinge in Nikes Bauch einen fröhlichen Dubstep.

Gemeinsam verließen sie das Klassenzimmer und gingen nebeneinander die Treppe hinunter.

Tessa und Nata standen am Geländer und Nike hörte, wie Tessa zu Nata sagte: »Die ist sich auch für nichts zu schade.«

Aber vielleicht – hoffentlich – hatte sie sich ja verhört.

KAPITEL 10

Milo

Nein, er wollte den Hausmeister nicht wirklich kennenlernen, aber er konnte sich vor Nike auch keine Blöße geben und so schlimm konnte es schon nicht werden. Außerdem, wenn er ehrlich war, hatte er in der Mittagspause sowieso nichts vorgehabt. Vermutlich war er einer der wenigen Schüler, die freiwillig eine AG am Donnerstagnachmittag besuchten. Informatik. Aus lauter Langeweile hatte er sich dort angemeldet. Der Lehrer schien allerdings richtig nett zu sein. Sven Ertel hieß er und unterrichtete in ihrer Klasse Gemeinschaftskunde. In seiner ersten Stunde in der 10c hatte er für seine AG geworben und nachdem Milo gesehen hatte, dass sich Max nicht eingetragen hatte, hatte er sich auf die Liste geschrieben. Informatik interessierte ihn wirklich und er konnte dringend ein bisschen Nachmittagsablenkung von seinen trüben Gedanken gebrauchen. Außerdem: Wie oft konnte man »V wie Vendetta« schon ansehen?

»*Gott ist im Regen*«, zitierte er Evey seufzend und schaute nach oben. Wäre schön. Dann würde das Wetter wenigstens Sinn machen.

»Wie bitte?« Nike sah ihn erstaunt an, während sie neben ihm herging, um ihn zum Büro des Hausmeisters zu begleiten. Oh. Er hatte das wohl laut gesagt.

»Ach nichts, das … das ist ein Zitat aus meinem Lieblingsfilm.« Er hob entschuldigend die Schultern. »Du denkst bestimmt, ich habe sie nicht mehr alle. Aber ich habe ihn wirklich schon sehr oft gesehen und …«

»Das ist wirklich ein schönes Zitat.« Nike strahlte ihn an. Milo wurde es warm ums Herz. »Aus welchem Film ist das?«

»Aus ›V wie Vendetta‹.« Er verstellte seine Stimme ein wenig, sodass sie tiefer klang. »*Man trägt für so lange Zeit eine Maske, bis man vergisst, wer man darunter eigentlich ist.*«

»Oh, das hört sich interessant an. Um was geht's?«

»Sag bloß, du kennst V nicht?« Er setzte einen empörten Gesichtsausruck auf. »Das geht auf gar keinen Fall! Also: Der Film spielt irgendwann um 2030 und es geht um V, einen Mann, der das skrupellose Regime von England stürzen will. Außerdem will er sich dafür rächen, dass er selbst misshandelt und beinahe getötet worden wäre, wobei sein Gesicht verätzt wurde. Deshalb trägt er auch immer eine Guy-Fawkes-Maske. Also diese weiße Maske mit den schwarzen Augenbrauen und dem schmalen schwarzen Bart? Kennst du bestimmt. Jedenfalls rettet er irgendwann Evey, eine junge Frau, vor einer Vergewaltigung und … Oh Mann. Ich höre mich wie ein Filmstreber an und der Film eher gruselig als großartig. Aber er ist unglaublich, echt. Weißt du was? Ich gebe dir die DVD und …« Sie sah wenig begeistert aus. Er klang aber auch echt wie ein richtiger Film-Nerd. »… und du schreibst mir eine Zusammenfassung über die ersten zehn Kapitel bis Montag!«

Sie lachte. Glück gehabt.

»Oh nein! Das ist viel zu viel, Milo Brettschneider! Wie soll ich das schaffen?« Sie war stehen geblieben und hatte ihre Hände in die Hüften gestemmt. »Ich hab auch noch ein Leben!«

»Das ist gut«, erwiderte Milo und das Lachen fiel ihm nicht mehr ganz so leicht. »Ich meine, dass du ein Leben hast …« Er hatte nämlich keines. Aber das musste Nike ja nicht wissen. Jetzt, in dieser Sekunde, stimmte es auch gar nicht. Jetzt, in dieser Sekunde, fühlte er sich leicht, froh und äußerst lebendig. Es tat gut, herumzualbern. Und es war erstaunlich, wie leicht ihm alles mit Nike fiel. »Sollte sich das irgendwann einmal ändern, kannst du gern ein bisschen was von meinem abhaben.«

»Das hört sich doch super an.« Ihre Augen strahlten. »Vielleicht können wir uns deinen Film mal zusammen anschauen?«

Meinte sie das ernst? Milos Herz schlug so schnell, dass er das Gefühl hatte, es könnte ihm aus dem Brustkorb hüpfen. »Ich meine, wenn er besser ist, als das, was du vorhin erzählt hast?« Sie grinste.

Jetzt nur nichts falsch machen, Milo. Sie hatte ihm quasi ein Date angeboten. Er musste nur noch das Richtige sagen und … dann … könnten sie beide Zeit miteinander verbringen. Nur er und das tollste Mädchen, das er je kennengelernt hatte. *Einatmen. Ausatmen. Komm schon, Milo. Trau dich!*

»Oh ja?« Er tippte sich mit dem Zeigefinger auf die Nase, als würde er überlegen. »Du findest meine Zusammenfassung schlecht? Na gut. Dann muss dich eben V selbst überzeugen. Aber ich warne dich: Komm danach bloß nicht auf die Idee, ich würde ihn ständig mit dir anschauen wollen, nur weil du besessen von dem Film bist.« Doch, das würde er. Liebend gern.

»Prima. Freitagabend?«

Er tat, als müsse er überlegen. Das war zwar albern, aber er wollte nicht, dass sie dachte, er hätte keine anderen

Pläne. Diese merkwürdigen Spielchen, die andere spielten, lehnte er eigentlich ab. Es war wirklich albern. Außerdem hatte seine Mutter Spätschicht und sein Vater angefangen, freitagabends mit Geschäftskollegen Volleyball zu spielen. Was Carl vorhatte, wusste er nicht. Er hatte also sturmfrei. »Freitag ist top.«

Sie sah ihn abwartend an. Was? Hatte er etwas vergessen?

»Deine Adresse?«

»Oh. Ja.« Er schlug sich mit der Hand gegen die Stirn. »Richard-Wagner-Straße 7. Was hältst du von acht Uhr?«

»Acht ist perfekt. Und Milo?«

»Ja?«

»Popcorn salzig oder süß?«

Wie konnte ein Tag nur so beschissen anfangen und so großartig enden? Am liebsten wäre Milo zu Schmidt gerannt, einfach nur, weil er akut gute Laune bekommen hatte. Er, Milo Zander, Außenseiter und Neuankömmling, hatte ein Date mit einem tollen Mädchen, um den besten Film aller Zeiten anzuschauen. Dass sie wie er salziges Popcorn lieber hatte als süßes, war nur die Kirsche auf der Sahnetorte.

Seine gute Laune konnte ihm auch Schmidt nicht nehmen, obwohl er sich sehr bemühte. Der Job, den er sich für den Neuen ausgedacht hatte, um ihm gleich mal zu zeigen, wo der Hammer hängt (seine Worte), war nicht gerade das, was er unter einer angenehmen Freizeitbeschäftigung verstand. Er sollte nämlich die Dachrinnen des Fahrradschuppens von altem Laub befreien. Bei Regen. Auf einer rutschigen Leiter stehend. Wenigstens war von Max weit und breit nichts zu sehen, was für Schmidt eine weitere Steilvorlage war. Die

Regenrinne zu säubern, war so stumpfsinnig, dass er wenigstens nebenher seine Gedanken schweifen lassen konnte.

Freitag. V. Nike. Es gab schlimmere Aufgaben.

Nike

Sie lächelte immer noch, als sie an den Fahrradständern angekommen war. Milo hatte sie zum Filmschauen eingeladen. Nun ja, sie hatte auch ihren Teil dazu beigetragen, aber er hatte sich gefreut. Das hatte Nike ganz deutlich an seinen Augen gesehen. Wie es bei ihm zu Hause wohl aussah? Und ob sie ihn überreden konnte, für sie ein Lied auf der Ukulele zu spielen?

Völlig in Gedanken versunken, war sie in den Fahrradschuppen gelaufen, bis ihr einfiel, dass Ed sie heute morgen mit dem Auto mitgenommen hatte. Bevor sie den Schuppen wieder verlassen konnte, sah sie eine Bewegung aus dem Augenwinkel.

»Hallo, Schönheit«, sagte Max und trat auf sie zu. »Na? Gehst du auch schon nach Hause?«

»Wie, auch schon? Ich gehe, aber du bleibst, soweit ich weiß. Musst du nicht Schmidt helfen?«

»Ach, Schmidt.« Max winkte ab. »Der interessiert sich doch nicht wirklich dafür, ob hier jemand was tut oder nicht. Außerdem steht ja dein neuer Freund schon auf der Leiter und macht den Job für uns beide.« Er grinste gehässig. »Ist doch perfekt!« Er machte einen weiteren Schritt auf sie zu.

Der Fahrradschuppen fühlte sich plötzlich viel zu eng und dunkel an. Nike ging rückwärts in Richtung Tür. *Raus! Nur raus hier!*

»Wolltest du was von mir, Süße?« Er nahm eine ihrer Haarsträhnen und drehte sie um den Finger. Jonas stellte sich daneben und beobachtete ihn, während Tim nervös von einem Bein aufs andere trat.

»Komm schon, lass sie in Ruhe!« Tim. Das war echt mutig von ihm. Nike bezweifelte, dass Max so was auf sich sitzen lassen würde.

»Uh, stehst du etwa auch auf sie wie unser Fisch auf dem Dach?«, fragte Max tatsächlich und musterte Tim aus zusammengekniffenen Augen, bevor er sich an Nike vorbeischob und nach draußen rief: »Hey, Fischkopf, deine Freundin ist hier und hat Sehnsucht nach dir!« Kurz stutzte er. »Hast du gehört? Das reimt sich! Ich sollte es unbedingt der Brettschneider erzählen, dann krieg ich vielleicht 'ne Streber-Eins und auch so'n Stielaugen-Lob wie dein Lover.«

Nike wünschte, Milo wäre wirklich so nah, dass er Max hören konnte. Oder irgendjemand sonst, der sich neben sie stellen würde. Tim würde ihr sicher nicht mehr zu Hilfe kommen, das sah sie an seinem eingeschüchterten Gesichtsausdruck. Trotzdem war es echt nett von ihm gewesen. Aber wahrscheinlich wusste er genauso gut wie sie, wie unberechenbar Max war und wie sinnlos, sich zu wehren. Vor allem, wenn man alleine war. Alleine war man ein verführerisch leichtes Opfer. Und das ließ sich Max niemals entgehen.

Er versperrte ihr den Ausgang.

»Er ist nicht mein Lover.« Nikes Stimme zitterte. Verdammt. Sie wollte Milo nicht noch weiter mit reinziehen, dabei hätte es vielleicht geholfen, das Gegenteil zu behaupten. Oder auch nicht. Wer wusste das bei Max schon.

»Nein? Ist er nicht? Umso besser. Dann kannst du ja mit

mir am Freitag auf Patricks Party gehen!« Noch ein paar Zentimeter und er würde auf ihren Füßen stehen. Nike machte einen Schritt nach hinten. Sofort rückte Max nach. Es war eine Gratwanderung: Wenn sie jetzt Schwäche zeigte, würde er nicht mehr lockerlassen und wenn sie zu sehr Kontra gab, würde er aggressiv werden. Aus einer Situation mit ihm herauszukommen, in der er Oberwasser hatte, war beinahe unmöglich.

»Was für eine Party? Ganz sicher gehe ich nicht mit dir dorthin. Ich gehe nirgendwo mit dir hin, wenn du es genau wissen willst. Außerdem bin ich am Freitag verabredet.«

Max trat einen Schritt zur Seite, um Tessa und Nata in den Schuppen zu lassen.

»Hi Max!« Tessa schob sich an Nike vorbei. »Ist das hier 'ne geschlossene Gesellschaft, oder was?«

Sie strahlte Max an, als hätte er gerade sie und nicht Nike nach einem Date gefragt. Vielleicht rettete Nike ihre Anwesenheit ja. Immerhin war es ein offenes Geheimnis, dass Tessa schon seit der Grundschule in Max verliebt war, was diesen allerdings nicht im Geringsten interessierte. Für Max wäre das viel zu einfach: Max wollte kämpfen und er wollte gewinnen. Niederlagen akzeptierte er nicht. Vielleicht war Tessa ganz ähnlich gestrickt. Was sollte sonst irgendjemand an Max gut finden?

»Also, wenn Nike nicht mit auf die Party am Freitag geht, ich bin dabei!«

»Sie geht aber mit«, knurrte Max. Er würdigte Tessa keines Blickes, aber immerhin hatte er nun den Ausgang frei gemacht.

»Nein, das tut sie nicht. Wie ich schon sagte: Ich bin verabredet!«

Er gab auf, das sah sie an seinem Blick. Bestimmt war es ihm unangenehm, vor so vielen Leuten eine Abfuhr zu kassieren. Das hatte sie vermutlich Tessa zu verdanken. Erleichtert atmete Nike auf. Es war höchste Zeit zu gehen. Die Frage war nur: Warum stand sie eigentlich immer noch hier? Nike drehte sich um und verließ den Fahrradschuppen, ohne noch einmal zu Max oder Tessa hinzusehen.

»Mit deinem neuen Lover?« Max war ihr hinterhergelaufen und starrte sie nun wütend an, während er ihr schon wieder den Weg blockierte.

»Er ist nicht …«

»Ja, das hast du schon mal gesagt. Die Betonung liegt auch nicht auf *Lover*, sondern auf *neu.*« Max schob seinen Kopf nach vorne, sodass sein Gesicht nur wenige Zentimeter von ihrem entfernt war.

»Ich nehme an, du erinnerst dich an die letzte Party in den Ferien? Oder soll ich deiner Erinnerung auf die Sprünge helfen, *Rotkäppchen*?«

Nike wurde es eiskalt und gleichzeitig begann sie zu schwitzen. Die Party. Rotkäppchen. Nein, sie hatte sich getäuscht: Max würde niemals aufgeben. Dazu hatte er sie zu fest in der Hand.

Es sollte eine lustige Ferienabschlussfeier sein, draußen am Waldhaus. Und es wurde das Schlimmste, was Nike je erlebt hatte. Sarah war noch im Urlaub und ihr selbst war langweilig gewesen. Also war sie zur Party gegangen, obwohl das Waldhaus, eine Hütte mitten im Wald, dafür bekannt war, dass es dort jede Menge Alkohol und oft genug auch Ärger gab. Das Waldhaus war eines der liebsten Hangouts von Max und sein Alkoholkonsum war legendär.

Nike trank ab und zu ein Radler, selten ein Bier, aber bei dieser Party hatte irgendjemand Bowle mitgebracht. Es war Sommer und ... sie hatte vorher kaum etwas gegessen und dort einfach viel zu viel getrunken. Ihr war total übel und irgendwann wollte sie nur noch nach Hause. Aber sie fand den Weg nicht und hatte sich schließlich komplett verlaufen.

Orientierungslos und heulend hatte sie sich schließlich einfach an den Wegesrand gesetzt und gewartet. Ausgerechnet Max hatte sie schließlich aufgegabelt. Sie war erleichtert und froh gewesen und ihr Gehirn vom Alkohol so vernebelt, dass sie ihm um den Hals gefallen war. Er hatte sie nach Hause gebracht und wortlos immer wieder angehalten, wenn sie sich übergeben musste. Er hatte sie Rotkäppchen getauft. Das arme Rotkäppchen, das sich verlaufen hatte. Und er, der böse Wolf, der ihr half. Es war ein Scherz gewesen. Harmlos. Und Nike hatte kurz geglaubt, dass Max vielleicht doch ganz tief drinnen ein netter Kerl war. Vor allem, weil er ihr geholfen hatte, ins Haus zu kommen, ohne dass ihre Eltern es bemerkten.

Am nächsten Morgen konnte sie sich an absolut nichts erinnern und hatte sich unendlich geschämt. Dass ihr roter Spitzen-BH fehlte, war ihr zwar komisch vorgekommen, aber sie hatte nicht weiter darüber nachgedacht. Vorerst.

Denn noch viel größer war ihre Scham gewesen, als Max ihr per WhatsApp Clips geschickt hatte. Clips von ihr, wie sie nur mit Unterwäsche bekleidet völlig losgelöst tanzte. Wie sie andere Jungs küsste. Wie sie schließlich in Unterwäsche den Waldweg entlangtorkelte und er sie zwar zu Hause abgeliefert, aber offensichtlich ihren BH mitgehen lassen hatte. Denn das letzte Foto war ein Selfie von Max vor Nikes Bett.

An Max' Zeigefinger baumelte Nikes BH. Unter dem Bild stand: *Rotkäppchen trägt auch drunter rot, #liebespfand, #böserwolf*

Hatte sie etwa mit ihm …? Das konnte, das durfte einfach nicht wahr sein!

Nike hatte ihn angefleht, ihr zu erzählen, was in ihrem Zimmer passiert war. Die Wahrheit. Aber er hatte sich geweigert, und obwohl sie versucht hatte, ihn davon zu überzeugen, die Bilder zu löschen, an sein Ehrgefühl und seinen Respekt appelliert hatte, hatte er sie nur ausgelacht. »Man weiß nie, wozu man so was noch mal brauchen kann, Rotkäppchen«, hatte er gesagt und lachend »Ich hab's dir doch gesagt: Ich bin der böse Wolf!« ergänzt. In dieser Sekunde hatte sie gewusst, dass er die Bilder eines Tages dazu benutzen würde, sie zu erpressen. *Es war also so weit.*

Nike fühlte beinahe, wie ihr die Galle hochkam.

»Jedenfalls warst du da nicht ganz so abgeneigt, mit mir irgendwohin zu gehen.« Er lachte sein dreckiges Max-Lachen und Nike wich jede Kraft aus ihrem Körper. Am liebsten hätte sie sich auf den Boden gesetzt und sich die Ohren zugehalten.

»Aber wenn du unbedingt möchtest, dass die ganze Schule weiß, wie gut du drauf sein kannst …« Mit seinem Zeigefinger hob er ihr Kinn an und grinste süffisant. Fragend hob er die Augenbrauen.

Nike schluckte.

»Oh, erzähl doch mal, Max!« Nike hatte gar nicht bemerkt, dass Tessa ihnen hinterhergelaufen war. »Das hört sich nach einer spannenden Geschichte an!« Sie hängte sich an seinen Arm. Unwillig trat er einen Schritt zurück und löste seinen Blick von Nike.

»Kein Wort. Ich erzähle kein Wort. Nicht euch, nicht ihrer Familie und auch nicht dem schwulen Fisch.« Noch einmal näherte er sein Gesicht Nikes und starrte auf ihren Mund, wobei er sich mit der Zunge über die Lippen fuhr, als ob er sie wieder küssen wollte. »Zumindest nicht, wenn dieses Rotkäppchen hier mit mir am Freitag auf die Party geht.«

Hinter ihnen gingen Schüler vorbei. Es hatte aufgehört zu regnen. Es war ein ganz normaler Donnerstagnachmittag, konnte man meinen, und doch hatte sich alles verändert. Max hatte seine Drohung wahr gemacht.

In ihren Gedanken sah Nike Milo beinahe schon vor sich, wie er die Clips ansah und sich beschämt und angeekelt von ihr abwandte. Genauso beschämt und angeekelt, wie sie selbst von sich war. Nikes Herz schlug ihr bis zum Hals.

»Okay«, sagte sie. »Ich komme.«

Am liebsten hätte sie sich übergeben.

KAPITEL 11

Milo

»Na, Alter – bist du doch kein Heiliger?«

Carl stand feixend unten an der Leiter, als Milo wortlos und mit wackeligen Knien nach unten stieg. Er war immer noch völlig benommen von dem Gespräch zwischen Max und Nike, das er gerade völlig unfreiwillig belauscht hatte. Er hatte nicht alles gehört, aber am liebsten wäre er trotzdem übers Dach geklettert. Dabei hatte er keine Ahnung, über was sie wirklich gesprochen hatten. Das Einzige, was er wirklich ganz deutlich gehört hatte, war irgendwas wegen einer Party, und dass Max Nike Rotkäppchen genannt hatte. Und sie hatte es zugelassen. Wer bitte teilte Kosenamen, wenn er sich nicht ausstehen konnte?

Vielleicht stand Nike ja insgeheim auf brutale Jungs und hatte Milo nur geholfen, weil er eben zufällig in diese Auseinandersetzung geraten war? Wenn er ehrlich war, kannte er sie ja gar nicht. Wusste nichts über ihre Vorlieben, ihre Werte oder was auch immer einen Menschen dazu brachte, Entscheidungen zu treffen. Entscheidungen für oder gegen Menschen. Für oder gegen Gewalt. Für oder gegen … ein Date mit Popcorn.

»Was ist los? Hat es dir die Sprache verschlagen?«, abwartend schaute Carl Milo zu, bis er unten war.

»Nein, hat es nicht. Alles gut.«

Milo zwang sich zu einem Lächeln. Sein Bruder musste

nicht wissen, dass er schon wieder das Gefühl hatte, in ein pechschwarzes Loch zu fallen.

»Echt jetzt? Du kratzt Dreck aus der Dachrinne und findest immer noch alles gut? Du hast echt nicht mehr alle Latten am Zaun, Alter!« Kopfschüttelnd wandte sich Carl ab.

»Nein, ich … so hab ich das nicht …«

»Lass stecken. Scheint ja, als hättest du sowieso Wichtigeres zu tun.« Nach einem verächtlichen Blick in Richtung Leiter drehte Carl sich um und verließ den Schulhof, ohne sich noch einmal umzusehen.

Gott ist im Regen. Was hatte er sich dabei nur gedacht?

Er stieg von der Leiter und ging mit gesenktem Kopf in Richtung Schulhaus zurück. Seine Nase pochte immer noch schmerzhaft. Hoffentlich war Informatik wenigstens einigermaßen interessant und hoffentlich musste er keine weiteren Idioten in dem Kurs ertragen.

Die Schule war leer, die Gänge wie ausgestorben und Milos Schritte hallten im Treppenhaus wider, als er langsam in den dritten Stock hochstieg, wo der Informatikraum lag. Wenigstens fand er ihn auf Anhieb.

Die Tür war nur angelehnt. Kurz überlegte Milo, ob er nicht doch lieber kneifen sollte. Er hatte einfach keinen Bock auf weitere Auseinandersetzungen oder dummes Gelaber von Leuten, mit denen er niemals freiwillig etwas zu tun haben wollte.

Aber aus Mangel an Alternativen und weil er ja nun schon da war, schob er die Tür auf und trat ein.

»Hey, Milo!« Sven Ertel saß vorne am Pult und hatte die Beine über die Tischkante gelegt. Offenbar hatte er bis gerade eben noch Zeitung gelesen, die er jetzt schnell zusammengefaltete und beiseitelegte. »Schön, dass du da bist. Ich glaube, dann sind wir komplett.«

Wenn das der ganze Kurs war, dann war er wirklich sehr klein. Milo erkannte Walter Jung aus seiner Klasse. Seine dunkelbraunen Haare hingen über eine dicke Brille, die offensichtlich rutschte und die er immer wieder mit einer beeindruckenden Gesichtsgymnastik an ihren Bestimmungsort zurückzuschieben versuchte. Er war bestimmt einen Kopf größer als Milo, sehr dünn, und hatte außerdem eine gewisse Vorliebe für karierte Button-Down-Hemden und Pullunder. Außerdem trug er eine Hose aus breitem Cord in einer Farbe, die man vermutlich als Senfgelb bezeichnete und die offensichtlich Walters Lieblingshose war, denn er trug sie beinahe täglich. Oder er hatte mehrere davon.

Walter hatte sich in einen zerfledderten Comic vertieft und hob nur kurz die Hand zum Gruß. »Tag!«, sagte er und wandte sich sofort wieder seiner Lektüre zu.

Neben ihm saß ein Schüler, der optisch das totale Gegenteil von Walter und vermutlich höchstens in der Siebten war. Er sah aus wie ein kleiner, dunkelblonder – sehr kräftiger – Igel. Milo hatte ihn noch nie gesehen. Aber das war auch nicht weiter erstaunlich, denn das traf vermutlich auf dreiviertel der Schüler zu. Er sah Milo einfach nur abwartend an. Die dritte Schülerin war ... Sarah. Ein warmes Gefühl der Freude breitete sich in ihm aus.

Einladend klopfte sie auf den Stuhl neben sich und grinste Milo an. »Setz dich!«

Milo ging nach vorne und ließ sich neben ihr nieder.

»Hi, Sarah, warum hast du nichts gesagt?«

»Hey.« Sie grinste. »Erstens, weil ich nicht wusste, dass du auch kommst, und zweitens, weil ich in der Mittagspause kurz in die Bücherei wollte und du drittens da ja was anderes vorhattest.« Freundschaftlich stieß sie ihn leicht mit dem Ellbogen an. »Tut mir echt leid, was passiert ist. Max ist so ein Vollidiot!«

»Hm. Das scheint deine Freundin aber ganz anders zu sehen.«

»Was meinst du damit?« Erstaunt sah Sarah Milo an.

»Sie haben sich vorhin ziemlich gut unterhalten.«

»Dein Ernst? Das kann ich mir beim besten Willen nicht ...«

»So, ihr Lieben«, unterbrach Herr Ertel ihr Gespräch und klatschte in die Hände. »Fangen wir an oder fangen wir an?«

»Fangen wir an?« Walter schob seine Brille nach oben und zwinkerte.

Milo musste unbedingt später noch mal mit Sarah sprechen. Das Gespräch zwischen Nike und Max ließ ihm keine Ruhe.

»Gut.« Herr Ertel nahm die Beine vom Tisch und stand auf, um sich ans Fensterbrett zu lehnen. »Als Allererstes: Ich heiße Sven. Und ihr könnt mich gern auch so nennen.« Grinsend sah er in die Runde und wartete, bis jeder genickt hatte. »Gut. Sarah, Walter und Milo kennen sich ja schon. Und unser Küken hier ...« Er zeigte auf den Jungen mit der Igelfrisur, »... heißt Frederik und ist in der 7. Klasse.« Hatte Milo also richtig geraten. »Unterschätzt ihn aber bloß nicht. Ich habe in seiner Klasse eine Einführung ins Programmieren gegeben und dieser junge Herr hier steckt mich locker in die Tasche. Also wenn ihr diesbezüglich Fragen habt, fragt nicht mich, sondern ihn!« Sven lachte.

Frederik schien von diesem Lob peinlich berührt zu sein und rutschte unruhig auf seinem Stuhl hin und her.

»Also, weil wir ja nur so wenige sind, dürft ihr entscheiden: Auf was habt ihr Lust? Was interessiert euch?«

Milo hatte sich über die Inhalte bisher kaum Gedanken gemacht und einfach nur gehofft, irgendetwas Interessantes zu hören, was ihn von dem grauen Wetter und seinem trostlosen Leben ablenkte. Frederik sah vor sich auf den Tisch. Sarah spielte mit einer Haarsträhne. Keiner sagte irgendetwas. Da setzte sich Walter aufrecht hin und räusperte sich.

»Können wir … können wir uns vielleicht mit Social Media beschäftigen? Ich meine YouTube, Instagram und so?« Durch seine Brille schienen seine Augen riesig, und als er von Milo zu Sarah und zu Frederik blickte und dabei immer wieder zwinkerte, sah er aus wie eine Eule.

Er räusperte sich wieder, aber seine Stimme hörte sich nach wie vor an, als hätte er einen Kloß im Hals. Milo musste den Impuls unterdrücken, sich ebenfalls zu räuspern.

»Es ist nicht so, dass ich nichts darüber wüsste, nur … Ich meine, vielleicht könnten wir was über Filter lernen, damit … damit wir Accounts erstellen können, mit denen man vielleicht Menschen findet, die gerne mit einem … chatten wollen.« Er zwinkerte noch mal.

Kurz blieb es still, bevor Sven nachhakte. »Du willst also alles über Filter lernen, damit du Menschen kennenlernst? Aber wieso? Dazu braucht man doch keine Filter? Dazu braucht man nur einen Account und eine gute, kreative Idee!«

»Ja, vielleicht ist das so in der normalen Welt.« Milo hatte Walter kaum verstanden, weil Walter den Kopf gesenkt und quasi in seinen Pullunder hineingesprochen hatte.

Leise fuhr er fort: »Aber ich habe nichts Interessantes zu erzählen, erlebe nicht jeden Tag die tollsten Abenteuer und ich habe keine tausend schöne Freunde, mit denen ich chille und Spaß habe. Ich habe noch nicht einmal einen! Und ...« Er schluckte. »Wenn die Leute mich sehen, dann lachen sie mich nur aus.« Verzweifelt sah er in die Runde. »Vielleicht hilft ja ein Filter dabei?«

Milo hätte gerne etwas dazu gesagt, am liebsten etwas Kluges, Aufmunterndes, etwas, das dafür sorgte, dass Walter sich sofort besser fühlte. Er konnte es kaum ertragen, wenn andere sich elend fühlten. Aber es fiel ihm auf die Schnelle nichts ein und er hatte sofort Carls vorwurfsvolle Stimme im Ohr. *Du glaubst auch, du kannst wie Superman alles zum Guten wenden? Ach, komm schon! Geh in dein Zimmer und träum weiter, Milo!*

Kurz blieb es still. Sven hatte sich vom Fensterbrett gelöst.

»Okay. Ich verstehe, was du meinst, und ich finde die Idee gut. Aber lasst uns drei unterschiedliche Dinge tun: Ich zeige euch gleich alles, was ich über Filter weiß. Und ihr teilt mit mir und untereinander auf Instagram die drei besten und außergewöhnlichsten Accounts, die ihr findet, und dann schauen wir uns an, was sie so besonders macht. Ihr habt doch alle einen Instagram-Account, oder? Sonst legen wir das als Allererstes an.«

Milo, Sarah, Frederik und Walter nickten. »Außerdem überlegt ihr euch bis zum nächsten Mal, was euch ausmacht. Was eure Superkraft ist.« Er grinste und legte Walter die Hand auf die Schulter. »Viele Freunde zu haben und tolle Reisen zu machen, ist übrigens keine, Walter. Das kann theoretisch jeder. Die meisten zeigen sich zwar mit vielen Menschen, was aber noch lange nicht heißt, dass das ihre Freunde sind. Das nur am Rande. Aber wenn man sich, wie beispielsweise du, perfekt mit alten Comics auskennt, hat man schon etwas, worüber man reden kann und was vielleicht andere da draußen auch mehr interessiert, als noch ein Foto vom Meer. Und dann überlegen wir gemeinsam, was ihr machen wollt. Wie wäre es beispielsweise mit einem eigenen YouTube-Kanal?«

Walter hatte mit dem nervösen Zwinkern aufgehört und schien über den Vorschlag nachzudenken. Sein Gesichtsausdruck war wesentlich weniger verzweifelt, als noch vor ein paar Sekunden. Milo beobachtete, wie Frederik eifrig seinen Computer hochfuhr und Sarah neben ihm begann, sich Notizen zu machen. Jeder schien eine Idee von seiner Superkraft zu haben oder wenigstens davon, was er gut konnte und worüber er sprechen wollte. Nur Milo hatte keine Ahnung. Alles, worüber er zurzeit erzählen konnte, war das Gefühl, in eine Art finstere Version seines Lebens geraten zu sein, die immer nur noch dunkler wurde, ohne dass er eine Idee hatte, wie man wieder auf die andere, die helle Seite kam. Wen interessierte das schon?

Nike

»Hey, Nike, wir könnten doch alle zusammen auf die Party gehen!« Tessa rannte fast, um mit Nike Schritt zu halten. Nata folgte ihr auf den Fersen. »Jetzt warte doch mal!«

Keuchend blieb Tessa stehen und hielt sich die Seiten. »Musst du unbedingt rennen wie eine völlig Bekloppte? Was ist denn los mit dir?«

Nike war ebenfalls stehen geblieben. Sie drehte sich nun langsam um und fixierte Tessa wütend.

»Mit mir? Mit mir ist alles in Ordnung.« Was bildete sich Tessa eigentlich ein? Zuerst himmelte sie Max an und fiel ihr in den Rücken und dann machte sie hier einen auf beste Freundinnen? »Was ich mich eher frage, ist, was mit *dir* nicht stimmt. Max ist doch der letzte Spast an unserer Schule. Was willst du von dem?«

»Ich will doch nichts von dem«, rechtfertigte sich Tessa. »Es ist nur ... Er sieht echt gut aus.«

Er sieht echt gut aus? Das war alles?

»Das ist nicht dein Ernst, oder? Er sieht gut aus. Und weiter? Er ist gemein, brutal und absolut unberechenbar. Und da, wo andere ihren Verstand haben, da hat er nur Luft. Oder maximal Kaugummi. Echt jetzt, Tessa, der Typ hat sie doch nicht mehr alle.«

»Und warum gehst du dann mit ihm auf die Party, *Rotkäppchen?*« Tessa hatte die Arme vor der Brust verschränkt und sah Nike herausfordernd an.

Es war einfach unglaublich. Dieses Mädchen war nicht dumm. Außerdem war sie hübsch und sportlich und hatte bestimmt genügend gute Eigenschaften jenseits von ihrem Aussehen, die ausreichten, um gerne mit ihr zusammen zu sein, sonst wäre Nata sicher nicht mit ihr befreundet. Es gab genügend Jungs, die gerne mit ihr etwas unternommen hätten. Warum musste es ausgerechnet Max sein?

»Ich gehe zu Patricks Party, weil ich Lust darauf habe.« Wem machte sie etwas vor? Sie wollte nicht auf die Party. Sie wollte am liebsten nichts mit Max und Co. zu tun haben. Lust hatte sie nur auf eines: Diesen Film schauen, von dem

Milo gesprochen hatte. Mit salzigem Popcorn und … mit Milo eben.

»Weißt du, was dein Problem ist, Nike?«

Ja, das wusste sie ziemlich genau. Das hieß, sie wusste es eben nicht, weil Max ihr nicht erzählte, was wirklich vorgefallen war. Tessa allerdings hatte davon anscheinend eine ganz andere Vorstellung. Sie kniff die Augen zusammen und sagte giftig: »Du denkst, du kannst sie alle haben, nur weil du ach so toll aussiehst. Aber da täuschst du dich. Du bist nichts weiter als ein hübsches Püppchen. Immer hängst du mit Sarah ab und freust dich, weil dich alle so großartig finden.« Sie verstellte ihre Stimme. »Ach ja, Nike, die macht in Mathematik ausgezeichnet mit. Und in Deutsch, Chemie und Sport, da ja sowieso! Haben Sie nicht gewusst: Sie spielt in ihrer Freizeit Volleyball? Ja, das macht eine großartige Figur. Und dann ist sie auch noch so sozial!« Sie drehte sich zu Nata um und riss übertrieben die Augen auf. »Sie sollte unbedingt Schulsprecherin werden. Mindestens. Nein, wählen wir sie doch gleich in den Bundestag.« Sie schnaubte. »Nike, du täuschst mich nicht mit deiner perfekten Fassade. Eins sag ich dir: Du kannst nicht *alle* haben, so wie es dir gerade in den Kram passt. Max gehört mir!«

Nike schwirrte der Kopf. Tessa war wie ein Vulkan explodiert und nun stand sie da, hatte ihren ganzen merkwürdigen Zorn aufgebraucht und starrte Nike hasserfüllt an. So viel Wut. So viel Eifersucht. Und so wenig Ahnung davon, wie es in Nike wirklich aussah. Sie wusste nicht, ob sie lachen oder weinen sollte. Machte Tessa ihr wirklich eine Szene wegen Max?

Wenn sie Tessa nicht schon ihr halbes Leben lang kennen würde, würde sie denken, sie hätte ganz plötzlich den

Verstand verloren. Andererseits: Wo nichts war, gab es auch nichts zu verlieren. Nike grinste über ihren eigenen Scherz. Wenn Tessa wirklich an Max interessiert war, spielte sie mit dem Feuer und war dümmer, als Nike bisher angenommen hatte.

Es war furchtbar, Max so ausgeliefert zu sein – und das war Nike. Denn Milo durfte nie erfahren, dass sie womöglich mit Max …

KAPITEL 12

Milo

Milo trommelte mit den Fingern auf seinem Schreibtisch herum. Carl war noch immer unterwegs, seine Mutter war gerade zur Spätschicht aufgebrochen und sein Vater rumorte wieder einmal irgendwo im Keller herum.

Kurz entschlossen ging Milo die Treppen hinunter. Sein Vater und er konnten sich eine Pizza bestellen oder sich einen Film zusammen ansehen. Vielleicht war dies die Gelegenheit, einmal mit jemandem aus seiner Familie zu sprechen, der sich für ihn interessierte?

Milo klopfte an die Kellertür, um seinen Vater nicht zu erschrecken.

»Milo!« Erfreut sah er von seiner Werkbank auf, auf der sich unzählige kleine Boxen mit durchsichtigem Deckel stapelten.

Milo hatte es gewusst: Er sortierte Schrauben.

»Hey, Dad! Alles klar?«

»Na logisch! Alles bestens!« Er hob die Bierflasche kurz an, um Milo zuzuprosten und lächelte ein schiefes Lächeln.

Der Mann, der ähnlich wie Milo selbst in Namibia einen riesigen Freundeskreis hatte, der jeden Abend beim Sport oder bei irgendwelchen Treffen mit Freunden und Nachbarn war, der sich unendlich dafür engagierte, dass die Farmen, die Gäste aufnahmen, vom Land besser subventioniert und abgesichert wurden, an dessen Tisch Menschen immer willkommen waren und der deshalb nie alleine war – stand nun hier im Keller unter dem grellen Neonlicht und sortierte Schrauben.

Na logisch! Alles bestens!

Noch bis vor ein paar Wochen hätte Milo seinen Vater für unverwundbar gehalten. Er strotzte vor Kraft und Energie und seine blauen Augen blitzten unternehmungslustig und voller Humor. Er wusste einfach alles über die Natur seiner Heimat Namibia, über die Sterne am nächtlichen Himmel – und es war für ihn das Allerschönste gewesen, mit seinen Söhnen irgendwo draußen unter dem funkelnden namibischen Himmel zu schlafen und ihnen sein ganzes Wissen über die Sternbilder weiterzugeben. Ihn jetzt hier unten in diesem engen Raum umgeben von kalten Mauern zu sehen, brach Milo beinahe das Herz. Das scheußliche Neonlicht im Keller ließ seinen Vater alt wirken, so als hätte jemand in der Ankunftshalle am Flughafen seinen Stecker gezogen und von diesem Menschen nur die Hülle übrig gelassen.

Auch wenn er bis zum Schluss dafür gekämpft hatte, dass sie ihre Pension auf der Farm dort weiter betreiben konnten und erst ganz zum Schluss eingeknickt war, als er dieses Job-Angebot aus Deutschland bekommen und angenommen hatte. Ein Job in der Industrie, hatte er gesagt, ist genau die Absicherung, die wir brauchen, Milo. Dann ist eure Ausbildung und die Farm für Oma und Opa gesichert – und Mamas und meine Rente. Ich kann das alles hier nur halten, wenn ich es aufgebe, Milo, hatte er damals gesagt und vor allem der letzte Satz hatte sich in Milos Gedächtnis eingebrannt. Aber seitdem sie hier in Deutschland waren, sprach er kaum noch. Er lachte nicht mehr. Sein Vater war nur noch im Stand-by-

Modus. Aber ganz klar: *Alles bestens.* Sein Vater war ein genauso guter Lügner wie Milo selbst.

»Und erzähl: Wie ist es in der Schule?«

»Ja, ganz okay. Schule eben.« Er verzog sein Gesicht zu einer, wie er hoffte, überzeugenden Grimasse. *Schau mich an! Glaub mir nicht! Bitte, Dad, frag nach!*

»Wird schon werden.« Sein Vater hatte ihn nur ganz kurz angesehen und dann gleich wieder weggeschaut. Milo schluckte seine Enttäuschung hinunter. Vielleicht brauchte er nur ein wenig Ablenkung und mehr Zeit mit seinem älteren Sohn und dann würde er doch noch nachfragen? Er würde ihm Mut machen. Ihm versichern, dass es irgendwann besser werden würde. Dass all das nur eine Phase und für irgendetwas gut war. Er würde ihm die Hoffnung schenken, die Milo so dringend brauchte. Es fehlte eben einfach nur der richtige Zeitpunkt.

»Sag mal, hast du Lust auf einen Film?«, fragte Milo. Nun sah sein Vater doch auf. »Wir könnten uns irgendwas runterladen? Es muss ja nicht immer ›Vendetta‹ sein.« Milo grinste, obwohl ihm nicht danach war.

War es nicht eigentlich die Aufgabe von Eltern, sich um ihre Kinder zu kümmern, nachzufragen und sich zu bemühen, damit es ihnen gut ging? Früher war sein Vater oft in sein Zimmer gekommen, hatte sich mit ihm unterhalten und sogar das eine oder andere Mal nach Milos Meinung gefragt. Sie hatten Chips gegessen und Filme geschaut, die sonst keiner sehen wollte. Sein Vater und er waren sich unglaublich ähnlich und ein großartiges Team. Gewesen.

Milo sah seinen Vater und gleichzeitig sich selbst. Als betrachtete er ihn durch einen gläsernen Spiegel. Wann war dieses ... dieses ... Vakuum, das seine Eltern nun ihr Leben nannten, entstanden? Und wie wurde man es wieder los?

»Ist ja nett, dass du fragst, Milo.« Sein Vater machte eine ausholende Handbewegung, die die komplette Werkbank einschloss, und grinste entschuldigend. »Es tut mir echt leid, aber ich glaube, ich muss passen.« Sein Blick bat um Verständnis. »Ein anderes Mal gern, wenn ich hier fertig bin, ja?«

Alles bestens.

Milo schüttelte den Kopf und lächelte ebenfalls. Seine Mundwinkel schmerzten. Selten hatte sich ein Lächeln falscher angefühlt.

»Kein Ding, Dad. Ein anderes Mal ist prima.« Er hob kurz die Hand zum Abschied, aber sein Vater hatte sich schon wieder den Plastikschächtelchen zugewandt. Am liebsten hätte Milo geschrien.

Im Haus war alles dunkel, als er wieder nach oben stieg. Wo Carl wohl war? Milo schaute kurz in seinem Zimmer vorbei, um zu sehen, ob er wenigstens zwischendrin mal zu Hause gewesen war und seine Schultasche abgestellt hatte, aber da war nichts.

Wo bist du?, schrieb er Carl auf WhatsApp, rechnete allerdings nicht wirklich mit einer Antwort. Kurz nach acht war schließlich nicht spät, aber der eisige Regen von heute Morgen hatte wieder eingesetzt und Milo konnte sich keinen Ort vorstellen, an dem Carl hätte sein können.

Vielleicht hatte wenigstens er mittlerweile Freunde gefunden, von denen er Milo nichts erzählt hatte. Seine Mutter wusste bestimmt, wo Carl war. Kein Grund, sich Sorgen zu machen.

Er schloss die Tür zu Carls Zimmer und betrat sein eigenes. Es war so still, dass er den Wecker auf seinem Nachttisch ticken hörte und das leise Brummen der Autos von draußen, das durch sein geschlossenes Fenster hereindrang. Es war dunkel und Milo hatte für einen irritierenden Moment das Gefühl, dass er nicht alleine im Raum war, bis er realisierte, dass das, was für einen Augenblick wie ein Menschengesicht ausgesehen hatte, nur die Guy-Fawkes-Maske war, die über seinem Bett hing und weiß genug war, um sich von der Dunkelheit abzuheben. V war immer in seiner Nähe. Genau genommen war er also wirklich nicht allein. Milo grinste, bevor er das Licht anmachte und die Maske von der Wand nahm.

Von seinem Schreibtisch schallte das merkwürdige Skype-Klingeln, wenn jemand anrief. *Jake ruft an* blinkte es ihm entgegen. Er drückte auf »annehmen«, noch bevor er die Maske abgesetzt hatte. Nicht schnell genug.

»*Wer sind Sie?*« Sofort begann Jake einen ihrer Lieblingsdialoge aus ›Vendetta‹ zu zitieren. Milo setzte die Maske wieder auf und spielte mit.

»*Wer? Wer ist nur die Form als Konsequenz der Funktion des Was. Und was ich bin, das ist ein Mann mit Maske!*«

»*Oh, das kann ich sehen.*«

»*Natürlich. Ich zweifle ja auch gar nicht Ihre Beobachtungsfähigkeit an, sondern stelle nur fest, wie paradox es ist, einen maskierten Mann zu fragen, wer er ist.*«

Beide lachten.

»Oh Mann, Jake. Das funktioniert aber auch nur mit dir!« Immer noch lachend nahm Milo die Maske ab.

»Es ist so schön, dich lachen zu sehen, Alter. Hab mir echt schon Sorgen gemacht.« Jake wurde ernst.

»Sorgen?« Milo schluckte kurz.

Egal, wie weit weg Jake war, er und Milo waren einfach immer miteinander verbunden. Manchmal war Milo das schon beinahe unheimlich gewesen. Aber vielleicht war das normal, wenn man den anderen beinahe so gut kannte wie sich selbst und das komplette bisherige Leben miteinander verbracht hatte.

»Na ja, du warst irgendwie … anders. Und ich meine, cool, dass du schon dieses Mädchen kennengelernt hast, aber trotzdem: Irgendwie kauf ich dir das alles nicht ab!« Kurz zog sich Milos Herz bei dem Gedanken an das belauschte Gespräch von heute Mittag schmerzhaft zusammen.

»Nike? Vielleicht hab ich mich geirrt und sie ist gar nicht so …« Schön? Perfekt? Besonders? Was auch immer er sich einzureden versuchte, sein Herz sagte etwas völlig anderes.

»… toll«, brachte er seinen Satz lahm zu Ende.

»Milo, schieß los, was ist?« Sein Freund verschränkte die Arme vor der Brust und sah ihn abwartend an.

Es war unglaublich, wie vertraut Milo dieses Gesicht war. Er kannte es beinahe so gut wie sein eigenes. Gerade deshalb hätte er sich am liebsten wieder die Maske aufgesetzt. Denn nun hatte er zwar endlich die Gelegenheit zu sprechen und noch dazu mit jemandem, den es wirklich interessierte, wie es ihm ging. Aber ausgerechnet dieser Person wollte er es nicht erzählen. Jake war zu weit weg, er hätte sich fürchterlich gefühlt und unendlich machtlos, weil er seinem Freund nicht helfen konnte. Er hätte sich Tag und Nacht Gedanken darüber gemacht, wie er etwas an diesem Elend verändern könnte, und wäre wohl, wenn er denn das nötige Kleingeld gehabt hätte, in den nächsten Flieger gestiegen, um seinem Freund beizustehen. Milo wusste das. Er selbst hätte sich genauso gefühlt. Es war schon schlimm genug, dass es ihm nicht gut ging – und genau deshalb war es unter keinen Umständen okay, Jake davon zu erzählen. Was nutzte es schon, wenn zwei unglücklich waren? Nein, er konnte nicht mit ihm sprechen. Außerdem: Vielleicht stellte sich Milo einfach nur richtig blöd an und Max oder Nike waren gar nicht das Problem, sondern schlicht und ergreifend er selbst.

Nein, kein Zweifel: Das erste Mal in seinem Leben musste er Jake anlügen und zwar so glaubhaft, dass er es nicht durchschaute. Er räusperte sich und setzte sich aufrecht hin. Schon wieder schmerzten seine Mundwinkel vom falschen Grinsen, aber er musste es ja nicht ewig aufrechterhalten. Länger als ein paar Minuten konnte er seinen Freund sowieso nicht anlügen. Für ein lustiges Miloleben, das sogar Jake ihm abkaufte, hatte er ganz sicher nicht genügend Fantasie.

»Okay. Morgen ist irgend so eine Party, auf die wohl alle wollen.« Weiter so, Milo, das war sogar die Wahrheit. »Keine Ahnung, ob ich hingehe. Vielleicht mache ich lieber was mit Carl.« Der war allerdings immer noch nicht zu Hause. Mit dem deutschen Carl waren gemeinsame Aktivitäten eher unwahrscheinlich, aber das wusste Jake ja nicht. Noch nicht. Außerdem war Carl nicht hier, um ihn auffliegen zu lassen. »Und ihr so?«

Gut so, Milo. Immer schön von dir ablenken.

»Wir? Ach, keine Ahnung. Wir hängen wahrscheinlich bei Elli ab. Irgendwie hat sie sich in den Kopf gesetzt, wir könnten Tanzen. TANZEN!« Sein Freund machte ein so unglückliches Gesicht, dass Milo lachen musste. Er fuhr sich durch die Haare und wackelte ungelenk mit den Schultern. Jake war ein Farmerssohn durch und durch. Er liebte die Natur, die Tiere und die Bewegung unter freiem Himmel. Tanzen war allerdings etwas, womit er wenig anfangen konnte. »Du kannst mich doch bei so was nicht alleine lassen!« Gespielt verzweifelt rang er die Hände. »Ich wünschte, du wärst dabei, Mann.«

Milos Lachen verrutschte. *Schlucken, Milo. Auf das Grinsen konzentrieren. Noch ein paar Sekunden durchhalten. Es ist gleich vorbei.*

»Ja, das wünschte ich auch.«

Cooler Spruch! Cooler Spruch! Schweiß bildete sich an Milos Rücken. Er hasste Lügen.

»Hey, Jakey?«

»Ja?«

»Eine Revolution ohne Tanzen ist eine Revolution, die sich nicht lohnt.«

Er hatte es geschafft. Jake lachte laut auf. Der Zusammenhang war zwar völlig aus der Luft gegriffen, aber egal: Das Zitat passte perfekt.

»Ich hab mich echt immer gefragt, wann du diesen Spruch von V mal anwenden wirst.« Jake schüttelte immer noch lachend den Kopf. »Mann, du fehlst mir echt.«

Endlich konnte Milo ehrlich sein: »Du mir auch, Jakey, du mir auch.«

Als sie sich verabschiedet hatten, saß Milo noch lange an seinem Rechner, unfähig, sich zu bewegen. Seinem Freund nicht die Wahrheit sagen zu können, machte alles nur noch schlimmer. Jeder log jeden an. Alle verschwiegen etwas oder spielten sich gegenseitig etwas vor. Dieser Mann im Keller hatte so wenig mit seinem Vater zu tun wie Carl mit dem Bruder,

der er noch vor ein paar Wochen gewesen war. Seine Mutter war unsichtbar, Max ein Arschloch und Nike war ... wer auch immer. Er selbst hatte sich von einem unbeschwerten, glücklichen, mit sich selbst zufriedenen und optimistischen Jungen in jemanden verwandelt, der immer nur davonzulaufen schien. Seine alte Devise war: Nutze den Tag! Seine neue: Halte durch!

Der Gedanke an den Kurs am Nachmittag schoss ihm durch den Kopf und an Sarah, die so genau wusste, wer sie war und was sie zu sagen hatte. Und er? War derjenige *gewesen*. Und es war rein gar nichts von ihm übrig. Er schnaubte. Das war wirklich keine sehr Erfolg versprechende Grundlage für einen eigenen YouTube-Kanal, auch wenn Sven anscheinend genau das dachte.

Obwohl ... war es das wirklich nicht? Milo hatte es schon ein paarmal beim Basketball erlebt: Diesen Moment, wenn der Weg durch die gegnerische Mannschaft bis zum Korb plötzlich ganz klar und frei vor einem lag, und man exakt wusste, wann und wo man abspringen musste, um den perfekten Treffer zu erzielen. Beinahe fühlte es sich in diesen Momenten an, als würde die Zeit langsamer vergehen und als hätte man unendlich Zeit.

Coach Smith hatte ihn ausgelacht, nachdem Milo ihm davon erzählt hatte, und ihm gesagt, dass alle Spiele eine einzige Aneinanderreihung solcher Gelegenheiten seien, man müsse sie nur erkennen und nutzen.

Don't wait for the perfect moment! Make the moment perfect! Milo hatte sofort Coach Smiths Stimme im Ohr und ihm wurde klar, dass dies einer dieser Momente war: Er sah sich, an seinem Schreibtisch sitzend, überlegend, was ihn ausmachte.

Und plötzlich wusste er, was das war.

Man sagt uns, wir sollen der Idee gedenken und nicht des Mannes. Denn ein Mensch kann versagen. Er kann gefangen werden. Er kann getötet und vergessen werden. Aber 400 Jahre später kann eine Idee immer noch die Welt verändern. Genau das sagt V zu Evey.

Und genau das hatte auch Milo vor. Es musste nicht die ganze Welt sein, sondern nur seine eigene. Er wollte nicht mehr die Klappe halten und zusehen, wie sich jeder Einzelne in seinem Leben selbst belog – er selbst eingeschlossen. Er wollte sprechen. Über sich. Über andere. Und darüber, dass es völlig bescheuert war, immer nur durchzuhalten. Er wollte seine alte Devise zurück. Er wollte wieder den Tag nutzen, anstatt ihn nur auszuhalten. Und er wollte aktiv etwas tun, anstatt immer nur abzuwarten und zu hoffen, dass es irgendwann von selbst besser wurde.

If nothing changes – nothing changes.

Coach Smith und V wären vermutlich beste Kumpel gewesen. Milos Superkraft war genau das, was ihm bis gerade eben so lästig gewesen war: Er konnte nicht wegsehen, er hasste Lügen und er fühlte sich verantwortlich. Aber genau das machte ihn aus, machte ihn besonders. Was er bis gerade eben aber nicht begriffen hatte, dass genau diese Eigenschaften ihm die Möglichkeit gaben, etwas zu tun, was einen Unterschied machte: Er hatte eine Stimme. Und er würde anfangen zu sprechen. Und ein eigener YouTube-Kanal war dafür perfekt. Sven Ertels Idee war großartig.

KAPITEL 13

Milo

Oder doch nicht. Denn schön und gut: Er hatte also seine Superkraft entdeckt. Klar hätte er auch einen Blog schreiben können. Aber die Reichweite war mit Videos einfach viel größer. Außerdem war ihm in dem Moment, in dem er beschlossen hatte, seine Geschichte zu erzählen, gleichzeitig klar geworden, wie viel er wirklich zu sagen hatte. All das aufzuschreiben, würde Tage dauern. Und wer wollte das lesen? Nein. Die, die er erreichen wollte, schauten Videos. Morgens beim Frühstücken, ein paar Minuten im Bus, in den Pausen und nach der Schule sowieso. Wenn er gehört werden wollte, musste er sprechen. Und zwar laut. Ganz einfach. Aber die Umsetzung gestaltete sich trotzdem schwieriger als gedacht. Es war natürlich die eine Sache, wie V eine Revolution anzuzetteln, wenn keiner wusste, wer hinter dieser Maske steckte, aber einen YouTube-Kanal anzulegen und dort als Milo Zander der Welt zu erzählen, was für ein Arsch Max war, wie grauenhaft es war, das Theodor-Heuss-Gymnasium zu besuchen und was er für ein Heimweh nach Namibia hatte, war trotz Milos Bedürfnis, ab jetzt die Wahrheit zu sagen, schwierig. Es war quasi eine Einladung an alle, alles noch viel schlimmer zu machen.

Natürlich, selbst wenn er diesen Vlog in die Welt entließ, würde Max oder die Schule davon nicht unbedingt etwas bemerken, zumindest nicht sofort, aber es war möglich. So absurd es war, wenn er ehrlich sein wollte, musste er lügen. Zumindest was seine Identität anging.

Sein Blick fiel wieder einmal auf die Guy-Fawkes-Maske.

Auch V hatte sein Gesicht nicht gezeigt. Einerseits, weil er so entstellt war, andererseits, weil diese Maske eben auch ein Symbol war. Ein Symbol für den anonymen Widerstand gegen das Böse, das stärker als jedes Gesicht sein konnte, selbst wenn man keine Mimik darin erkennen konnte, sondern nur dieses überlegene Grinsen.

Milo war nicht der Einzige, der diese Maske großartig fand. Es gab einige politische und gesellschaftliche Gruppen, die sie als Demonstration dafür nutzten, dass sie sich im Widerstand befanden, wie beispielsweise die Hackergruppe Anonymous.

Warum sollte er also nicht auch diese Maske tragen? Wenn er noch ein paar andere Dinge veränderte, würde ihn bestimmt keiner erkennen. Er musste nur dafür sorgen, dass der Hintergrund neutral war und dass er Kleidung trug, die keine besonderen Milo-Merkmale aufwies. Er holte ein weißes Leintuch aus dem Wäscheschrank und befestigte es mit Reißnägeln an der Wand hinter seinem Bett. Perfekt. So ließ sich sein persönliches Studio schnell auf- und auch wieder abbauen. Probeweise setzte er die Maske auf, stellte seinen Laptop auf den Nachttisch und drückte auf Aufnahme.

»Hallo, hier ist Milo …«

Nein. So ging das auf gar keinen Fall. Was brachte die ganze Verkleidung, wenn er dann seinen Namen sagte? Ging also schon mal gar nicht und seine Stimme hörte sich zwar in seinen eigenen Ohren total fremd an, aber die anderen könnten ihn daran erkennen. Mist. Es war schwieriger als gedacht.

Es brauchte eindeutig mehr, als eine gute Idee und eine Maske. Wie gut, dass Sven ihnen heute Mittag die ganzen Filter gezeigt hatte.

Milo würde also die Beiträge nicht live senden, sondern aufnehmen und bearbeiten müssen. Das war zwar ein wenig komplizierter, aber dennoch die bessere Variante, denn so konnte er einen Filter über seinen Clip legen und seine Stimme zusätzlich mit einem Voice-Transformer verfremden. Heute Nachmittag in der Informatik-AG hatten sie alle möglichen Stimmen ausprobiert: Mann, Frau, Kind und Ente. Ente. Unfassbar. Milo grinste bei dem Gedanken an den Moment, als Walter-Ente ihnen einen Vortrag über das Wetter gehalten hatte.

Milo beschloss, einen Comic-Filter über das Bild zu legen, der alle Farben verstärkte und die Kanten verschärfte. Zusätzlich sorgte er dafür, dass die Ränder verschwammen und nur das kreisförmige Sichtfeld in der Mitte total scharf war. Seine Stimme würde er einfach ein wenig tiefer machen. Effekte wollte er hier nicht. Schließlich sollten sich die Zuhörer auf das konzentrieren können, was er sagte, und sich nicht fragen müssen, ob der Typ hinter der Maske nicht vielleicht doch einen an der Klatsche oder irgendwas zu verbergen hatte. Die Stimme musste echt klingen. Wenigstens einigermaßen.

Blieb das Problem mit dem Namen.

Milo starrte nach draußen. Er hatte absolut keine Idee, wie sein Vlog heißen konnte. Zander und Milo fielen raus. Fisch. Sehr witzig, aber nein. Namibia. Vendetta. Nein, Vendetta auf gar keinen Fall.

Es dauerte einen Moment, bis ihn die Erkenntnis traf:

Er würde seinen Vlog »V wie Vincent« nennen. Vincent war sein zweiter Vorname. Mannomann. Rückwärts war alles plötzlich ganz einfach. Und vorwärts auch, wenn man Coach Smith im Ohr hatte: *The only way to finish is to start!*

Milo ging kurz in die Küche, um sich ein Glas Wasser zu holen.

Auf seinem Weg machte er alle Lichter an, worüber sich sein Vater sicher maßlos aufregen würde, wenn er denn je aus seinem Keller rauskommen würde, aber Milo hatte die Dunkelheit satt. Er wollte es hell haben. Hell und klar.

Von Carl war weder etwas zu hören noch zu sehen. Auch auf Milos Nachricht hatte er nicht geantwortet. Ausnahmsweise war das Milo sogar ganz recht.

Es war ein großartiges Gefühl, endlich wieder etwas tun zu können.

In seinem Zimmer zog sich Milo zuerst einmal um. Das graue Sweatshirt, das an den Rändern schon ausgefranst war, war perfekt. Seine Mutter hatte es bestimmt schon zehnmal aussortiert und Milo hatte es gerade noch rechtzeitig aus der Tüte für die Kleidersammlung retten können. Schließlich hatte wohl jeder zweite Teenager genau dasselbe im Schrank. Ebenso wie einen schwarzen Beanie. Nicht, dass seine Haare so unverwechselbar waren, aber Milo wollte einfach sichergehen. Es konnte losgehen. Theoretisch. Vielleicht sollte er auch noch einen Opener basteln, damit jeder wusste, um was es ging. Oder wenigstens ein Logo?

Aber vor allem musste er sich zuerst einmal überlegen, was er überhaupt sagen wollte.

Unten fiel die Tür ins Schloss und jemand – vermutlich

Carl – stieg die Treppe hoch. Milo hörte, wie er nebenan rumorte, wie er seine Tasche in die Ecke pfefferte und dann sein Zimmer wieder verließ, wahrscheinlich, um unten etwas zu essen. Er hörte, wie Carl sich mit ihrem Vater unterhielt, schnappte Wortfetzen auf, die alle etwas mit Energieverschwendung (Dad) und spießigen Eltern (Carl) zu tun hatten. Milo war froh, hier oben und alleine zu sein.

Es würde eine lange Nacht werden, so viel stand fest.

Lang und aufregend.

KAPITEL 14

Nike

Total gerädert wachte Nike auf. Sie hatte eine grässliche Nacht gehabt und es fühlte sich so an, als hätte sie nicht mehr als zehn Minuten geschlafen. Sogar in ihren Träumen hatte sie versucht, Milo zu erklären, dass sie keinen Film mit ihm schauen konnte. Sie hatte mindestens tausend Mal versucht, ihm von Rotkäppchen zu erzählen und tausend Mal aufgegeben, gefangen zwischen dem unbedingten Wunsch, ihm die Wahrheit zu sagen und der Angst, damit alles kaputt zu machen.

Sie schämte sich selbst im Schlaf. Und im Schlaf war immer wieder Tessa aufgetaucht und hatte sie angezickt, sodass sie beim Aufwachen kaum noch unterscheiden konnte, was sie wirklich gesagt und was Nike der Traum-Tessa in den Mund gelegt hatte.

Tessa. Max. Die Party. Nike seufzte und zog sich die Bettdecke über den Kopf. Normalerweise freute sie sich aufs Wochenende, aber heute fiel es ihr wirklich schwer, aufzustehen. Ob sie einfach krank zu Hause bleiben sollte? Ein Griff an ihre Stirn zeigte, dass sie damit ihre Mutter auf keinen Fall täuschen konnte. Schon blöd, wenn man in einem Medizinerhaushalt lebte. Außerdem hatte sie gestern in ihrer Not noch Sarah gefragt, ob sie mit auf diese Party kam, und die war völlig im Glück gewesen. Schließlich würden die Jungs aus der Oberstufe auch da sein, inklusive Ed, und Sarah stand schon ewig auf Felix, den besten Freund ihres Bruders. Nein, aus dieser Nummer kam Nike nicht mehr raus. Blieb ihre Absage an Milo.

Sie angelte ihr Handy vom Nachttisch. Sarah war bestimmt schon wach. Ziemlich oft schickten sich die Freundinnen morgens schon aufmunternde Sprüche, Bilder oder kleine Filmchen, um sich gegenseitig für den Tag zu motivieren. Ganz besonders montags hatten Nike einzig Sarahs Posts schon gerettet, und auch heute wäre eine Nachricht von ihrer Freundin ein Lichtblick und würde sie vielleicht von dem schlechten Gewissen Milo gegenüber ablenken, das sich ätzend und klebrig in ihrem Magen ausgebreitet hatte, wo es sich mit der Enttäuschung darüber vermischte, dass sie den Abend nicht mit ihm verbringen würde. Und der Scham über ihre eigene Feigheit.

Und tatsächlich: Sarah hatte ihr auf Instagram einen Link zu YouTube weitergeleitet und druntergeschrieben: Schau mal, hab ich aus unserem Social-Media-Kurs! Endlich mal einer, der die Klappe aufmacht!

Neugierig klickte Nike darauf. Zuerst sah sie ein rotes V, das von einem schwarzen Kreis umrandet war. Das Bild war düster und flackerte, als ob es sich dabei um einen Stummfilm aus den Zwanzigerjahren handelte.

Nach ein paar Sekunden erschien unter dem V ein weiterer Schriftzug, ebenfalls in Rot: »... wie Vincent« stand da. »V wie Vincent«. Irgendwie erinnerte sie das an etwas, aber sie konnte es nicht recht greifen. Bevor sie sich weitere Gedanken darüber machen konnte, löste sich das Bild auf und gab den Blick frei auf eine Person, die eine Maske trug. Nike kannte diese Maske. Sie hatte sie schon ab und zu im Fernsehen gesehen, wenn wieder einmal irgendwelche Nachrichtendienste gehackt worden waren und die Presse darüber berichtete. So richtig hatte sie das nie interessiert und sie hätte sich das Video vermutlich nicht unbedingt angesehen, schon gleich gar nicht am Morgen, wenn nicht Sarah es ihr geschickt hätte.

Ihrer Einschätzung nach musste der Typ mit der Maske ungefähr in ihrem Alter sein. Er sah sportlich aus, soweit Nike das erkennen konnte, aber mehr konnte sie nicht sagen, denn er hatte ein nichtssagendes Sweatshirt, diese Maske und eine schwarze Beanie auf. Er sah aus wie ungefähr jeder männliche Jugendliche im Alter zwischen vierzehn und achtzehn. Abgesehen von der Maske natürlich.

Kurz schielte Nike auf den Balken unter dem Film. 27 Views waren ja nicht so der Burner, aber wenigstens hatten die, die es gesehen hatten, den Clip alle mit einem Daumen nach oben bewertet. Außerdem schien es Vincents erstes Video zu sein, sonst wären in der rechten Leiste sicher weitere von ihm angezeigt worden.

»Hey, hallo und herzlich willkommen bei ›V wie Vincent‹.«

Seine Stimme war warm und erwachsen, als hätte er sie ein paar Nuancen nach unten geschraubt. Nike drückte auf Pause und schaute auf den Wecker. Wenn sie sich nachher beeilte, konnte sie die knapp vier Minuten von Vincents Beitrag im Bett bleiben. Sie kuschelte sich noch mal so richtig in ihr Kissen und drückte auf Play.

»Schön, dass ihr da seid! Ich hab natürlich keine Ahnung, ob ihr wirklich da seid, aber wenn nur einer da draußen ist, der mir zuhört, hab ich schon gewonnen.«

Nike ertappte sich dabei, wie sie lächelte. Irgendetwas war in seiner Stimme, oder in dem, was er gesagt hatte, das sie sofort angesprochen hatte. Zu gern hätte sie gewusst, wer hinter der Maske steckte. Welches Gesicht. Und ob der Typ, der da saß, vielleicht jetzt gerade lächelte, so wie sie. Sie würde zuhören. So viel war sicher. Sie wollte nämlich schon jetzt, dass Vincent gewann.

»Ihr fragt euch vielleicht, warum ich eine Maske trage und warum ich mein Gesicht nicht zeige. Ich könnte jetzt sagen, weil das cool ist. Außerdem macht Cro das schließlich auch.«

Ganz sicher lächelte er jetzt. Nike konnte es förmlich hören.

»Aber ganz einfach: Ich werde über mich sprechen – und das erfordert Mut. Es hat nichts mit euch zu tun, sondern mit mir. Vielleicht werde ich eines Tages mutig genug sein, all das, was ich sagen will, auch ohne Maske zu sagen, aber jetzt bin ich noch nicht bereit dazu.«

Nike setzte sich aufrecht hin. Um was ging es hier?

»Ich bin allein. Um mich herum sind genügend Menschen und ich bin trotzdem total allein. Meine Eltern, mein Bruder, Klassenkameraden, meine Freunde, meine Lehrer. Alle sind da. Es gibt sogar ein Mädchen, das ich mag. Ob sie mich mag, weiß ich zwar nicht, aber ihr seht, ich müsste so oder so nicht einsam sein – aber ich bin es. Weil ich lüge.«

Nike schluckte. Da hatten Vincent und sie etwas gemeinsam.

»Ich sage meiner Mutter, dass es mir gut geht. Meinem Vater. Ich gebe vor, stark zu sein, cool und souverän. Ich schlucke Wut und manchmal auch Tränen herunter, weil ich weiß, wenn ich irgendjemand zeige, wie es mir geht, wird es nur noch schlimmer. Gefühle sind Schwäche, und wenn einer schwach ist, drehen sich die anderen um und laufen weg, weil sie Angst davor haben, damit in Verbindung gebracht zu werden. Als ob Gefühle ansteckend seien und eine Krankheit, die niemand haben will. Alle schauen weg. Tun so, als hätten sie nichts gesehen und als würde sie nichts und niemand etwas angehen – außer ihr eigenes Leben. Sie hoffen, dass sie nicht die Nächsten sind, die ausgegrenzt, ausgelacht und vorgeführt werden. Genau das, was mir passiert.

Oh nein, es gibt dafür keinen bestimmten Grund. Unter dieser Maske steckt kein Monster, das es verdient hat. Ich bin einfach nur da – und ich bin ich. Vincent. Das scheint schon zu reichen. Es ist noch nicht lange so, aber lange genug. Und ich frage mich – frage mich ernsthaft –, ob ich der Einzige bin, dem es so geht. Und selbst wenn, muss es doch da draußen Menschen geben, die nicht wegsehen, die Gewalt und Intrigen nicht für selbstverständlich halten, die den Mund aufmachen und sich für andere einsetzen? Menschen, die keine Feiglinge sind. Wenn ja: Wo seid ihr?«

Nike hatte eine Gänsehaut. *Die keine Feiglinge sind.* So wie sie.

»Hey, und wenn es dir genauso geht wie mir, dann erzähl mir deine Geschichte und lass dich nicht unterkriegen, okay? Du da draußen! Solltest du mir zuhören und solltest du Ähnliches erleben wie ich, will ich dir nur sagen: Du bist nicht allein!

Das war's für heute. Ich wünsch euch einen tollen Tag. Seid mutig und ehrlich. Das ist nicht immer leicht, aber versucht es wenigstens. Ich versuche es ab heute auch.«

Mutig und ehrlich. Für einen Moment schloss Nike die Augen. Vincent. Wenn sie nur ein bisschen von diesem Mut abhaben könnte, dann … dann würde sie Milo die Wahrheit über Rotkäppchen sagen und über diese Nacht, an die sie sich nicht erinnerte. Sie würde sich trauen, Max gegenüber standhaft zu bleiben und ihn dazu zwingen, die Videos rauszurücken. Sie würde aufhören, ein Feigling zu sein.

Ob Vincent sich das trauen würde? Jemand wie ihn zum Freund zu haben, musste großartig sein. Obwohl er eine Maske trug, hatte Nike sofort dieses Vertrauen gespürt, dieses Gefühl, jemanden schon ewig zu kennen und ihm alles sagen zu können. Vincent würde sie nicht verurteilen und auch nicht an ihr zweifeln. All das tat sie ja selbst schon zur Genüge.

Nike entdeckte, dass Vincent unter dem Video drei Hashtags eingefügt hatte:

#dubistnichtallein

#vwievincent

#mutigundwahr

Mutig und wahr. Vincent hatte recht: Es war nie zu spät, etwas zu verändern. Und man konnte jeden Tag aufs Neue damit anfangen, kein Feigling zu sein. Bevor sie aufstand, schickte sie das Video an alle ihre Kontakte, inklusive Tessa und Max. Es schadete gar nichts, wenn sich die Leute da draußen zur Abwechslung mal den Kopf über etwas anderes zerbrachen, als über sich selbst. Nike wusste, über was sie nachdenken würde. Vielmehr, über wen.

Sie musste ganz schön in die Pedale treten, um nicht zu spät in die Schule zu kommen, aber da das Wetter, abgesehen von der morgendlichen Kälte, zur Abwechslung mal einigermaßen okay war, genoss sie die Fahrt mit dem Fahrrad sogar. Während sie die Schillerstraße in Richtung Theodor-Heuss-Gymnasium hinaufstrampelte, hatte sie wenigstens noch ein bisschen Zeit, sich eine Strategie für ihr Zusammentreffen mit Milo zu überlegen.

Vincent hatte sie wirklich inspiriert. Theoretisch war ja auch immer alles leicht und logisch. In der Realität aber ... fanden sich tausend Gründe und Ausreden, es nicht zu tun. Ihr Magen begann aufgeregt zu grummeln, als ein paar Meter vor ihr Milo ebenfalls auf dem Rad an der Seite von Sarah das Tor des Theodor-Heuss-Gymnasiums passierte und nach rechts in Richtung Fahrradschuppen abbog. Als die beiden Nike entdeckten, blieben sie stehen und warteten auf sie. Nike schluckte. Jetzt war kein guter Augenblick für eine Beichte, aber je länger sie es vor sich herschob, umso schlimmer wurde es. Andererseits: Auf die Schnelle vor dem Unterricht ...? *Du Milo, ich muss dir was erzählen. Ich und Max. Max und ich ...* Sie schüttelte innerlich den Kopf über sich selbst. Auch keine gute Idee. »Hey Nike, guten Morgen!« Sarah trat auf sie zu, um sie zu umarmen. »Wie siehst du denn aus? Schlecht geschlafen?« Sie grinste. Vor Sarah konnte man einfach nichts verbergen. Nike lächelte vorsichtig zurück.

Fast nichts. Auch Sarah wusste nichts über Rotkäppchen, obwohl Nike es ihr so gern erzählt hätte. Aber als Sarah endlich aus dem Urlaub zurückgekommen war, hatte sie so viel anderes zu besprechen gehabt und ... Nike hatte gehofft, dass Gras darüber wachsen würde, wenn sie nicht darüber redete.

Irrtum! Feigling! Irrtum!, skandierte ihr schlechtes Gewissen.

Würde sie ihr jetzt davon erzählen, wäre Sarah bestimmt enttäuscht und wütend, weil sie sich ihr nicht gleich anvertraut hatte, Oder? Wäre das nicht die normale Reaktion?

Nike umarmte ihre Freundin besonders fest. Sie hatte diese Freundschaft vielleicht gar nicht verdient.

»Hey, du erdrückst mich ja!« Lachend löste sich Sarah von ihr. »Alles in Ordnung?« Nein, nichts. Nichts war in Ordnung.

Nike schluckte die ehrliche Antwort hinunter und bemühte sich um einen besonders fröhlichen Gesichtsausdruck.

»Hi, Milo!« Konnte ja schließlich keiner was dafür, dass sie so feige war.

»Hi.«

Kein Lächeln. Er sah sie noch nicht einmal an. Hob nur kurz die Hand und ging an ihr vorbei, als wäre sie eine Fremde. Sein Gesicht war blass und unter Milos Augen, die doch gestern erst ihr Herz gewärmt und so fröhlich gefunkelt hatten, lagen Ringe. Heute schien es, als sei Milo nur eine leere Hülle, die irgendjemand angezogen und zur Schule geschickt hatte. Sogar seine Haare waren anders als sonst, komplett ungestylt, und schauten fransig unter einem schwarzen Beanie hervor. Nike versuchte es noch einmal mit einem Lächeln, aber er reagierte nicht darauf. Merkwürdig. Sie hatte ihn eigentlich nicht für launisch gehalten.

Siedend heiß fuhr es ihr in die Knochen: Oder hatte Max vielleicht doch sein Wort gebrochen und Milo von Rotkäppchen erzählt? Es half alles nichts. Sie musste ihm wenigstens fürs Filmschauen absagen, wenn sie ihn nicht im letzten Moment anlügen und eine Grippe vortäuschen wollte. Selbst wenn sie sich elend genug fühlte: Sie hatte schon genug gelogen. Oder zumindest nicht die Wahrheit gesagt.

Betreten blickte sie zu Boden. Wie sagte man jemandem ab, mit dem man am liebsten jede Sekunde verbringen würde?

»Milo, wegen heute Abend ...«

»Mach dir keinen Kopf«, unterbrach Milo sie ruppig. »Ich hab schon gehört, dass Sarah und du heute auf diese Party geht.« Er war noch nicht einmal stehen geblieben.

Nike sah in das erschrockene Gesicht von Sarah, die ein tonloses »Sorry!« mit ihren Lippen formte. »Ich wusste nicht, dass …« Hilflos hob sie die Schultern.

»Kein Stress.« Jetzt drehte er sich doch um. Alle Wärme, die gestern noch darin geleuchtet hatte, war aus seinem Blick verschwunden. »Ich hab sowieso schon was … anderes vor.« Er schaute an Nike vorbei und hin zu einer Gruppe von Schülern aus der Neunten, die sich lautstark über ein YouTube-Video unterhielten. Um genau zu sein, über das Video, das Nike am heutigen Morgen auch gesehen hatte. »Wir sehen uns.« Er hob kurz die Hand und war schon im Begriff zu gehen, da hielt Nike ihn am Ärmel fest.

»Warte, Milo. Bitte! Ich …« Verwirrt versuchte sie zu verstehen, was er gerade gesagt hatte. »Du hast …?« Er hatte von sich aus eine Alternative zu ihrer Verabredung gesucht? Das relativierte wohl, wie wichtig es ihm war, mit ihr etwas zu unternehmen. Der Schmerz, der sich scharf in ihr Herz bohrte, trieb ihr beinahe die Tränen in die Augen. Das einzig Gute an ihm war, dass er sie wenigstens für eine Sekunde davon ablenkte, warum sie überhaupt hatte absagen wollen. So lange, bis Milo stehen blieb und sich noch einmal zu ihr umdrehte.

Milo

Sein Video! Die Neuner sprachen über *sein* Video! Als er vorhin vor dem Aufbruch in die Schule noch mal auf die Klickzahlen geschaut hatte, waren es schon 80 gewesen. Diesen kurzen Clip, den er aus lauter Frust aufgenommen hatte, weil er niemand zum Reden fand, hatten 80 (!) Leute gesehen. In Worten: ACHTZIG. Und es war bisher nur ein Einziger dabei, der kein »Like« gegeben hatte. Wer waren die Leute, die das ansahen? Wer teilte es?

Unter seinem Hashtag #mutigundwahr hatten ein paar selbst schon was gepostet und unter dem Clip gab es auch den einen oder anderen Kommentar. Er wollte sie später in Ruhe lesen, wenn die Schule aus war. Und wenn Nike auf dieser blöden Party war. Ihre Hand lag immer noch auf seinem Arm und er spürte ihre Wärme sogar auf seiner Haut.

Mutig und wahr. Er wollte nicht mehr lügen. Kommentare zu lesen war zwar sicher spannend und vielleicht auch ganz gut für sein Ego, aber einfach nicht die Wahrheit.

»Also, die Wahrheit ist: ich habe nichts anderes vor.« Er schluckte. Es sollte nicht bedürftig rüberkommen. Das Letzte, was er wollte, war, dass Nike ihn bemitleidete. »Aber das mit eurer Party passt schon.«

Max' Konkurrent zu sein stand nicht gerade auf seiner Freitag-Abend-Most-Wanted-Liste. Dass er auch dort sein würde, war ihm schon klar. Die Party, Rotkäppchen und Max. Danke, aber nein danke.

Nike blinzelte. »Du hast nichts anderes …?«

Sie runzelte verwirrt die Stirn und Milo konnte beinahe sehen, wie sie versuchte, zu verstehen, was er ihr gerade gesagt hatte. Dann, als es ihr offensichtlich gelang, glich ihr Ausdruck einem Sonnenaufgang in der Namibischen Wüste: Zuerst zaghaft und dann immer heller erschien ein Strahlen auf Nikes Gesicht, das sein Herz wärmte und ihn beinahe umhaute. Seine Knie wurden weich und er konnte nicht anders, als ihr Lächeln zu erwidern. Ob sie wusste, wie schön sie war?

»Aber warum kommst du dann nicht einfach mit?«

Theoretisch nichts lieber als das, aber Max eine weitere Gelegenheit zu geben, mit ihm Stress anzufangen? Lieber nicht.

»Nein, danke aber ich … ich will dir und Max nicht in die Quere kommen.« Am allerwenigsten Max.

»Max?« Sie sah ihn mit großen Augen an. »Woher weißt du, dass …?«

»Na ja, manchmal hört man Dinge, die man nicht hören will. Vor allem, wenn man auf irgendwelchen Schulschuppen Dachrinnen putzt.«

Nike schloss die Augen. Das Strahlen war weg.

»Es stimmt. Er wird da sein. Aber das heißt ja nicht, dass du nicht auch dort sein kannst. Bitte! Max ist doch nicht … nicht wichtig!« Flehend sah sie ihn an. Milo verstand überhaupt nichts mehr. Max war nicht wichtig? *Der* Max, der sein Leben zur Hölle machte, und Nike Rotkäppchen nannte? Der immerhin wichtig genug war, um Nike dazu zu bringen, ihre Verabredung mit Milo zu canceln?

Er bildete sich ein, in ihren Augen lesen zu können, dass sie es so meinte und ihn wirklich gerne dabeihaben wollte, aber was wusste er schon. Große Lust, auf eine Party zu gehen, auf der sein neuer Lieblingsfeind abhing, hatte er wirklich nicht. Andererseits: zu Hause zu sitzen und sich die Party samt Nike und Max *vorzustellen*, war noch schlimmer.

»Bitte?«

Ihr Blick verhakte sich in seinem und es kam Milo vor, als bliebe die Zeit stehen. Diesen Moment hatte er mit ihr schon einmal erlebt, vor ein paar Tagen im Klassenzimmer, während sie ihren Arm nach ihm ausgestreckt hatte und sanft ihre Hand an seine Wange legte. Er konnte nicht anders und schloss die Augen. Nur für einen winzigen Moment. Sarah, der Fahrradschuppen, die Neuner und sein Video – alles rückte in den Hintergrund. Milo bestand nur noch aus vibrierenden Nervenfasern, die ein Kribbeln durch seinen kompletten Körper jagten, und er wünschte, dass dieser Moment nie vergehen würde.

»Milo?« Nike sah ihn immer noch mit ihren namibiahimmelblauen Augen an. »Kommst du mit?«

»Ich …« Er räusperte sich. Es half nichts. Wer konnte dem namibischen Himmel schon widerstehen? »Ja, ich komme.« Endlich konnte er ihr Lächeln erwidern. Eine sanfte Glückswoge überspülte ihn, als sie einen kleinen Jauchzer ausstieß und ihm um den Hals fiel.

»Ich freue mich so!«, flüsterte sie in sein Ohr.

Seine Nervenbahnen schickten ein ganzes funkelndes und kribbelndes Feuerwerk auf seiner Haut entlang. Als sie sich von ihm löste, um sich umzudrehen und mit Sarah in die Sporthalle zu gehen, blieb er noch ein paar wenige Sekunden stehen und berührte andächtig seine Haut da, wo eben noch ihr Mund gewesen war. Die Stelle leuchtete bestimmt.

Umso weniger Lust hatte er auf Sport. Das Fach, vor dem sich Milo schon seit Anfang der Woche graute. Seit Schuljahresbeginn hatten sie gemeinsam mit den Mädchen Leichtathletik bei Frau Müller gehabt, aber ab jetzt wurde es ernst: Die Mädchen begannen mit Geräteturnen und bei den Jungs standen »Ballsport« und Herr Arnold auf dem Stundenplan. Der Englischunterricht bei ihm war ganz erträglich. Zumindest bisher. Ob das auch für Sport galt, würde sich zeigen. Aber trotzdem: Vier Stunden beim selben Lehrer – was hatten die sich nur gedacht?

Sporthallen und Sporthallengerüche waren wohl auf der ganzen Welt gleich, trotzdem widerstand Milo der Versuchung, die Augen zu schließen und sich wieder einmal nach Namibia zu träumen, während er durch die schmale Tür trat, die die Umkleidekabine von der Halle trennte. Auf der linken Seite hatten die Mädchen schon Matten, Barren, Schwebebalken und Kästen aufgebaut.

Milo war heilfroh, dass Herr Arnold offensichtlich Basketball für die Jungs der 10c vorgesehen hatte. *Yes!* Endlich einmal was, womit er punkten konnte. Basketball.

Kurz schaute er zu den Mädchen rüber und entdeckte Sarah und Nike, die sich abmühten, die Matten unter den Schwebebalken zu fädeln. Als ob Nike seinen Blick gespürt hatte, sah sie kurz auf. Lächelte. Hob ihre Hand zum Gruß, sobald er zurücklächelte, und widmete sich dann wieder ihrer Aufgabe.

Basketball und dieses Lächeln. So schlecht ließ sich der Freitag bisher nicht an. Er dehnte sich ein bisschen und ging dann zu den Bänken, wo schon ein paar andere auf Arnold warteten. Sie unterhielten sich und alberten herum, aber keiner schien von ihm Notiz zu nehmen.

Mit einem erleichterten Blick stellte er fest, dass Max, Jonas und Tim noch nicht aufgetaucht waren, aber ganz außen auf der linken Bank saß Walter und starrte auf seine Schuhe. Neben ihm war eine große Lücke, so als ob niemand neben ihm sitzen wollte oder Walter selbst zu schüchtern war, um sich direkt neben jemanden zu setzen, was Milo für wahrscheinlicher hielt.

Milo ging auf ihn zu und tippte Walters linken Turnschuh an, der aussah, als wäre er direkt aus dem letzten Jahrzehnt an seine Füße gebeamt worden. Sie waren orange und hatten lilafarbene Streifen. Ein übergroßes, knallgelbes Muscleshirt der LA Lakers schlackerte an seinem dünnen Oberkörper und eine absolut nicht passende weinrote Sporthose komplettierte sein Outfit. Beides betonte Walters extrem helle Haut und er fühlte sich sichtlich unwohl. Milo schüttelte den Kopf und grinste.

»Hey, Walter!«

»Oh, äh, Milo!« Walter sah erschrocken auf und zwinkerte hinter seiner dicken Brille nervös mit den Augen. Die anderen unterhielten sich weiter. Walter und Milo waren ihnen offensichtlich völlig egal. Auf der anderen Seite der Halle war es mittlerweile ganz schön laut geworden. Die Mädchen schienen pünktlicher anzufangen als die Jungs.

»Kann ich mich neben dich setzen oder kommt noch jemand?«

Walter rutschte ein Stück näher an die Kante. »Nein, das … du …« Er rieb sich nervös über die Oberschenkel.

Milo ließ sich neben ihn fallen und stieß ihm den Ellbogen in die Seite. »Ich nehme das als ein Ja.« Er grinste. »Fall bloß nicht von der Bank, nur weil jemand neben dir sitzen will.«

Er zwinkerte ihm zu und Walter nickte. Milo hätte ihn gern gefragt, ob er schon eine YouTube- oder Instagram-Seite gefunden hatte, die ihm gefiel. Außerdem war er natürlich neugierig zu erfahren, ob Walter Vincent entdeckt hatte, aber genau in diesem Moment kam Arnold durch die Lehrerumkleidekabine. Auch er trug ein Basketball-Shirt der Lakers und eine dazu passende Hose. Hatte Walter sich deshalb für dasselbe

Outfit entschieden, um Eindruck bei Arnold zu schinden? Wie eine Sportskanone sah er nicht aus und nachdem, was Walter gestern Nachmittag erzählt hatte, schien er sich nicht gerade für Freizeitaktivitäten zu interessieren, die was mit Bewegung zu tun hatten.

Im Gegensatz zu Walters Klamotten betonten die von Arnold, wie sportlich er war. Bestimmt spielte er in seiner Freizeit. Milo spürte, wie es in seinen Fingern kribbelte. Er gäbe einiges dafür, wenn er jetzt einen Ball zwischen die Finger kriegen würde. Ob er Arnold mal nach einer Mannschaft fragen sollte? Einer, die auch Sechzehnjährige aufnahm? Nein, noch besser: auch Spieler, die mit vierzehn schon spielten wie die Großen? Aber vielleicht hatte Carl ja auch das Glück, Arnold als Sportlehrer zu haben und hatte ihn längst selbst gefragt. Außerdem schien Carl zurzeit nicht gerade scharf darauf zu sein, dass Milo irgendetwas für ihn tat. Vermutlich würde er diese Idee also schon mal grundsätzlich ablehnen, allein weil sie von Milo kam.

Arnold ließ einen schrillen Pfiff hören und klatschte in die Hände. »So, wir sind hier nicht zum Spaß, Männer«, bellte er und schaute grimmig in die Runde.

Walter neben ihm zuckte zusammen und versuchte offensichtlich, sich hinter Milo zu verstecken, was ihm nur bedingt gelang.

»Einige von euch sind ja nicht unbedingt Sportskanonen.« Er grinste verächtlich und schielte in ihre Richtung. Walter neben ihm machte sich noch kleiner, aber bevor Arnold weitersprechen konnte, betraten Max, Jonas und Tim die Halle. Max natürlich wie immer in den neusten Sportklamotten und den hipsten Basketballschuhen, allerdings mit offenen Schnürsenkeln, Jonas gewohnt schmuddelig und Tim wie immer mit gesenktem Blick und den Händen in der Tasche. Verärgert über die Störung sah Arnold den dreien entgegen, aber bevor er etwas sagen konnte, hatte Max die Gelegenheit genutzt, sich vor Publikum zu inszenieren.

»Hey yo, was geht?«, rief er in die Runde und drehte dabei seine Baseball-Cap, sodass das Schild nach hinten zeigte, dabei versuchte er sich an irgendwelchen Rappermoves. Peinlich. Arnolds Gesicht war rot angelaufen. Dass seine Explosionsschwelle nicht besonders hoch war, hatte Milo schon im Englischunterricht bemerkt, als Basti, einer der eher unauffälligen Jungs »become« und »get« verwechselt hatte und auf Englisch behauptete *bitte gerne ein Cheeseburger zu werden. Can I become a cheesburger please.*

Milo grinste.

»Max! Jonas! Tim! Zwanzig Liegestützen, aber dalli!«

»Boah, Mann, Arnold, Liegestützen? Da mach ich mir ja die Hände schmutzig!« Max stieß Jonas in die Seite, der pflichtschuldigst lachte. Die anderen Jungs auf der Bank tuschelten.

»Oha, da will einer witzig sein!« Arnolds Gesicht tendierte nun eher Richtung lila und seine Augen sahen aus, als würden sie jeden Moment aus ihren Höhlen ploppen. Milo machte sich wirklich Sorgen. »Max! Soeben hast du dir weitere zehn Liegestütze freigeschaltet und wenn ich noch einen Mucks von dir höre, machst du zweimal dreißig Sit-ups dazu. Verstanden?«, bellte er und fixierte Max böse.

»Alles gut, Arnold. Chill dein Leben, Mann. Ich mach ja schon«, sagte er und ließ sich mühsam vor den Bänken nieder.

»Nicht hier, du Schwachkopf! Wir spielen gleich Basketball. Ihr drei geht rüber zu den Mädchen und macht das dort, und wenn ihr fertig seid, könnt ihr wiederkommen. Aber wehe, wenn ich auch nur einen Ton von euch höre, dann …«

»Ja ja, dann machen wir noch sechzig Sit-ups zusätzlich.« Max grinste überlegen und klatschte seine Freunde ab, bevor er sich umdrehte und mit dem Hintern wackelnd auf die andere Seite der Halle ging, wo die Mädchen bereits mit ihren Übungen begonnen hatten. Jonas und Tim schlurften hinterher.

Leider hatte dieses Zwischenspiel Arnolds Laune offensichtlich noch weiter verschlechtert, was spätestens dann spürbar wurde, als er sich wieder dem Rest der Klasse zuwandte.

»Wo war ich?«

»Bei den Sportskanonen«, murmelte irgendjemand von der Bank aus.

»Genau. Es gibt eindeutig zu viele Weicheier in eurer Klasse. Wisst ihr, was Weicheier sind?«

Was ging denn hier ab?

»Na, Walter? Damit kennst du dich doch bestens aus, was?«

Arnold machte einen Schritt in ihre Richtung und stemmte die Hände in die Hüften.

»Weicheier sind Loser«, flüsterte Walter neben ihm.

»Was? Ich hab das nicht verstanden!«, brüllte Arnold und machte einen weiteren Schritt auf sie zu. Noch zwei und er würde auf Walters orangefarbenen Schuhen stehen. Milo spürte, wie Walter neben ihm anfing zu schwitzen und gleichzeitig zitterte er, als hätte es Minusgrade in der Halle. Milo ballte die Hände zu Fäusten. Das hier passierte nicht wirklich, oder?

»Klasse?«, wiederholte Arnold brüllend seine Frage. »Was sind Weicheier?«

»Weicheier sind Loser!« Die komplette Reihe, alle Jungs auf der Bank, inklusive dem mittlerweile beinahe heulenden Walter, hatten unisono mitgegrölt, während Milo zuerst Arnold und dann Walter fassungslos anstarrte.

»Und was machen wir mit Losern?«

»Wir werfen sie vom Platz!«, brüllten alle.

Sogar Max, Jonas und Tim riefen so laut mit, dass man sie bis nach hier vorne hören konnte. Walter saß neben Milo wie ein Häuflein Elend.

Das war nicht Arnolds Ernst, oder? Wie gut, dass er ihn nicht nach einer Mannschaft gefragt hatte. Jemand, der offensichtlich keine Ahnung von Fairplay besaß, wenn es um den Umgang mit Menschen ging, hatte beim Spiel erst recht kein Interesse daran. Mit so jemandem wollte Milo nichts zu tun haben.

»Also los, auf den Platz, Jungs, und wählt eure Mannschaften!«

Wieder pfiff er schrill und klatschte in die Hände. »Wer meldet sich freiwillig?«

Milo war die Lust aufs Spielen vergangen. Dennoch … Mutig und wahr. Gestern Nacht hatte er damit begonnen, die Wahrheit zu sagen und es hatte sich so angefühlt, als wären alle Dämme gebrochen. Endlich hatte er sich von all der Angst befreit, die ihn seit seiner Ankunft in Deutschland begleitet hatte. Die Angst, dass alles ganz furchtbar werden würde, wenn irgendjemand herausfand, wie es in ihm aussah. Nein, er konnte und wollte sich und anderen nichts mehr vormachen – und er würde nie wieder still sein, wenn es etwas zu sagen gab.

»Oh, der Neue traut sich was!« Während Milo aufstand

und langsam auf den Sportlehrer zuging, maß Arnold ihn von oben bis unten mit seinen Blicken, wie um abzuschätzen, ob er Milo wirklich den Ball übergeben konnte. Er entschied sich offensichtlich dafür, gab ihm aber einen winzigen, beinahe nicht wahrnehmbaren Drall, sodass ein ungeübter Spieler Schwierigkeiten gehabt hätte, ihn zu erwischen. Milo fing ihn allerdings geschickt auf und begann zu dribbeln. Arnolds abschätzender Blick wich einer Mischung aus Erstaunen und Verärgerung. Letzteres vermutlich, weil Milo ihm die Chance vermasselt hatte, jemanden vor der Klasse bloßzustellen.

»Hat da jemand geübt?«

»Ja, tatsächlich, Herr Arnold. Ich spiele seit beinahe zehn Jahren, deshalb kann ich es ganz gut. Das heißt aber nicht, dass ich kein Loser bin. Ich kann dafür nicht turnen, in Badminton bin ich richtig schlecht und Schwimmen ist auch nicht meine Stärke.« Das mit dem Schwimmen stimmte zwar nicht, aber es klang gut. »Ich kann kein Französisch und in Chemie brauche ich Nachhilfe.«

»Na und?«, grunzte Arnold. »Solange du Basketball spielen kannst, ist mir der Rest völlig egal!«

Die Klasse lachte und Arnold grinste selbstgefällig.

»Was ich sagen will, ist, dass niemand ein Loser ist, nur weil er nicht Basketball spielen kann, und ein Weichei schon gleich gar nicht.«

Das Lachen war aus Arnolds Gesicht gewichen und hatte der gefährlichen lila Farbe von vorhin Platz gemacht. Kein Zweifel. Er ärgerte sich. Und wie. Ob er ihn jetzt auch zum Liegestützemachen schicken würde? Max, Jonas und Tim hatten mit ihren Übungen aufgehört und waren näher gekommen, um nichts zu verpassen.

»Willst du mir etwa sagen, wie ich mit meinen Schülern reden oder meinen Unterricht machen soll?« Er schnaubte und kniff die Augen zusammen.

»Nein, das will ich nicht«, antwortete Milo ruhig und sah Arnold direkt in die Augen. »Ich will Ihnen sagen, wie sie *nicht* mit ihren Schülern reden sollen. Mit niemandem, um genau zu sein.« Es war totenstill in der Halle. Selbst die Mädchen hatten aufgehört zu turnen, herumzualbern und zu kichern. In diese Stille sagte Milo genau das hinein, was er schon sagen wollte, seitdem er aufgestanden war.

»Als Erstes wähle ich Walter.«

KAPITEL 15

Nike

Nike stand vor dem Spiegel und sah sich in die Augen, während ihr Herz den Takt vorgab. *Milo. Milo. Milo.*

Wenn sie sich bis gestern noch nicht sicher gewesen war, so wusste sie es spätestens seit heute. Um genau zu sein, seit dem Sportunterricht: Wie Milo Arnold die Stirn geboten hatte und aufrecht geblieben war, obwohl Max sich natürlich die Gelegenheit nicht nehmen ließ, in die gleiche Kerbe zu schlagen. Wie Milo zu Walter auch noch Filip und Anton in sein Team holte, zwei weitere, eher unsportliche Jungs aus der Klasse, und wie er bei jedem Korb zuallererst die drei abgeklatscht hatte, war Weltklasse gewesen. Und wie Tim von Arnold in Milos Team gesteckt wurde und er dort zuerst widerwillig mitgemacht und dann gemeinsam mit Milo die meisten Körbe geworfen hatte.

Max' Gesicht war unbezahlbar gewesen, als die beiden sich nach einem besonders gelungenen Wurf abgeklatscht hatten. Unglaublich. Nike war sich sicher, dass sein Aufstand gegen Arnold etwas verändert hatte. Die Frage war natürlich, was es war. Aber allein, dass Milos Mannschaft nur ganz knapp an einem Sieg vorbeigeschrammt war, war schon ein Zeichen.

Vielleicht hatte Milo Vincents Video gesehen und sich von ihm inspirieren lassen? Die beiden hatten jedenfalls denselben Weg gewählt, um etwas zu verändern. Mutig und wahr.

Milo. Milo … Sie lächelte bei dem Gedanken daran, wie

er sie angesehen hatte. Schmetterlinge drehten ein paar Loopings in ihrem Bauch. Ob er das Gleiche fühlte wie sie?

»Milo ...«, flüsterte sie und schloss die Augen. Ob er auch gerade an sie dachte? Beinahe konnte sie seine Lippen auf ihren spüren. Wie gut, dass ihr Herz bei seiner Einladung schneller gewesen war als ihr Verstand. Es hatte sie total erwischt. Das war die Wahrheit. Jetzt fehlte ihr nur noch der Mut, Milo das zu sagen.

Das und ... das andere.

Milo

Er ließ sich rückwärts aufs Bett fallen und schloss für einen Moment die Augen. 379 Clicks innerhalb von weniger als vierundzwanzig Stunden? Dreihundertneunundsiebzig? DREIHUNDERTNEUNUNDSIEBZIG? Das war beinahe so großartig wie der zusammengefaltete Zettel mit ihrer Telefonnummer drauf, den Nike ihm kurz vor Schulende noch in die Hand gedrückt hatte. Dreihundertneunundsiebzig. Seine Zahlen. Und Nikes Nummer. Unglaublich. Es hatten mehr Menschen das Video gesehen, als das Theodor-Heuss-Gymnasium überhaupt Schüler hatte! Wer waren diese Leute? Und wieso schauten sie einem Typen mit Maske dabei zu, wie er von sich selbst redete?

Es gab wenig Kommentare darunter, meist kurze Sätze wie: »Wer bist du?« oder »Lass dich nicht unterkriegen!« oder Ähnliches. Da allerdings kaum jemand in den sozialen Netzwerken seinen richtigen Namen benutzte (er selbst eingeschlossen), konnte er nicht zuordnen, wer da schrieb. Eines war sicher: Er hatte definitiv mehr Leute erreicht, als Milo je erwartet hätte. Unglaublich. Vielleicht hatte er ganz zufällig und unbeabsichtigt einen Nerv getroffen. Andererseits, wie sagte V? *Zufälle gibt es nicht. Nur die Illusion des Zufalls.*

Er hatte einfach zur richtigen Zeit die richtige Idee gehabt.

Wie gut, dass er so schlau gewesen war, auch gleich noch einen Instagram-Account zu erstellen. Er scrollte durch die Messages, die »V wie Vincent« bekommen hatte. Unfassbar, wie viele ihm geschrieben hatten! Milo schüttelte den Kopf. Und was war das? Er erkannte das Profilbild sofort, obwohl der User es durch diverse Filter gejagt hatte. Die Brille, der Pulli. Er musste es einfach sein. Milo setzte sich auf und klickte grinsend auf eine Video-Botschaft von »Walt Yensid«. Walter. Typisch für seinen neuen Freund, das Ananym von »Disney« als Nachname zu benutzen. Und während Milo las, was Walter geschrieben hatte, kam ihm eine spontane Idee.

»Hey, hallo und herzlich willkommen bei ›V wie Vincent‹!«, sagte Milo und war froh, dass es ihm heute schon leichter fiel, seine eigene Stimme zu hören als gestern.

»Schön, dass ihr da seid!« Auch wenn sie Milos Lächeln hinter der Maske nicht sahen, hoffte er, dass sie an seiner Stimme hören konnten, wie sehr er sich darüber freute.

»Vor allem, weil ich ja jetzt weiß, dass ihr wirklich da seid! Leute, beinahe 400 Clicks! Ihr seid der Hammer!«

Er schüttelte den Kopf. Egal wie oft er diese Zahl sagte, er konnte es einfach immer noch kaum glauben.

»Vorhin hat mich übrigens eine Video-Botschaft von Walt Yensid. erreicht. Hi, Walt!« Milo winkte kurz in die Kamera, bevor er fortfuhr. »Nur damit ihr Bescheid wisst: Walt hat mir explizit erlaubt, das Video zu zeigen. Deshalb möchte ich euch diesen Clip auch nicht vorenthalten, denn keiner kann wohl besser erzählen, was er erlebt hat, als Walt selbst. Also schießen Sie los, Mister Walt Yensid!«

Milo würde Walters Clip später einfach dazwischenschneiden. Um seinen Kommentar perfekt darauf abstimmen zu können, sah er sich das Video allerdings noch einmal an.

»Hey, Vincent«, sagte ein wie immer nervös zwinkernder Walter. »Ich habe noch nie ein Video aufgenommen. Keine Ahnung, ob du das anschaust.« Er zuckte mit den Schultern, bevor er fortfuhr: »Aber auch in meinem Leben gibt es wenige Leute, mit denen ich etwas teilen kann, also ...« Er stockte kurz, als ob er überlegen müsste, wie es weitergehen sollte, aber dann straffte er die Schultern und fuhr fort: »Jedenfalls ist mir heute was Unglaubliches passiert. Ich bin in einer Social-Media-AG und da sollte jeder seine Lieblingsseite mit den anderen teilen. Seiten, die etwas aussagen, von jemandem der seine Superkraft entdeckt hat und die Welt verändert. Milo, so ein neuer Typ aus meiner Klasse, hat uns deine Seite geschickt. Krass, oder? Ich meine, du hattest bis dahin nicht allzu viele Views.« Wo er recht hatte, hatte er recht. Wahrscheinlich war Walter überhaupt der Erste gewesen, der seine Seite aufgerufen hatte. »Milo ist so ein typischer Mädchenheld«, fuhr er fort und grinste. Darüber würden sie sprechen müssen. Unbedingt. Milo grinste ebenfalls. Mädchenheld. Von wegen. »... ohne dass er blöd rüberkommt. Na ja, gute Klamotten, Muskeln, alles eben. Stell dir das Gegenteil von mir vor und du weißt, wie er aussieht.« Kurz verengten sich seine Augen. »Milo hat es trotzdem nicht leicht. Da gibt es einen anderen Typen. Max, der ... aber egal. Um den geht es nicht. Außerdem glaube ich sowieso, dass er nur neidisch ist ... Aber was weiß ich schon. Ich bin nämlich unsichtbar. Ein Geist. Ich wette mit dir, dass niemand meinen Namen nennen würde, wenn er oder sie die Klassenkameraden aufzählen müsste. Am Schluss würden sie sich immer wundern, dass einer fehlt, kämen aber nie drauf, wer es ist. Nein, mich ärgert keiner, niemand will eine Schlägerei. Aber es spricht auch keiner mit mir. Alle zweiunddreißig Schüler schauen durch mich hindurch! Kannst du dir das vorstellen? Wenn meine Mutter mir nicht ab und zu was kochen oder der Hund unserer Nachbarin so schrecklich bellen würde, wenn ich vorbeilaufe, ich würde wahrscheinlich glauben, dass ich mich mir selbst nur eingebildet habe. Vincent, ich gäbe alles dafür, sie würden mich ärgern.« Er kam mit seinem Gesicht ganz nah an die Kamera. »Alles ist besser, als so einsam zu sein.«

Kurz machte er eine Pause, bevor er weitersprach. »Heute war Sport. Das schlimmste aller schlimmen Fächer. Und genau derselbe Milo hat sich neben mich gesetzt!« Seine Augen begannen zu strahlen. »Er hat sich neben mich gesetzt! Er hat mit mir gesprochen! Und er hat mich in seine Mannschaft gewählt.« Walter schüttelte den Kopf. »Kannst du das glauben? Das bedeutet die Welt für mich. Wir haben beinahe gewonnen. Die anderen haben mich abgeklatscht. Sie haben mich angesehen, sich mit mir über unseren Sieg gefreut und mir auf die Schulter geklopft. Alles nur wegen Milo. Und wegen dir! Deine Superkraft macht anderen Mut! Dafür danke, Mann. Und hey, ich habe auch eine.« Er räusperte sich und zwinkerte mehr denn je, aber seine Augen strahlten. Der ganze Walter strahlte, als er fortfuhr: »Ich bin echt gut in Physik. Mac-Gyver-gut, wenn du verstehst, was ich meine.« Er grinste. »In allen Naturwissenschaften. Wenn du also jemanden kennst, der Nachhilfe braucht und zufällig auf das Theodor-Heuss-Gymnasium geht, gib ihm meinen Kontakt. Falls es eine SIE ist, noch besser.« Nun hob auch er seine linke Hand zum Victory-Zeichen und verabschiedete sich. »Danke fürs Zuhören, Vincent! Danke für alles.«

Das Standbild zeigte Walters riesige Augen hinter den dicken Brillengläsern und fingen den Moment seines Glücks so perfekt ein, dass Milo schlucken musste, bevor er sein eigenes Video fortsetzen konnte. Er räusperte sich und rückte die Maske zurecht, bevor er auf Aufnahme drückte und den heutigen Clip mit folgenden Worten beendete: »Ihr kennt bestimmt alle einen Walter, oder? Entdeckt sein Geheimnis, Leute. Es lohnt sich, wie ihr seht. Und noch was in eigener Sache: Weiter so! Teilt, kommentiert, und schickt mir eure Geschichten! Sie haben es alle verdient, gehört zu werden. Jeder Einzelne von euch ist einzigartig und wichtig! Also: *Du da draußen! Solltest du mir zuhören und solltest du Ähnliches erleben wie Walt und ich, will ich dir nur sagen: Du bist nicht allein! Ich wünsch euch ein großartiges Wochenende. Seid mutig und ehrlich.«* Er hob die linke Hand wie gestern zum Victory-Zeichen und blendete seine drei Hashtags wieder ein. *#dubistnichtallein #vwievincent #mutigundwahr*

Das Gefühl, vielleicht doch etwas bewegen zu können, war unbeschreiblich schön. Eine Frage beschäftigte ihn aber beinahe ebenso sehr wie sein neuer Kanal. Was zog man auf diese Party wohl am besten an?

KAPITEL 16

Milo

Schon bevor er in die Straße einbog, hörte er Musik. Zum Glück. Den Zettel, auf den Nike Patricks Adresse geschrieben hatte, konnte er also endlich getrost wegwerfen. Er hatte ihn so oft aufgefaltet, gelesen, wieder zusammengefaltet und in die Hosentasche gesteckt, nur um ihn sofort wieder rauszuziehen und erneut anzuschauen, vor lauter Sorge, sich irgendetwas Falsches gemerkt zu haben. Er war aufgeregt.

Kein Wunder. Schließlich kannte er Patrick, den Typen, der die Party feierte, überhaupt nicht. Und nicht er, sondern Nike hatte Milo eingeladen. Sie hatte gesagt, dass Patrick einer der Freunde ihres Bruders war, und es schon klarging, wenn er mitkam. Milo drückte sich selbst die Daumen, dass sie recht hatte. Ein Fest, auf dem Max willkommen war, ließ darauf schließen, dass der Gastgeber hart im Nehmen ist.

Deutscher Rap dröhnte ihm entgegen und wurde immer lauter, je näher er kam. Milo konnte sich nie so richtig entscheiden, ob er diesen Stil mochte oder nicht. Seine Playlisten bei Spotify waren eine bunte Mischung aus altem Funk, Soul und Charts, gemischt mit ein wenig Eminem oder Kendrick Lamar. Außerdem teilte er die Vorliebe seines Vaters für die alten Woodstock-Legenden wie Janis Joplin, Creedence Clearwater Revival oder Blood Sweat and Tears, die er schon allein wegen der verrückten Bandnamen feierte. Und eben Klassik, wenn es zur Situation passte.

Auf dem Bürgersteig parkten Autos und überall standen Jungs und Mädchen in seinem Alter oder älter und unterhielten sich, obwohl die Herbstkälte nicht wirklich zum Draußensein einlud. Milo vermutete, dass deshalb hier so viel los war, weil man sich drinnen nicht unterhalten konnte. Er wurde langsamer, je näher er dem Haus kam. Er kannte wirklich absolut niemanden und er war spät dran. Nike hatte gesagt, sie würde ab acht da sein. Jetzt war es kurz vor neun. Ob sie auf ihn gewartet hatte?

Irgendjemand switchte die Musikrichtung zu etwas Tanzbarerem, das in den letzten Tagen ständig im Radio gelaufen war. Wenigstens wurde die Musik besser.

Plötzlich legte jemand von hinten eine Hand auf seine Schulter.

»Nee, Alter! Echt jetzt? Du schon wieder?«

Milo drehte sich um und sah direkt in die geröteten Augen seines kleinen Bruders.

Carl lächelte nicht. Wenn Milo sich erhofft hatte, so etwas wie Freude auf Carls Gesicht entdecken zu können, so hatte er sich getäuscht. Sein Ausdruck blieb versteinert, als er sich umdrehte, ohne ein weiteres Wort zu sagen. Was war denn das gewesen? Wenn man es positiv betrachtete, gab es wenigstens schon eine Person, die Milo auf diesem Fest kannte. Negativ: Derjenige war alles andere als begeistert. So oder so. Es war allerhöchste Zeit, Nike und Sarah zu finden.

Milo überquerte den Rasen des riesigen Vorgartens, um zum Eingang zu kommen und nicht über den gepflasterten und von Buchsbäumen und Fackeln gesäumten Weg gehen zu müssen. Das alles kam ihm unglaublich protzig und übertrieben vor und wie bei einer dieser amerikanischen Highschool-Feten, von denen er immer geglaubt hatte, dass sie eine Erfindung Hollywoods waren. Hier war jedenfalls alles echt. Dieser Patrick musste wirklich reiche Eltern haben.

Die Haustür war nur angelehnt. Als er sie aufschob, um nach innen zu gelangen, standen plötzlich Tessa und Nata vor ihm.

»Hi, Milo!« Tessa zwirbelte eine dunkelbraune Haarsträhne um ihren Zeigefinger und klimperte mit den Wimpern.

Nata lächelte ihn freundlich an. »Hallo«, sagte sie, während sie versuchte, ihre Freundin an Milo nach draußen zu schieben. Das schien Tessa nicht zu gefallen, denn sie blieb plötzlich stehen und lehnte sich an die Wand, so dass sie quasi Hüfte an Hüfte mit ihm stand.

»Das da heute in der Turnhalle war ganz großes Kino, Milo!«

Tessa tippte ihm mit dem Zeigefinger auf die Brust. »Ganz großes Kino!« Sie legte den Kopf schräg und öffnete leicht den Mund. Ihre Wimperntusche war ein wenig verschmiert und sie roch nach Alkohol. Es war neun Uhr und Tessa war betrunken?

»Danke, Tessa. Ich ... es ... war mir ein Vergnügen. Sag mal: Habt ihr Nike und Sarah gesehen?«

»Nike und Sarah?« Nun tippte sich Tessa auf die Nase und tat so, als würde sie intensiv überlegen. »Nein. Die beiden haben wir nicht gesehen, nicht wahr, Natalie?« Sie zwinkerte ihrer Freundin übertrieben zu, die sichtlich peinlich berührt von Tessas Benehmen war. »Aber wenn du sie nicht findest und einsam bist, dann kannst du gern mit uns abhängen.« Sie schob ihren Arm durch Milos und schwankte ein wenig. »Keiner sollte einsam sein und schon gar nicht du!«

»Danke, Tessa, sehr freundlich«, sagte er lachend und befreite sich aus ihrem festen Griff. »Aber ich bin mit den beiden verabredet.« Entschuldigend hob er die Hände. »Vielleicht das nächste Mal?«

Nun war Tessa zu einer anderen Strategie übergegangen und machte einen Schmollmund. »Und wenn ich einsam bin, dann vielleicht? Bitte?«

»Nein, Tessa. Echt nicht. Sorry. Tut mir leid.« Er sah, dass sie hinter ihrer Make-up-Fassade und dem einen oder anderen Wodka Bull wirklich traurig war. Aber er wusste nicht, wie er ihr dieses Gefühl nehmen konnte und ob es überhaupt seine Aufgabe war. Leid tat es ihm trotzdem.

»Sorry«, sagte er noch einmal leise.

Nata verdrehte genervt die Augen. »Komm jetzt, Tessa. Wir gehen nach Hause.«

Tessa schnaubte und löste sich von der Wand.

»War mir schon klar. Wenn Nike in der Nähe ist, bekommt sie immer alles. Alles. Sogar die guten Jungs.« Sie machte ein paar wackelige Schritte in Richtung Gartenweg. »Vergiss es einfach, Milo. Vergiss es. Ich hasse sie. Ich hasse sie wirklich.«

Natalie zuckte entschuldigend mit den Schultern und folgte ihrer Freundin. »Tut mir leid, Milo. Tut mir echt leid.«

Nike

Die Bässe von irgendeinem aktuellen Popsong dröhnten in ihren Ohren und Nike hatte beinahe das Gefühl, als würde der Fußboden vibrieren. Sie war nur kurz nach drinnen gegangen, um nachzusehen, ob Milo vielleicht mittlerweile angekommen war. Es waren nur wenige drin. Sie sah Max, Jonas und einen dritten Typen, den sie nicht erkannte und der mit dem Rücken zu ihr auf einer der Couchen saß, die Patrick an die Wände geschoben hatte, um Platz zum Tanzen zu schaffen.

Kurz beobachtete Nike die wenigen, die sich entschlossen hatten zu tanzen, und war froh, dass Max sie noch nicht entdeckt hatte. Sarah stand draußen mit Ed und seinen Kumpels und war völlig im Glück, weil Felix sie in ein Gespräch verwickelt hatte. Sie hatte kaum reagiert, als Nike ihr gesagt hatte, dass sie nach drinnen gehen würde. Nicht schlimm. Nike gönnte ihrer Freundin diesen Moment. Ihr eigenes Herz hatte seinen Takt nicht eine Sekunde aufgegeben. So langsam wurde sie allerdings nervös. Kurz nach neun. Hatte er es sich vielleicht doch anders überlegt? Würde er überhaupt noch kommen?

Zuerst sah sie seine Silhouette vor dem dichten Dunst der Nebelmaschine und ihr wurde ganz heiß. Er war da. Sein Blick glitt suchend durch den Raum und sobald er sie entdeckt hatte, stockte er kurz, bevor sich ein Lächeln in seinem Gesicht ausbreitete. Er hob seine Hand und sah sie einfach nur an. Für eine Sekunde hatte Nike das Gefühl, als bliebe die Zeit stehen und als wären sie ganz alleine hier. Keiner von beiden bewegte sich. Sie schloss die Augen und öffnete sie erst, als sie spürte, dass er direkt vor ihr stand. Er legte seine Hände auf ihre Schultern.

»Hi!«, brüllte er in Nikes Ohr. Seine Lippen hatten ihre Wange gestreift und überall, wo er sie berührte, kribbelte ihre Haut. Für eine Millisekunde schmiegte sie ihre Wange an sein Gesicht, so zart, dass er es vermutlich kaum als Absicht deuten konnte.

Alles an ihr war von dieser kurzen Berührung wie elektrisiert und sie war sich sicher, dass all ihre Härchen an den Armen zu Berge standen. Es war zu laut, es war zu stickig, es war Patricks Party und nicht im geringsten Hollywood und dennoch wollte Nike diesen Moment und Milos Hände auf ihren Schultern am liebsten für immer festhalten.

»Hi«, brüllte sie zurück und lächelte ihn an.

In seinen warmen braunen Augen sah Nike die Freude darüber, dass er sie gefunden hatte. Die Discokugel warf flackernde Lichtflecke auf seine Haut und seine weißen Zähne leuchteten hell.

»Wollen wir vielleicht rausgehen?«

»Was hast du gesagt?«

»Lass uns –« Grob schob sich jemand zwischen sie und Milo.

Max. Nike wurde heiß – dieses Mal allerdings vor Schreck. Sie hatte ihn dahinten auf seiner Couch völlig vergessen, sonst wäre sie sicherlich nicht so lange in seinem Sichtfeld stehen geblieben.

»Was soll das?« Er schubste Milo an den Schultern nach hinten. Nike konnte den Bierdunst riechen, der ihn umgab. Er war ekelhaft – und mit Alkohol im Blut noch unberechenbarer als ohne.

Milo war ein paar Schritte rückwärts getaumelt und starrte Max nun völlig perplex an.

»Was ist dein Problem?«, rief Milo und ging wieder auf Max zu, aber die Musik war so laut, dass Nike das eher an seinen Lippen ablesen musste.

Konnte jemand den verdammten Krach leiser drehen? Nike sah sich nach dem DJ um, aber der hatte wohl etwas

Besseres zu tun und sein DJ-Pult im Stich gelassen. Die Tänzer waren stehen geblieben und schauten irritiert zu Max und Milo. Bestimmt überlegten sie, ob dies eine besonders merkwürdige Form eines Dance-Battles war und ob sie Mitklatschen sollten.

Bevor Milo bei Max angekommen war, hatte der zwei große Schritte auf ihn zugemacht und noch einmal geschubst. Dieses Mal war Milo vorbereitet und hatte sich schneller gefangen.

Die Überraschung war komplett aus seinem Gesicht verschwunden und hatte einer unterdrückten Wut Platz gemacht.

Mittlerweile waren Jonas und der andere aufgestanden. Nike beobachtete, wie Milo zu den beiden rübersah und erstarrte. Jonas hatte wie immer sein dümmliches Lächeln aufgesetzt, von dem er vermutlich glaubte, dass es überlegen wirkte. Der andere lächelte nicht. Es war Carl, Milos Bruder.

Milo schüttelte den Kopf und wandte sich wieder an Max: »Was soll das, du Idiot?«

»Was das soll? Du fragst mich ernsthaft, was das soll?«

Max streckte den Kopf nach vorne und starrte Milo an, als wollte er ihn hypnotisieren.

»Falls es dir immer noch nicht klar ist, du baggerst hier mein Mädchen an!«

Nike begann bei Max' Worten zu schwitzen. Gleichzeitig wurden ihre Hände eiskalt. Was, wenn Max die Gelegenheit nutzen würde, um Milo die Rotkäppchengeschichte zu erzählen und sie bloßzustellen? Bescheuert genug war er, um sich einzubilden, dass er damit »beweisen« konnte, dass Nike zu ihm gehörte. … Tu es nicht! *Bitte tu es nicht! Bitte, bitte nicht,* flehte sie ihn im Stillen an. *Wenn du es nicht tust, erzähle ich es ihm morgen selbst!*

Im Türrahmen stand Tim mit vier Flaschen Bier in der Hand, ohne sich zu bewegen.

»Ich sag dir, was das soll, Fisch! Noch mal: Du hast hier nichts verloren! Das hier ist mein Hood. Meine Freunde. Und vor allem, mein Mädchen!« Letzteres hatte er so laut gebrüllt, dass jeder im Raum es über die Musik hinweg hören konnte. Sein Gesicht war mittlerweile wutverzerrt. Milo versuchte sichtlich, Ruhe zu bewahren. Er schüttelte den Kopf und lächelte verächtlich.

»Jemand wie du hat keine Freunde, Max«, sagte er laut.

In diesem Moment hatte sich irgendjemand erbarmt und die Musik leiser gedreht, sodass Milos Stimme im ganzen Raum und bestimmt auch bis nach draußen zu hören war. Die Ersten waren schon durch die Balkontür nach drinnen gekommen, um zu sehen, was hier los war. Leider waren weder Ed noch Patrick dabei. Die Einzigen, die das hier vielleicht beenden konnten, bevor es überhaupt richtig angefangen hatte. Nikes Herz klopfte rasend schnell.

»... und Nike ist nicht dein Mädchen. Davon träumst du vielleicht. Aber umsonst, Alter. Sie gehört niemandem.«

Kurz schickte er ein Lächeln zu ihr, das wohl beruhigend sein sollte, aber rein gar nichts half. Nike stand da wie gelähmt. Sie hatte den Ärger kommen sehen und ihn trotzdem nicht aufhalten können. Schlimmer noch: Sie war schuld an allem. Am liebsten hätte sie geschrien. Hasserfüllt starrte sie Max an. Am liebsten wäre sie auf ihn losgegangen, hätte ihn angebrüllt und ... Milo schien das zu bemerken, denn er fasste sie sanft am Oberarm.

»Komm, lass uns irgendwohin gehen, wo es keine Arschlöcher gibt«, sagte er.

Nike lief der Schweiß den Rücken hinab. Milo wusste nicht, was er da tat. Max vor Publikum zu provozieren war das Schlimmste, was man machen konnte. Er war ein gefährlicher Vulkan.

»Das glaubst auch nur du!« Und soeben ausgebrochen.

Bevor Milo reagieren konnte, hatte Max ihn mit einer Hand am Arm gepackt und zu sich umgedreht. Mit der anderen hatte er ausgeholt und Milo mitten ins Gesicht geschlagen. Blut tropfte von seiner Lippe und er stolperte rückwärts.

Nike griff nach Milos Arm, um ihn festzuhalten. »Du hast sie wohl nicht mehr alle!«

Sie ließ Milo los, sobald er wieder einigermaßen sicher stand und wandte sich an Max. Der grinste und öffnete weit seine Arme, als wollte er sie zu einer Umarmung auffordern. Sie machte noch einen Schritt auf ihn zu, sodass sie direkt vor ihm stand. Mit beiden Zeigefingern tippte sie an seine Brust.

»Lass sofort die Finger von ihm, hast du mich verstanden?«

Max lachte nur. »Ach, du bist so süß, wenn du wütend bist«, sagte er und fasste sie an den Schultern, genau wie vorhin Milo, mit dem großen Unterschied, dass der Druck seiner Hände schmerzte.

Sie versuchte, sich aus seinem Griff herauszuwinden, doch Max packte nur noch fester zu.

»Am liebsten würde ich dich jetzt küssen, Rotkäppchen.« Sein Gesicht mit dem ekligen Bieratem näherte sich dem ihren und Nike spürte, wie Übelkeit in ihr aufstieg. »Das letzte Mal hast du dich doch auch nicht so geziert?«

Noch ein Zentimeter. Nike presste ihre Lippen aufeinander und kniff die Augen zusammen.

Einundzwanzig. Zweiundzwanzig, zählte sie, und hoffte, dass es schnell vorüber war.

Unsanft wurde sie zur Seite gestoßen und als sie die Augen wieder öffnete, sah sie Milos wutverzerrtes Gesicht und seine Faust, die er direkt in Max' fieses Grinsen zentrierte.

»Rotkäppchen küsst heute nicht, Mann!«

Innerhalb von Sekunden lagen die beiden am Boden. Arme waren ineinander verknotet, Fäuste flogen, Beine waren umeinandergeschlungen und Nike konnte nicht mehr unterscheiden, wer wer war. Ein Kreis aus tuschelnden Partygästen hatte sich um die beiden gebildet, aber keiner machte auch nur die geringsten Anstalten, einzugreifen.

»Hört auf!« Nike ging in die Knie. »Hört sofort auf!«

Ein Arm erwischte sie am Kinn und sie rutschte ein Stück zurück. Jemand packte sie am Oberarm und zog sie aus dem unmittelbaren Kampfgeschehen. Als sie sich umdrehte, sah sie in Tims Augen.

»Tu das nicht, Nike. Du tust dir nur selbst weh, such lieber deinen Bruder und Patrick. Ich helfe dir.« Er zog sie an den Kämpfenden und den Zuschauern vorbei in Richtung Gartentür. Nike war hin- und hergerissen zwischen dem Wunsch, Hilfe zu holen und dem Bedürfnis, Milo nicht allein zu lassen, aber Tim hatte recht.

Sie rannte nach draußen und bog links ab in Richtung Garage, wo sie Sarah, Ed und seine Freunde das letzte Mal gesehen hatte, während Tim ebenfalls laut rufend in die andere Richtung lief.

»Ed«, brüllte sie verzweifelt. »Patrick! Sarah! Irgendjemand?« Bei den Garagen war niemand mehr. Nike wurde langsamer und blieb schließlich ganz stehen. Tim schien mehr

Glück gehabt zu haben, denn sie sah ihn mit Patrick in Richtung Haus laufen.

Nike zitterte am ganzen Körper. All ihre Kraft war aus ihrem Körper gewichen und sie ließ sich auf die Knie sinken. Sofort drang die kalte Nässe vom Boden durch ihre Jeans. Was für eine bescheuerte beschissene Dreckskacke!

Jemand tippte ihr auf die Schulter. Als sie aufsah, schaute sie in Tims unsicheres Gesicht.

»Nike?«

»Tim? Warum bist du nicht drinnen und hilfst deinem Idiotenfreund?«

Verlegen trat er von einem Bein aufs andere. »Ich glaube, der kommt ganz gut allein zurecht. Und … ich dachte, ich schau besser mal nach dir. Du hast da drin ganz schön was abgekriegt.«

Erst in diesem Moment spürte Nike, wie ihre linke Wange pochte. Vorsichtig tastete sie danach und zuckte zusammen. Tim hielt ihr die Hand hin, um ihr beim Aufstehen zu helfen.

»Komm, wir schauen mal nach was zum Kühlen.«

Warum tat er das? Warum war er hier, bei ihr, anstatt bei seinem Freund, der sich lieber prügelte, als die Party zu genießen?

Verdammt. Milo!

Schnell griff sie nach Tims Hand und stand auf. Vor ihren Augen tanzten ein paar Sternchen, aber nach einem tiefen Atemzug ging es schon wieder.

Während sie sich der Gartentür nährte, eskortierten Patrick und Ed gerade Max nach draußen. Nike hörte, wie Patrick Max anzischte, dass er sich nicht einbilden sollte, jemals wieder in seinem Haus willkommen zu sein, während er ihn losließ und ihm einen Schubs gab.

Max schlurfte mit gesenktem Blick quer über den Rasen in Richtung Straße, ohne sich noch einmal umzudrehen.

»Kommst du zurecht?« Tim hatte sie losgelassen und eine Armlänge Abstand zwischen sie gebracht. Nervös schaute er zwischen Max und ihr hin und her, aber Max sah nicht einmal auf, als er direkt neben ihnen vorbeiging.

»Geht schon wieder. Danke«, sagte Nike und lächelte.

Das war wirklich nett von Tim gewesen. Schnell schob sie sich an den Gästen vorbei, die nun alle wieder nach draußen drängten, als ob eine spannende Vorstellung beendet war und sie nur mal schnell frische Luft schnappen wollten.

»Ich hätte ja nicht gedacht, dass der Neue sich das traut«, hörte sie von links.

»Nee, und ich hätte auch nicht gedacht, dass er so lange durchhält.«

Gelächter schallte zu ihr, als sie sich durch die Menge schob, um Milo zu finden.

KAPITEL 17

Milo

Den Kopf in den Händen vergraben, saß er auf dem Boden und hoffte, dass der Schwindel endlich aufhören würde. Sein Kopf dröhnte und er hatte den ekligen Eisengeschmack von Blut im Mund. Irgendjemand hatte ihm ein Taschentuch gereicht, mit dem er versuchte, die Blutung zu stoppen.

Scheiße. Das hier war nicht sein Leben. Das sollte nicht sein Leben sein. Tränen der Wut schossen ihm in die Augen und er blinzelte sie weg. Max konnte ihn verprügeln und fertigmachen, aber seinen Stolz würde er nie brechen. Er schluckte. Niemals. Beim nächsten Mal würde er sich wieder genau gleich verhalten.

»Milo?« Nike. Sie nahm vorsichtig seine Hände in ihre und zog sie auseinander. Als sie sein Gesicht sah, sog sie scharf die Luft ein. »Oh mein Gott!«, rief sie erschrocken. Alle Farbe war aus ihrem sowieso schon blassen Gesicht gewichen. »Du siehst … schrecklich aus.«

Vorsichtig versuchte er sich an einem Grinsen. Autsch. Keine gute Idee.

»Musst du gerade sagen«, nuschelte er. Seine Lippe war dick geschwollen und Sprechen tat weh. Behutsam strich er über ihre Wange, auf der sich ein dunkler Bluterguss abzeichnete. Als sie zurückzuckte, nahm er seine Finger wieder weg, obwohl es ihm unendlich schwerfiel. »War ich das?«, fragte er.

»Keine Ahnung«, antwortete sie und lächelte. »Aber Milo, ich will weg hier. Können wir … Kannst du überhaupt gehen?«, fragte sie besorgt.

»Yep.« Mit ihrer Hilfe rappelte er sich auf, doch sobald er aufrecht stand, wurde ihm wieder schwindelig. Schnell schloss er die Augen und hielt sich an Nike fest. Was für ein Held – er konnte noch nicht mal alleine stehen. »Oder … vielmehr …« *Reiß dich zusammen, Milo!* »Warte. Ich brauche nur einen Moment.«

Wenn er nicht stehen musste, ging es eigentlich. Er spürte Nikes Nähe, ihre Wärme und den Halt, den sie ihm gab.

Er merkte aber auch, dass er keinen Schritt machen konnte. Nach Hause laufen war nicht.

»Egal. Wir rufen uns ein Taxi.« Nike schien die gleiche Idee gehabt zu haben wie er. »Ed? ED? Ist jemand von euch mit dem Auto da?« Jemand näherte sich von hinten.

»Hi, Milo, ich bin Ed, Nikes Bruder.«

Milo versuchte seine Augen offen zu halten, aber irgendwas fühlte sich seltsam an. Das linke ging jedenfalls schon mal nicht auf.

»Vergiss es, Mann. Du siehst mich schon noch früh genug.«

Jemand lachte. Es klang kläglich. Vermutlich war er es selbst. Verschwommen nahm er eine Gestalt an seiner Linken wahr.

»Felix wollte sowieso gerade Sarah nach Hause bringen und er nimmt dich und Nike einfach mit, okay?«

Milo nickte nur. *Nach Hause. Ja, genau.* Er wollte nach Hause.

Als Felix Milo am Arm nahm, um ihn zu seinem Auto zu führen, drehte sich Milo noch einmal um. Dorthin, wo er vor diesem ganzen Chaos seinen Bruder entdeckt hatte. Nein, er hatte sich das nicht eingebildet, auch wenn er es kurz gehofft hatte. Carl stand nach wie vor dort. Mit demselben grimmigen Gesichtsausdruck wie in der Sekunde, als der Kampf zwischen ihm und Max begonnen hatte. Carl hatte ihm nicht geholfen. Er hatte nur dagestanden und zugeschaut, neben Jonas, der ihm auch jetzt irgendetwas erzählte und sich zwischendurch vor künstlichem Lachen bog. Carl hörte nicht zu. Seine Augen waren auf Milo gerichtet, aber in ihnen lag nach wie vor nur Ablehnung.

Sarah und Felix waren großartig. Sie hatten die ganze Aufregung nicht mitbekommen, denn als alle ins Haus gegangen waren, waren sie einfach draußen geblieben, um sich zu unterhalten. Das Blitzen in Sarahs Augen verriet, dass es eine sehr schöne Unterhaltung gewesen sein musste. Sie sah sehr glücklich aus. Unter normalen Umständen hätte sich Milo für sie gefreut, aber so wie die Situation gerade war, würde er das auf morgen oder besser noch nächste Woche verschieben, wenn er wieder dazu in der Lage war, etwas anderes wahrzunehmen als seinen Kopf.

Sarah scherzte über ihn und auch über ihre Freundin, was gut war. Es brachte nicht nur Nike zum Lachen, sondern auch Milo und vertrieb den Schock, der beiden in den Gliedern steckte.

Als Felix vor Milos Tür hielt, war er einfach nur erleichtert, dass er die Fahrt überstanden hatte. Im Wohnzimmer war noch Licht und Milo konnte sich lebhaft vorstellen, wie begeistert seine Eltern sein würden, wenn sie ihn so zu Gesicht bekamen. Aber es nützte ja nichts. Es war gerade erst halb elf und Freitag. Vor zwölf gingen sie am Wochenende nie ins Bett, schon gleich gar nicht, wenn ihre Söhne noch nicht zu Hause waren. Zumindest seine Mutter konnte dann kein Auge zutun, behauptete sie.

Ächzend schob er sich aus dem Auto, aber bevor er einen Fuß nach draußen setzen konnte, war Nike schon bei ihm.

»Ich helfe dir«, sagte sie. »Wenn ich darf?«

Milo wünschte sich nichts sehnlicher, als Nike mit reinzunehmen. Aber so hatte er sich das nicht vorgestellt. Er konnte sich kaum rühren. Jede Bewegung tat ihm weh und er schämte sich dafür, wie er aussah. Abgesehen davon konnte er sein linkes Auge nun gar nicht mehr öffnen.

»Schön, dass es mit unserem Date nun doch noch klappt«, versuchte er einen Scherz, aber selbst das Grinsen tat weh. Mühsam zog er sich an Nikes Arm aus dem Auto.

»Ich befürchte allerdings, dass ich heute keinen Film mehr anschauen kann.«

»Nein?« Gespielt entrüstet hob Nike die Augenbrauen. »Aber warum denn nicht?«

»Da fragst du noch?« Er versuchte sich ebenfalls an einem entrüsteten Blick, musste aber aufgeben. Seine Mimik gehorchte ihm einfach nicht. Egal. »Du hast kein Popcorn mitgebracht.«

Es begann in seinem Bauch mit einem Flirren und Blubbern, als hätte er zu viel Brause gegessen. Seine Mundwinkel zogen sich nach oben, ob es wehtat oder nicht. Sobald Nike anfing zu kichern, musste auch er lachen. Leider. Es tat weh und es war gleichzeitig großartig. Das Lachen schüttelte ihn. Tränen liefen über seine Wangen und er fragte sich, ob er eventuell kurz davor war, hysterisch zu werden. Immer, wenn er sich wieder einigermaßen unter Kontrolle hatte, machte er den Fehler, zu Nike zu schauen, der es offensichtlich genauso ging wie ihm. Holy Shit. Lachen? Oder weinen?

»Ihr kommt klar da draußen, oder?« Felix beugte sich über den Beifahrersitz und schaute besorgt durch die geöffnete Tür. »Ich könnte euch sonst auch einen Krankenwagen rufen. Ihr wisst schon, einen, der euch in eine Klinik bringt? So eine mit abgeschlossenen Türen und diesen hübschen weißen Jacken, die man *hinten* bindet?« Er feixte.

»Nein, alles gut. Danke fürs Fahren, Felix.« Milo wischte sich die Lachtränen vorsichtig aus den Augen. »Nike, bitte steig wieder ein. Echt. Ich komme klar.« Das Lachen hatte sich zurückgezogen.

Bitte steig nicht wieder ein. Bitte bleib bei mir. Bitte …

»Kommt gar nicht infrage, Milo. Ich bring dich rein und dann frag ich Ed, ob er mich später hier abholt. Sarah? Ist das okay für dich, wenn du allein mit Felix mitfährst?«

Sarah, die hinten gesessen hatte, stieg nun ebenfalls aus und nahm ihre Freundin in den Arm. »Ist völlig in Ordnung, Süße. Mach dir keinen Kopf.« Sie drückte ihr einen Kuss auf die Wange und zwinkerte ihr zu. »Ich mach mir auch keinen. Jedenfalls nicht um dich.«

Sie sah ziemlich glücklich aus, als sie sich auf den Beifahrersitz neben Felix setzte und zum Abschied kurz winkte. Manche Menschen ruhten so dermaßen in sich selbst, dass sich kein Drama dieser Welt traute, auch nur in deren Nähe zu kommen, es wartete lieber auf die Nikes und Milos, dachte Milo, während er die Hand zum Gruß hob.

»Okay.« Er seufzte und fasste wieder nach Nikes Hand. »Sag bitte hinterher nicht, ich hätte dich nicht gewarnt.«

Nike

Kaum hatte Milo den Schlüssel ins Schloss gesteckt, da wurde die Tür auch schon von Innen aufgerissen.

»Mein Gott, Milo!«

Seine Mutter.

Mit einem Satz war sie bei ihrem Sohn und packte ihn an den Schultern. »Was ist passiert? Hattest du einen Unfall?« Sie musterte ihn aus der Nähe und schob ihn dann in Richtung Haustür. »Ich ...! Du ... du siehst furchtbar aus! Komm rein! Das muss ich mir im Licht ansehen!«

Milo war bei ihrer Berührung zusammengezuckt und sofort hatte sie ihn losgelassen, um ihn gleich wieder am Arm zu nehmen und in die Diele zu führen. Sie versuchte es wenigstens.

»Mama, stop!« Er machte sich los und drehte sich zu Nike um. »Darf ich vorstellen: Nike Steiner. Meine Mutter.« Er versuchte wohl so etwas wie eine galante Verbeugung, aber das schien seinem Kreislauf nicht besonders gut zu gefallen und so hielt er mitten in der Bewegung inne.

»Entschuldige. Nike?«

Nike nickte. Sie hatte sich Milos Mutter ganz genau so vorgestellt. Schlank und mittelgroß, mit freundlichen braunen Augen und hellbraunen langen Haaren, in denen blonde Highlights schimmerten und die sie zu einem Dutt gebunden hatte. Sie sah jung aus – Nike schätzte sie auf Anfang vierzig – und sehr müde.

»Bitte, komm doch mit rein!« Sie stockte kurz und schaute Nike genau an. »Also, wenn du magst. Du hast auch was abbekommen, oder?«

Sie schüttelte den Kopf, während Nike wieder nickte. Das war alles so absurd. Sie war so neugierig auf Milo gewesen, wie er wohnte und wie seine Eltern so drauf waren und nun stand sie hier. Mit einem blauen Auge und einem Milo, der … sich dringend setzen musste.

»Kommt beide erst mal rein. Den Rest erzählt ihr mir gleich, aber zuerst schauen wir mal, wie wir euch wieder zusammenbasteln.«

Milos Mutter war Krankenschwester, das hatte er ihr immerhin schon erzählt. Den Ton hatte sie jedenfalls ziemlich gut drauf. Sofort breitete sich Erleichterung in Nike aus. Alles würde gut werden. Milos Mutter würde dafür sorgen.

Durch einen kurzen dunklen Gang gelangten sie in die Küche, wo Frau Zander Milo auf einen Küchenstuhl drückte und Nike anwies, sich auf den daneben zu setzen. Ihr gegenüber stand ein riesiger Kühlschrank mit Eisfach, den Milos Mutter jetzt öffnete und nach ein paar Sekunden Nike eine Tüte mit Tiefkühl-Erbsen zuwarf.

»Das ist immer noch das beste Kühlpad, das es gibt.« Sie lächelte Nike an, die sich die Erbsen an die Wange hielt. »Ich bin übrigens Karin.«

»Nike. Entschuldigen Sie, dass ich hier so …«

Karin winkte ab. »Mach dir keine Gedanken. Ich danke dir, dass du Milo nach Hause begleitet hast. Aber bevor ihr mir erzählt, was da heute Abend passiert ist …« Sie öffnete eine Tür zu ihrer Rechten. »Brauchen wir was zum Desinfizieren. Und deinen Vater.« Dem Treppenhaus nach zu urteilen, ging es dort in den Keller. »Hannes!«, rief sie. »Komm mal hoch, bitte!« Nach einem Blick auf Milo ergänzte sie: »Und bring den Williams mit!«

Bevor sie sich wieder zu ihnen setzte, stellte sie den Erste-Hilfe-Kasten, der neben der Kellertür gestanden hatte, auf den Tisch. Dann schnappte sie sich einen der Küchenstühle, platzierte ihn vor Milo und sah ihn streng an.

»So. Und jetzt erzähl.«

Während Milo eine gekürzte und auch ein wenig geschönte Version des vorangegangenen Abends zum Besten gab, bei der er erstens seinen Bruder unerwähnt ließ, und zweitens die Tatsache, dass Nike im Grunde der Auslöser der Schlägerei war, sah sich Nike in der Küche um. Helle Möbel, wenig Schnickschnack. Alles war irgendwie neu und unbenutzt, was kein Wunder war, schließlich lebten die Zanders ja auch erst seit ein paar Wochen hier.

Selbst die Wände strahlten in einem makellosen Weiß. Nirgends lagen Dinge herum, die sich über die Jahre angesammelt hatten. Keiner hatte an den Türrahmen Bleistiftstriche gemacht, um das Wachstum der Brüder zu dokumentieren. Es gab keine Macken an den Türen und keine Familienfotos an den Wänden. Die Küche war hübsch, ohne Zweifel, dennoch fühlte sich Nike, als sei sie in einem Ikea-Showroom gelandet. In dieser Küche hatte es noch keine einzige Geschichte gegeben, die weitererzählt werden würde. Vielleicht war der heutige Abend die erste.

Nike hörte Schritte auf der Kellertreppe und ein kurzes Ächzen, während Milos Vater die Tür mit der Schulter aufstieß. In der Hand hielt er eine Flasche mit klarem Inhalt und ein paar kleine Schnapsgläser.

»Oh«, sagte er beim Anblick seines Sohnes. »Du? Ich dachte … Carl, der …«

Zerknirscht sah Milo auf seine Hände. »Ja, ich.«

Karin hob sein Kinn mit ihrem Zeigefinger wieder an, damit sie die Wunden auf seiner Stirn weiter säubern konnte, und schnalzte mit der Zunge. »Kann ja nicht immer der Gleiche in Schwierigkeiten geraten, nicht wahr, Hannes?« Sie schenkte ihrem Mann ein müdes Lächeln.

»Da hast du allerdings recht. Wurde auch Zeit, dass du mal in Ärger gerätst.« Er klopfte seinem Sohn auf die Schulter. »Wo ist dein Bruder überhaupt? Warum hat er dich nicht nach Hause gebracht?«

»Oh, er … ich glaube …« Hilfe suchend sah Milo Nike an.

»Er ist bestimmt noch dort«, ergänzte sie geistesgegenwärtig, »und hilft beim Aufräumen.«

Genau diese Frage hatte sie sich auch schon gestellt. Und eine andere kam in dieser Sekunde dazu: Warum deckte Milo seinen Bruder? Soweit Nike es beurteilen konnte, hatte Carl Milo mehr als im Stich gelassen.

Als Karin mit Milo fertig war, sah er beinahe noch gruseliger aus als vorher. Auf seinem linken Wangenknochen und über beiden Augenbrauen klebten mehrere Klammerpflaster. Das linke Auge war mittlerweile komplett zugeschwollen. Das Kinn war aufgeschürft, ebenso wie die Knöchel seiner rechten Hand und er war unendlich blass. Dennoch. In Nikes Augen war er der bestaussehendste, tapferste, stärkste und überhaupt tollste Junge, der ihr je begegnet war. Ihr Herz schlug wilde Purzelbäume bei seinem Anblick und ihr Bedürfnis, ihn zu berühren, über sein Gesicht zu streicheln, ihn zu küssen, war unendlich stark. Einzig die Vorstellung, wie weh ihm sein kompletter Körper tun musste, hielt sie davon ab. Vorsichtshalber saß sie allerdings schon seit einiger Zeit auf ihren Händen.

»Okay. Fertig.« Karin klebte das letzte Pflaster auf und legte für einen kurzen Moment ihre Hand an Milos Wange. »Mein tapferer, großer Junge.« Bedauernd schüttelte sie den Kopf. »Jemandem Werte beizubringen und zu sehen, dass er dafür in Schwierigkeiten gerät, ist kein Spaß. Das kannst du mir glauben.«

Liebevoll sah sie ihren Sohn an. Sie war bestimmt eine großartige Krankenschwester, die ein Profi darin war, den Kern einer Geschichte zu erfassen, dachte Nike. Und eine sehr gute Mutter obendrein.

»Okay. Es ist zwar noch früh, aber ich denke, Milo gehört ins Bett.«

Milo verzog das Gesicht, als seine Mutter ihm durch die Haare wuschelte.

»Mom! Nicht!« Beschämt schüttelte er den Kopf. »Es geht mir gut! Nike und ich können noch … «

Nike hätte beinahe gelacht. »Sehr witzig. Nein, Milo, deine Mutter hat recht. Ich rufe schnell meinen Bruder an und lasse mich abholen.«

»Kommt gar nicht infrage«, schaltete sich Milos Vater ein. »Ich fahre dich selbstverständlich nach Hause.« Er stand auf und nahm die Jacke, die über Milos Lehne hing. »Keine Widerrede. Wenn sich mein Sohn schon von so einem hübschen Mädchen retten lässt.« Er grinste und wuschelte Milo ebenfalls durch die Haare, was dieser mit einem Schlag in die Luft quittierte.

Wenn er lachte, sah Hannes aus wie eine ältere Version von Carl, soweit Nike das beurteilen konnte. Sie hatte ihn ja nur kurz gesehen, aber er hatte denselben eindringlichen Blick wie sein Vater, der allerdings bei Carl mürrisch und wütend wirkte, während Hannes ein warmes, ansteckendes Lachen hatte, das feine Linien um seine Augen zeichnete.

»DAD!« Milo verdrehte die Augen, was ihm nicht besonders gut zu bekommen schien und zuckte schmerzerfüllt zusammen. »Ist das in Ordnung für dich?« Er drehte sich vorsichtig zu Nike und nahm ihre Hände.

»Logisch ist das in Ordnung. Danke … äh … Hannes.« Sie lächelte Milos Vater an, der längst an der Küchentür stand.

»Ich warte im Auto, ja?« Er zwinkerte Milo zu. »Ich nehme an, dass du Nike selbst nach draußen begleiten willst, oder?«

»DAD!« Milo schnaubte und Nike musste lachen, weil Hannes genau wie ihr eigener Vater von einem Fettnäpfchen ins nächste stolperte.

Während Karin die Erste-Hilfe-Utensilien zusammenpackte, beugte sich Nike zu ihr über den Tisch, um sich zu bedanken, aber ehe sie es sich versah, hatte Milos Mutter sie schon in eine Umarmung gezogen.

»Ich danke dir, Nike.«

»Wofür denn? Das ist doch selbstverständlich, das hätte jeder …«

»Dass Milo endlich jemanden hat, der ihn wieder zum Lächeln bringt.«

»MOM!«

Armer Milo.

Nike grinste und half ihm beim Aufstehen.

»Bist du dir sicher, dass du mit rauskommen willst?«

Er schluckte. »Absolut sicher. Mom, danach kannst du mich sehr gerne ins Bett tragen, aber jetzt will ich nach draußen und meine Retterin gebührend verabschieden. Wie ein Mann. Wie ein Held. Wie … Autsch!«

Stehen schien ihm nicht gut zu bekommen. Milo wurde noch blasser, aber er biss die Zähne zusammen und hielt Nike gentlemanlike seinen Arm hin.

»Die Dame?« Er versuchte ihr zuzuzwinkern, was urkomisch aussah, aber Nike wollte keinen weiteren Lachkrampf riskieren. Außerdem hatte sie in dem einen Auge, das Milo öffnen konnte, dieses Funkeln entdeckt, das seit ein paar Tagen ihr Herz in Flammen setzte und auch jetzt dafür sorgte, dass ihre Knie weich wurden und ihr Herz wie verrückt zu pochen begann. *Milo. Milo. Milo.*

»Der Herr?« Sie nahm seinen Arm und ging mit nach draußen.

Der Mond hatte die Welt in ein silbernes Licht getaucht und eine andächtige Stille umfing sie.

Für einen Moment wusste Nike nicht, was sie sagen sollte, aber bevor ihre Gedanken verrückt spielen konnten, hatte Milo ihre Hände gefasst und sie zu sich herumgedreht.

»Hey«, sagte er und versuchte ein Lächeln.

»Hey«, antwortete sie und löste ihre rechte Hand, um sie auf Milos Wange zu legen.

»Ich danke dir.« Er legte seine Hand auf ihre.

»Wofür?«

»Dafür, dass du du bist.« Er legte den Kopf schräg. »Du bist mein Wunder«, sagte er.

Das Mondlicht spiegelte sich in seinem rechten Auge, das linke war nur ein zugeschwollener Schlitz. Milo sah verboten aus und hatte sicher große Schmerzen, aber als er sein Gesicht dem ihren näherte, war Nike noch nie glücklicher gewesen.

Sie schloss die Augen und schmiegte sich an ihn. Als seine Lippen ihre sanft berührten, explodierte in ihrem Herzen ein Feuerwerk, das ihr beinahe den Verstand raubte.

KAPITEL 18

Milo

Als wir uns zum ersten Mal küssten, wusste ich, dass ich nie wieder andere Lippen küssen wollte.

Milo strich vorsichtig mit dem Zeigefinger über seine Lippen und zitierte in Gedanken diesen Lieblingssatz aus »V wie Vendetta«, auch wenn nicht er selbst es war, der ihn sagte, sondern einer geheimen Botschaft entstammte, die Evey gefunden hatte.

Milo hatte eine unruhige Nacht gehabt und war mit Schmerzen aufgewacht. Mit beidem war wohl zu rechnen gewesen, nicht aber damit, dass er bei einem seiner Dreh- und Wendemanöver plötzlich Carl sah, der auf Milos Schreibtischstuhl saß und Milo beobachtete. Das Mondlicht teilte sein Gesicht in eine dunkle und eine hell erleuchtete Seite, beinahe so, als hätte es beschlossen, Carls Charakter widerzuspiegeln.

»Carl?«

Milo versuchte, sich aufzusetzen, ließ es aber gleich wieder bleiben und sank mit einem Stöhnen zurück auf sein Kissen.

»Was ist los, Mann?«

»Nichts.« Carl schüttelte den Kopf und wischte sich mit dem Ärmel über das Gesicht.

»Komm schon, Carl. Du sitzt mitten in der Nacht in meinem Zimmer, starrst mich an und … heulst …« Schon während er das mit dem Heulen sagte, wusste Milo, dass es ein Fehler gewesen war.

Carl stand auf.

»Vergiss es, Mann. Ich dachte nur, ich … vergiss es. Ich war gar nicht da. Okay?« Er gab dem Schreibtischstuhl einen Schubs, sodass er sich noch ein paarmal um die eigene Achse drehte, schloss hinter sich leise die Tür und ließ einen völlig verwirrten Milo zurück.

Beim Frühstück hatte Carl so getan, als wenn nichts gewesen wäre, und wenig gesprochen, was nicht weiter auffiel, weil Milos Eltern damit beschäftigt waren, Milo über Nike auszufragen. Außerdem löcherten sie ihn natürlich wegen Max. Aber Milo tat so, als hätte es sich bei dem Streit um eine Art Missverständnis gehandelt, das mittlerweile geklärt war. Warum er das tat, wusste er selbst nicht.

Es wäre ein Leichtes gewesen, seine Eltern dazu zu bringen, die Polizei zu rufen, oder wenigstens Max' Eltern zu kontaktieren und es entsprach schließlich absolut nicht seinem Vorsatz, ab jetzt die Wahrheit zu sagen, aber Milo ließ es trotzdem bleiben. Was hätte es gebracht? Max wäre vermutlich erst recht wütend gewesen und seine Eltern wollten so gerne glauben, dass dies nur ein einmaliger Zusammenprall, ein Unfall gewesen war, der sich nicht wiederholen würde.

Milo brachte es einfach nicht übers Herz, ihnen diese Hoffnung zu nehmen. Sich selbst im Übrigen auch nicht. Konfrontation auf diese Weise brachte gar nichts. Nur noch mehr Ärger – und im schlimmsten Fall Blutergüsse.

Als Carl aufstand, um sich mit einer eher fadenscheinigen Ausrede in sein Zimmer zurückzuziehen, wünschte Milo, er könnte die Zeit zurückdrehen und das Gespräch von letzter

Nacht noch einmal führen. Carl würdigte ihn keines Blickes und zischte nur ein scharfes »Feigling!« durch seine aufeinandergepressten Lippen, das Milo beinahe genauso schmerzte wie sein Kopf.

Nun lag er wieder auf seinem Bett. Seine linke Gesichtshälfte war von einem Icepack bedeckt und seine Mutter hatte es sich nicht nehmen lassen, eine Heilsalbe großflächig auf Lippe, Wangen und Stirn zu verteilen. Natürlich hätte er das selbst machen können, aber es war ein schönes Gefühl, von ihr mit diesem Blick angesehen zu werden. Es war eine Mischung aus Vorwurf und Liebe und vermutlich hatte er ihn das letzte Mal mit vierzehn gesehen, als er mit Carls Skateboard über Dads parkendes Auto geflogen war, weil ihm erst während der Fahrt klargeworden war, dass er zwar fahren konnte, aber keine Ahnung hatte, wie man bremste. Danach hatte er ungefähr so ausgesehen wie jetzt.

Milo fühlte sich schon ein wenig besser. Außerdem war glücklicherweise erst Samstag und wenn ein Wunder geschah, konnte er am Montag in die Schule gehen, ohne noch mehr aufzufallen als üblich.

Wie es Nike wohl ging? Er fischte sein Handy vom Nachttisch. Sie hatte sich bisher nicht gemeldet, aber vielleicht schlief sie auch noch? Er sollte ihr schreiben. Sich bedanken. Fragen, ob sie auch die ganze Zeit an ihren Kuss denken musste. Nein! Auf gar keinen Fall. Ein Mädchen wie sie wollte bestimmt niemanden, der sich wegen eines einzigen winzigen Kusses an sie klammerte! Andererseits: Für ihn war das der allerschönste Kuss ever gewesen. Klar, er hatte schon ein paar Mädchen geküsst. Erst Ellie vor ein paar Wochen beim Flaschendrehen. Sie hatten sich beide hinterher kaputtgelacht. Es war einfach merkwürdig gewesen und hatte sich so angefühlt, als hätte Milo Jake oder Carl geküsst.

Selbst jetzt musste er noch bei dem Gedanken an diesen Abend lächeln. Elf Uhr. Ob seine Freunde in Namibia wach waren?

Dieses Gesicht durfte er Jake auf gar keinen Fall vorenthalten.

»Unfassbar!« Jake hielt sich den Bauch vor Lachen. »Hat dich ein Lastwagen überfahren?«

»Fühlt sich jedenfalls so an.« Milo grinste schief. »Aber du solltest mal meinen Gegner sehen!«

Er hatte keine Ahnung, wie Max aussah. Als der sich vom Acker gemacht hatte, war Milo noch damit beschäftigt gewesen, nicht ohnmächtig zu werden. Milo reichte es völlig, sich am Montag selbst ein Bild davon zu machen.

»Oh Mann, Milo, kann man dich eigentlich nicht alleine lassen?« Jake schmunzelte und rückte näher an den Bildschirm. »Alter!« Er sog scharf die Luft ein. »Dein Auge! Bist du dir sicher, dass das wieder wird?«

»Hm. Ansonsten bleibt mir wohl nichts anderes übrig, als mich an Coach Smiths Spruch zu halten.« Milo grinste und zeigte mit dem rechten Zeigefinger auf Jake. »Na?«

Jake nickte und streckte ebenfalls seinen Finger aus.

»Der Einäugige ist König unter den Blinden«, sagten sie unisono und fingen wieder an zu lachen. Milo vermisste Coach Smith und seine Weisheiten beinahe so sehr wie seine Freunde.

»Wie geht's ihm denn?«

»Ich glaub, ganz gut. Kennst ihn ja. Er redet nicht viel. Aber ein paar Mal hat er schon erwähnt, dass er einen ganz bestimmten Typen schon gern wieder in seinem Team hätte.« Jake grinste verschmitzt. »Na ja, und du dürftest natürlich auch wiederkommen.« Sie lachten.

Es tat so gut. In dieser Sekunde gab es keine Wut, keinen Kummer und keinen Schmerz, der dieses Lachen hätte verhindern können. Und wenn Milos zermatschtes Gesicht der Auslöser dafür war, würde er sich liebend gerne einmal wieder verprügeln lassen.

Er rutschte ein wenig weiter nach oben, um besser sprechen zu können. Dabei fuhr ihm ein scharfer Schmerz in die Rippen und er zuckte zusammen. Oder vielleicht doch besser nicht.

Jake wurde wieder ernst. Aufmerksam sah er seinen Freund an.

»Irgendwas ist anders, Milo. Schon klar, du siehst schlimm aus und so, aber …« Er wiegte den Kopf hin und her, »… da ist noch was anderes. Und zwar was Gutes.« Er zögerte kurz, bevor er fortfuhr: »Beinahe, als wäre was von dem alten glücklichen Milo zurück.« Jetzt lächelte er wieder.

Unglaublich. Jake war wirklich sein »Brother from a different mother« und er las in Milo wie in einem offenen Buch. Das war schön – und gleichzeitig auch ganz schön gruselig.

»Was? Ich war doch nie … ich bin doch immer …«, stotterte er.

»Milo? Erhol dich gut, ja? Und das nächste Mal will ich wieder was von dieser Nike hören!«

»Geht klar.«

Er würde Jake von ihr erzählen. Aber nicht jetzt und nicht so. In einer anderen Stimmung und wenn er selbst wusste, wohin das alles führte. Und wenn er bereit war, diesen ganz besonderen Kuss von gestern Abend mit einer weiteren Person außer Nike zu teilen.

Apropos: Sollte er sie nun anrufen? Oder lieber warten? Elli hatte sich schon so oft bei ihm beklagt, dass sie nie wusste, wie sie sich verhalten sollte, wenn sie einen Kerl mochte, dabei ging es Jungs doch genau gleich. Ihm ging es jedenfalls so. V würde sich diese Gedanken niemals machen, er würde Nike einfach entführen. Und Vincent? Vincent würde erst mal schauen, was sein Channel so macht …

Dreitausendsiebenhundertneunundvierzig Clicks? Noch mal: DREITAUSENDSIEBENHUNDERTNEUNUNDVIERZIG? So viele Menschen hatten sich seine Videos mittlerweile angesehen? Sowohl seine als auch Walters Geschichte kommentiert, eigene dazugeschrieben, Mut gemacht und geteilt. Und während er hier saß und sich das Icepack an die Backe hielt, schauten gerade weitere wildfremde Menschen seine Filme.

Max hatte ihm zwar ein paar ordentliche Schläge verpasst, aber erreicht hatte er damit nichts. Je weniger Aufmerksamkeit Milo dieser Sache gab, umso unwichtiger wurde sie. Er würde nicht zulassen, dass Max damit ein Zeichen setzen würde. *Vincent* würde es nicht zulassen, denn wie sagte V so schön?

Auch wenn man den Schlagstock, anstelle eines Gespräches einsetzen kann, werden Worte immer ihre Macht behalten!

Wenn seine Zuschauer wüssten, wie er unter der Maske aussah, wenn sie seine Blutergüsse und die aufgeplatzte Lippe, das zugeschwollene Auge und die Klammerpflaster an seiner Wange sehen könnten, wüssten sie, wie viel mehr Bedeutung hinter diesem Satz steckte. Wie viel wichtiger es Milo war, dass genau das wahr wurde: Das Wort sollte immer mehr Macht haben als die Fäuste.

»V wie Vincent« war das Beste, was er je gemacht hatte. Max konnte Milo drangsalieren und körperlich verletzen, aber Vincent würde immer stärker sein, schneller und unzerstörbar.

Hinter dieser Maske ist nicht nur Fleisch, hinter dieser Maske steckt eine Idee! Und Ideen, Mister Creedy, sind kugelsicher!

»V wie Vincent« war eine Chance. Für ihn – und für alle anderen da draußen, die es mit Menschen wie Max zu tun hatten. Was Milo für sich selbst begonnen hatte, würde vieles für viele verändern. Bei Walter hatte es schon funktioniert. Milo hatte eine Nachricht in die Gruppe geschrieben, sodass Walter tatsächlich Anfragen für Nachhilfe bekommen hatte. Sogar von Mädchen. Milo grinste. Er musste sofort einen neuen Beitrag drehen.

Und er wusste auch schon, welche Nachricht er dieses Mal einfügen würde …

Nike

»Hi, Vincent, mein Name ist Tim«, las Vincent, der Junge mit der Guy-Fawkes-Maske, offensichtlich einen Kommentar vor, den jemand – ein Tim – auf seiner Seite hinterlassen hatte.

Nike lag immer noch im Bett. Draußen war es scheußlich genug, um dafür eine Ausrede zu haben. Schulaufgaben hatte sie nicht, ihre Eltern waren bei Freunden und Ed lag vermutlich noch in der Koje. Sie hatte sich mit Tee und Honigbroten eingedeckt und beschlossen, den ganzen Tag im Bett zu bleiben und Serien zu schauen. Gestern hatte sie vergessen, ihr Handy aufzuladen, und nun schaute sie immer wieder ungeduldig auf die Akku-Anzeige.

Ob sich Milo in der Zwischenzeit gemeldet hatte? Wie es ihm wohl heute Morgen ging? Ob er auch die ganze Nacht an sie gedacht hatte? Fragen über Fragen, deren Beantwortung nur dieser lahme Akku verhinderte. Außerdem musste sie natürlich unbedingt wissen, was mit Sarah und Felix noch passiert war. Wenigstens hatte sie gestern geistesgegenwärtig diesen »V wie Vincent« noch abonniert, so dass sie die Wartezeit mit seinem neuesten Beitrag überbrücken konnte.

»… ich habe deine Seite eher zufällig entdeckt. Scheint so ein Klassending bei uns zu sein, keine Ahnung. Jedenfalls habe ich deinen ersten Beitrag gesehen und hab gedacht, es hätte absolut nichts mit mir zu tun. Ich bin kein Opfer oder so und Freunde habe ich auch. Hat ein bisschen gebraucht, bis ich kapiert habe, dass das nicht stimmt. Es *hat* was mit mir zu tun. Und die Freunde, die ich habe, kann man in der Pfeife rauchen. Wenn man die überhaupt so nennen kann. Wir sind zu dritt. Einer ist der Boss und wir machen alles mit, was er sagt. Weil er cool ist. Weil er stark ist. Weil wir, wenn wir nicht mitmachen, dafür büßen müssen. Wenn man es so sieht, bin ich also doch ein Opfer. Selbst gemacht. Bescheuert, was? Ich bin dabei, weil ich Angst davor habe, dass er mich so behandelt wie die, die er nicht leiden kann – und er kann echt wenige leiden. Ich habe also Angst vor meinem Freund. Aber eines hab ich kapiert: Vor Freunden sollte man keine Angst haben müssen.

Ich hab einfach keinen Bock mehr, daneben zu stehen und zuzuschauen, wie er jemanden quält, erpresst oder unter

Druck setzt. Ich schäme mich – für ihn – und für mich. Was bin ich nur für ein Arschloch geworden?

Gestern war ich auf einer Party. Mein Kumpel hat mal wieder Ärger gemacht. Ich bin einfach weg und hab einem Mädchen geholfen, die … egal. In ihren Augen habe ich ihre Verachtung gesehen. Scheiße, echt. Das will ich nicht mehr. Ich habe jetzt erst begriffen, wie ätzend es ist, daneben zu stehen. Ich will nicht mehr zuschauen und nichts tun. Damit unterstützt man die Falschen, so viel hab ich jetzt auch begriffen. Ich möchte richtige Freunde haben und ich möchte selbst ein richtiger Freund sein. Danke, Vincent, fürs Augenöffnen. Tim. *#dubistnichtallein #vwievincent #mutigundwahr.*«

Nike klappte ihren Rechner zu. Das gab es doch gar nicht! Das war ihre Geschichte und Tim, *der* Tim aus ihrer Klasse! Wie konnte es sein, dass Vincent ausgerechnet diese Story rausgepickt hatte? Vor allem, nachdem es gestern die von Walter gewesen war? Beides Jungs, die nur ein paar Tische weit von ihr entfernt saßen! Das konnte doch kein Zufall sein, oder?

Soweit Nike wusste, gab es nur einen Vincent an ihrer Schule und der war in der sechsten. Der konnte es nicht sein. Selbst mit Maske und Stimmveränderung: Das, was Vincent sagte, kam nicht von einem Zwölfjährigen. Und trotzdem: Auch wenn die Abonnentenzahlen so explodierten und die Clips mittlerweile in ganz Deutschland geschaut wurden, hatte es doch direkt hier angefangen – am Theodor-Heuss-Gymnasium. Vielleicht sogar in ihrer Klasse. Wenn das so war, dann gab es nur eine Erklärung dafür: Vincent war … jemand anderes. Und der Einzige, der ihrer Meinung nach infrage kam, war Milo. War das möglich? Sie musste unbedingt mit ihm reden.

Milos Mutter öffnete die Tür und strahlte über das ganze Gesicht, als sie Nike sah. »Nike! Was für eine schöne Überraschung! Da wird sich Milo bestimmt freuen. Komm rein!« Sie öffnete die Tür und ließ sie eintreten. Nachdem sie Nike die Jacke abgenommen hatte, schob Karin sie in die Küche.

»Setz dich, ich sag Milo Bescheid!« Sie zögerte kurz. »Oder weißt du was? Geh doch einfach hoch. Er freut sich bestimmt. Überraschungsbesuche sind doch die besten!« Sie zwinkerte Nike verschwörerisch zu. »Wenn du oben bist, das zweite Zimmer rechts.«

So sicher war Nike sich bei Karins Überraschungsbesuchs-Theorie nicht. Nur die Vorstellung davon, dass Milo bei ihr vorbeigekommen und ihr Zimmer im absolut oberchaotischsten Wochenend-kein-Bock-aufzuräumen-gestern-Party-Modus gesehen hätte – abgesehen davon, sie selbst in ihrem Lieblings-Plüsch-Schlafanzug mit dem Einhorn vorne drauf –, sie wäre vermutlich vor Scham gestorben. Es gab einfach Dinge, die gehörten nicht an die Öffentlichkeit. Der Schlafanzug gehörte definitiv dazu.

An der ersten Tür hing ein Schild mit der einladenden Aufschrift »Nicht eintreten – Todesgefahr«. Das war glücklicherweise nicht das richtige. Passte auch viel besser zu Milos Bruder, obwohl sie über den ja nicht wirklich etwas sagen konnte.

Sie klopfte leise an der zweiten Tür. Drinnen regte sich nichts. Sie klopfte noch einmal.

»Milo?«

Keine Reaktion. Vorsichtig öffnete sie die Tür einen Spaltbreit und schaute hindurch. Für einen kurzen Moment mussten sich ihre Augen an das Licht im abgedunkelten Raum gewöhnen. Ihr gegenüber, unter dem schrägen Dachfenster, stand ein Schreibtisch, links ein Kleiderschrank. Ein typisches Jungszimmer. Abgesehen von den großen, gerahmten Naturfotografien von Dünen, Wüsten und dem Meer, die an den Wänden hingen. Namibia. Eines Tages, so hoffte Nike, würde ihr Milo alles über dieses unglaubliche Land erzählen.

An der Wand zu ihrer Rechten stand ein breites Bett. Nirgends ein einziger, winziger Hinweis darauf, dass es sich bei Milo um Vincent handeln könnte – oder umgekehrt. Hatte sie sich geirrt? War Milo einfach nur … Milo? Beinahe war Nike ein wenig enttäuscht.

Von ihm selbst war kaum etwas zu sehen, außer einem Büschel hellbrauner Haare auf dem weißen Kissen und einem Fuß, an dem ein selbst gestrickter, bunt geringelter Socken steckte (der vermutlich in die gleiche Kategorie gehörte wie Nikes Plüschschlafanzug).

Eine Welle der Zärtlichkeit schwappte über Nike hinweg, als sie langsam und ganz leise an sein Bett schlich. Seine langen Wimpern hoben sich dunkel von seiner Wange ab, da wo die Haut hell war. Den größten Bereich aber nahm ein faustgroßer, dunkellila Bluterguss ein, der ihn sicher noch eine ganze Weile begleiten würde. Seine Lippen waren spröde und seine Haare standen in alle Richtungen ab. Er schlief so tief, dass er Nikes Anwesenheit nicht bemerkte. Sie musste ihre Hände in den Hosentaschen zu Fäusten ballen, um ihm nicht über die Haare zu streichen, seine Lippen nicht zu berühren und sich nicht vor seinem Bett auf den Boden zu setzen und sich an ihn zu kuscheln. Wenn er auch nur halb so wenig geschlafen hatte wie sie, dann brauchte er diese nachgeholte Nachtruhe dringender als ihren Besuch.

Sie drehte sich um, um wieder in die Küche zu gehen. Als sie schon den Türgriff nach unten gedrückt hatte, zog ein heller Fleck in ihrem Augenwinkel ihre Aufmerksamkeit auf sich: Über der Stuhllehne am Fuße seines Bettes hing eine Maske. Genau dieselbe, die Vincent in seinen Videos trug.

Sarah blieb länger als sonst. Nike vermutete, dass es nicht an ihrer wunderbaren Freundschaft, sondern an einem gewissen Felix lag, der bei Ed zu Besuch war. Bisher hatten sie noch nicht darüber gesprochen, aber Nike spekulierte darauf, dass ihre Freundin heute endlich erzählen würde, was auf Patricks Party passiert war. Wenigstens jemand, der eine schöne Erinnerung an diesen Abend hatte, so hoffte Nike wenigstens.

Sie wollte alles über Sarahs neue Liebe hören. Und dabei vergessen, dass sie ihrer Freundin eigentlich selbst schon längst eine andere Geschichte hätte erzählen sollen. Rotkäppchen. Nike schluckte den Gedanken daran herunter. Konnte sie ihrer Freundin noch nicht einmal ihr Glück gönnen, ohne dabei an sich selbst zu denken?

»Los komm schon, Sarah! Erzähl endlich!« Sie warf ein Kissen nach ihrer Freundin, die ganz genau wusste, wie sehr Nike es hasste, wenn man Geheimnisse vor ihr hatte. Vor allem, wenn es schöne waren. Sarah kicherte.

»Wieso ich? Erzähl du mir doch von Milo!«

»Ach, du weißt doch sowieso schon alles.« Das hieß ... Nike wurde ernst ... es gab da doch etwas, worüber sie mit Sarah schon ein paar Tage sprechen wollte.

»Sarah, könntest du dir vorstellen, dass Milo Vincent ist?«

Sarah lachte.

»Echt jetzt? Das glaubst du? Nur weil du in ihn verknallt bist, ist er noch lange kein Superheld!« Sie machte eine kurze Pause, bevor sie fortfuhr. »Aber wenn er es doch sein sollte, hast du das große Los gezogen, Schwester. Bei Vincent sind deine dunkelsten Geheimnisse sicher!« Sie lachte noch lauter und stürzte sich auf Nike, um sie zu kitzeln. »Es könnte aber natürlich auch sein, dass Vincent ein anderer Typ ist, der die Maske nur deshalb trägt, weil er so hässlich ist, wie das Phantom der Oper. Uaaaaah!« Sie wuschelte durch Nikes Haare und bemerkte dabei nicht, dass Nike ganz still geworden war.

Bei Vincent sind deine dunkelsten Geheimnisse sicher, hatte Sarah gesagt. Und dabei keine Ahnung gehabt, wie dunkel Nikes Geheimnisse wirklich waren.

Den Rest des Abends aber erfüllte Sarah Nikes Wunsch und schwärmte so lange und ausgiebig von Felix, dass Nike beinahe froh war, als er endlich in ihrem Zimmer stand und Sarah fragte, ob er sie nach Hause fahren sollte. Man hätte alle Lampen ausschalten können und es wäre immer noch taghell gewesen, so sehr strahlte Sarah, als er liebevoll seinen Arm um sie legte. Nike gönnte es ihrer Freundin von Herzen. Und sie genoss die Stille, die nun endlich in ihrem Zimmer einkehrte.

Bei Vincent sind deine dunkelsten Geheimnisse sicher.

Dieser Satz ging ihr einfach nicht aus dem Kopf. Ob Sarah wohl recht hatte? Und ob Nike es riskieren sollte?

Bevor sie noch länger darüber nachdenken konnte, klappte sie ihren Rechner auf, nur um ihn Sekunden später wieder zuzuklappen. Was, wenn Milo nicht Vincent war? Und was, wenn doch? Es half alles nichts. Sie musste einfach darauf vertrauen, dass es richtig war, Vincent von Rotkäppchen zu erzählen.

KAPITEL 19

Milo

Er hätte sich ohrfeigen können. Warum war er ausgerechnet dann eingeschlafen, als Nike vorbeigekommen war?

Verdammt. Verdammt. Verdammt.

Er hätte sie so gern gesehen. Warum hatte sie ihn nicht einfach geweckt?

Stattdessen war er erst abends völlig durch den Wind aufgewacht, hatte kurz etwas gegessen und war wieder ins Bett gefallen. Er war so müde, als hätte er wochenlang nicht geschlafen. Seinem Gesicht hatte es sicher nicht geschadet. Sein Auge ging beinahe wieder ganz auf und seine Wange war in der Mitte zwar noch lila, tendierte an den Rändern aber schon in Richtung gelb und die Kopfschmerzen waren fast weg. Seine Mutter konnte eben doch zaubern. Sie hatte ihm angeboten, für Montag eine Entschuldigung zu schreiben, aber das kam überhaupt nicht infrage.

So verführerisch es war, im Bett bleiben zu können, diesen Triumph gönnte er Max nicht. Außerdem wollte – musste – er Nike sehen. Jetzt erst recht. Zuerst hatte er nicht glauben wollen, was Nike ihm, vielmehr Vincent, da in einer persönlichen Nachricht geschrieben hatte. Fassungslos hatte er den Rechner ausgemacht und war wie ein Raubtier durch sein Zimmer gelaufen, außer sich und völlig ratlos, was er tun sollte, bis seine Mutter nach oben gekommen war, um nach ihm zu sehen, weil sie das Gefühl hatte, er würde demnächst ein Loch in die Decke rennen. Das behauptete sie zumindest. Daraufhin hatte er beschlossen, einen Spaziergang zu machen, der ihn nicht beruhigte, sondern ganz im Gegenteil, immer weiter durch die nächtlichen Straßen trieb. Er würde nie wieder schlafen können. Nie wieder still sein können. Nie wieder auch nur das Gesicht von Max sehen können, ohne ihm die Nase brechen zu wollen. Soviel dazu, dass er sich nicht mehr prügeln wollte. Gleichzeitig wusste er, dass es nichts bringen würde. Dass er damit die Spirale, in der sie alle feststeckten, immer weiter nach oben schrauben würde. Er musste eine Lösung finden, die Max ein für alle Mal verstummen ließ. Und alle anderen, die so krank waren, einem Mädchen – einem Menschen – so etwas anzutun, gleich mit.

Jetzt saß er im Klassenzimmer und hatte keine Ahnung, wie er sich verhalten sollte, wenn sie kam. Noch sieben Minuten bis Unterrichtsbeginn. Weder sie noch Sarah waren bisher da. Auch kein Max, kein Jonas und kein Tim.

Wie Max sich wohl nach Tims »Outing« verhalten würde? Und ob Tim seinen Vorsätzen treu bleiben würde? Das wäre wirklich ziemlich beeindruckend. Bei einem hatte es jedenfalls eine ganze Menge verändert – und zwar zum Positiven. Walter. Er saß auf seinem Tisch und erklärte Birthe, einem der eher schüchternen Mädchen aus der Klasse, irgendwas in Mathe. Seine Augen leuchteten und als Milo kurz seinen Blick auffing, hob er grinsend die Hand zum Victory-Zeichen. Dass Milo lächelnd die Geste erwiderte, sah er schon nicht mehr. Walter hatte sich bereits wieder Birthe und den Matheblättern zugewandt.

»Was glotzt du denn so, Fisch?« Milo fuhr erschrocken hoch, als Max sich plötzlich vor ihm aufbaute und mit den flachen Händen auf den Tisch schlug. Wo kam der denn her?

Die Schlägerei hatte auch bei Max Spuren hinterlassen, allerdings sah er wesentlich besser aus als Milo. Seine linke Wange zierte ein langer Kratzer, sein Kinn schimmerte bläulich und seine Unterlippe schien ebenfalls etwas abbekommen zu haben. Alles in allem hätte es ruhig ein bisschen mehr sein dürfen, fand Milo. Hinter Max stand Jonas und grinste wie immer blöd. Von Tim war weit und breit nichts zu sehen.

»Verzieh dich, Mann!« Milo wedelte mit seiner Hand vor seiner Nase herum. »Hier stinkt's nach Angeber.«

Schlagartig wurde es still im Klassenzimmer. Sogar Birthe und Walter hatten ihr Gespräch unterbrochen. Alle sahen Milo und Max an.

»Traust dich was, Zander? Brauchst du noch mal 'ne Fischklatsche? Hat dir das am Wochenende nicht gereicht?« Beifall heischend sah er sich in der Klasse um, aber nur Jonas grinste und klatschte Max ab.

Milo atmete tief ein und aus. *Auch wenn man den Schlagstock, anstelle eines Gespräches einsetzen kann, werden Worte immer ihre Macht behalten.* Vs Zitat bestärkte ihn. Nein, er würde sich nicht mehr prügeln, wenn er es verhindern konnte, aber das hieß noch lange nicht, dass er sich nicht wehren würde.

»Hast du noch was anderes zu bieten als deine Fäuste? So langsam wird es nämlich langweilig, Maximilian«, sagte er, so ruhig wie möglich und betete insgeheim, dass Max nicht merkte, wie heftig sein Herz schlug und dass er einfach nur hoffte, Max mit diesem Namen auf die Palme zu bringen.

»Ich heiße Max.« Bingo!

»Und ich heiße Milo.« Milo lächelte, so freundlich er nur konnte. Ein paar Schüler kicherten, was Max nur noch wütender machte. Vor ein paar Tagen hätten sie sich das nicht getraut. Weder die anderen – noch Milo. Aber das war ja auch vor Vincent.

»Du ... Du ...« Keine Frage, Max war im Begriff zu explodieren.

Sein Gesicht näherte sich Milos, doch bevor er weitersprechen konnte, fiel die Klassenzimmertür mit einem *Rumms* ins Schloss. Milo zuckte zum zweiten Mal an diesem Morgen zusammen.

»MAX! Auf deinen Platz!«, brüllte Doktor Schneider. Er hatte noch nicht einmal abgelegt.

Hinter ihm standen Sarah und Nike und schauten genauso erschrocken, wie Milo sich fühlte. Es klingelte zum Unterrichtsbeginn. Bert, Johann und Clemens räumten schnell die Spielkarten weg, mit denen sie gerade noch gepokert hatten. Tessa und Nata hörten auf zu tuscheln, Sina und Antonia schauten ebenso wie Philip, Yannik, Alina, Cora und der Rest der 10c gelangweilt zu, wie Max und Jonas ganz langsam hintereinanderher nach vorne trotteten.

Doktor Schneider warf Mantel und Tasche auf den Stuhl.

»Setzt euch. Setzt euch alle hin!« Wütend schritt er vor der ersten Reihe auf und ab, bis alle ihre Plätze gefunden hatten.

Wenigstens hatte Nike Milo ein scheues Lächeln geschenkt. Als Sarah sich neben ihm niedergelassen hatte, flüsterte sie leise »Hi!« und sah dann schnell nach vorne. Das hier war kein guter Wochenanfang. Ganz und gar nicht.

»Könnt ihr mir mal erklären, was hier los ist?« Doktor

Schneider war stehen geblieben und sah stirnrunzelnd von einem zum anderen. Keiner rührte sich. Keiner sprach.

Stille.

»Ich habe gefragt, ob mir jemand erklären kann, was hier los ist?!« Er blieb vor Max' Tisch stehen und beugte sich ein wenig hinunter, um dessen Blick einzufangen, aber Max reagierte nicht. Reihe für Reihe ließ er hinter sich und blieb an jedem Tisch kurz stehen. Alle Schülerköpfe blieben gesenkt.

Milos Herz pochte. Die Schritte kamen näher. Ihm brach der Schweiß aus – und dann war es so weit: Schneider stand vor seinem Platz. Legte die Hände auf seinen Tisch, genau dahin, wo Max' Hände bis gerade eben noch gelegen hatten, und lehnte sich so weit nach vorne, dass Milo die feuchte Wolle seines Anzugs riechen konnte. Starke Hände. Die Nägel schmutzig und teilweise eingerissen.

Kurz überlegte Milo, ob er wohl in seiner Freizeit einen Garten bewirtschaftete oder Holz hackte, oder … ob er überhaupt etwas tat, was Menschen tun, die … nicht jeden und alles hassen. Denn Schneider hasste Milo, das konnte er mit allen Fasern seines Körpers spüren. Und nicht nur ihn. Vielleicht half es, wenn er wie alle anderen jetzt einfach die Klappe hielt, noch mal von vorne anfing, sich duckte und hoffte, dass, was auch immer passieren würde, nicht allzu schlimm werden würde. Aber dann würde sich überhaupt nichts ändern. Er wäre ein Feigling und er würde immer einer bleiben.

Wenn sich nichts ändert, ändert sich nichts.

Mutig und wahr. Mutig und wahr.

Er sah auf und direkt in Doktor Schneiders wässrig-blaue Augen, in denen kein Mitgefühl, kein Verständnis und auch nichts anderes zu finden war, was hätte darauf schließen lassen können, dass er überhaupt Interesse daran hatte, an dieser Situation etwas zu verbessern. Nun, Milo würde es wenigstens versuchen. Er fühlte sich, als stünde er am Rand einer Klippe. Mit dem Abgrund vor sich machte er einen Schritt.

»Ich erkläre es Ihnen sehr gern.« *Und fiel.*

Herr Doktor Schneider runzelte die Stirn und schnaubte. Vermutlich hatte er gar nicht wirklich eine Erklärung gewollt. *Und fiel.*

»Ihr Schüler Max Regner drangsaliert mich. Er lauert mir auf, bedroht und beleidigt mich. Und nicht nur mich, sondern auch andere.« *Und fiel.*

»Ach ja? Ist das so, Zander? Mir ist zu Ohren gekommen, dass du nicht ganz unbeteiligt an diversen Auseinandersetzungen sein sollst, und wenn ich dich so anschaue, dann kann ich mir das gut vorstellen.« Er legte den Kopf schräg und kniff die Augen zusammen. »Seitdem du da bist, gibt es noch mehr Ärger als vorher, Zander. Das gefällt mir nicht. Aber gut, wenn du meinst, dann frage ich die Klasse: Gibt es irgendjemanden, der von Max drangsaliert wird?«

Stille. *Aufprall.*

Milo schaute in die Gesichter seiner Klassenkameraden, die er viel zu wenig kannte. Alle hatten schon mal unter Max gelitten. Jeder war schon mal von ihm erpresst oder gepiesackt worden. Aber reichte das aus, um sich an Milos Seite zu stellen? Tessa kaute gelangweilt auf ihrem Kaugummi und betrachtete intensiv ihre Fingernägel. Von ihr hatte er auch nicht wirklich eine Unterstützung erwartet. Allerdings waren in dieser Klasse zweiunddreißig Schüler! Warum machte niemand den Mund auf?

Max saß mit einem überheblichen Grinsen in der ersten Reihe und schüttelte den Kopf. Doktor Schneider hatte die Arme vor der Brust verschränkt und schaute gelangweilt durchs Klassenzimmer. Ihm war das gerade recht. Nein, ihm ging es nicht um die Schüler. Ihm ging es nur darum, so wenig wie möglich behelligt zu werden.

»Okay, dann wäre das wohl ge–«

»Er hat mich schon tausend Mal belästigt und bedrängt!«, sagte Nike mit klarer Stimme. Sie war aufgestanden und lächelte zuerst Milo an, bevor sie mit ihrem Blick Doktor Schneider fixierte.

Max' überhebliches Grinsen von gerade eben fiel aus seinem Gesicht, nur der Mund blieb offen stehen. Damit hatte er wohl nicht gerechnet. Damit hatte niemand gerechnet. Am allerwenigsten Milo. Wenn er nicht schon bis über beide Ohren in sie verknallt gewesen wäre, dann wäre es jetzt passiert. Sein Herz wollte am liebsten zerplatzen vor Glück. Nike war aufgestanden. Sie war zwar total blass um die Nase, aber sie lächelte.

»Äh, das ...« Offensichtlich hatte Doktor Schneider nicht mit so was gerechnet. »Das ...«

»Schlampe!« Nun war auch Max aufgestanden. Wütend ballte er die Hände zu Fäusten.

»MAX! Reiß dich zusammen!« Doktor Schneider ging eilig wieder nach vorne. Die Uhr im Klassenzimmer zeigte 8.03 Uhr. Noch 27 Minuten bis zum Ende der ersten Stunde.

Doktor Schneider stand der Schweiß auf der Stirn. Milo kannte ihn genervt oder wütend. So aufgebracht wie jetzt war er allerdings noch nie gewesen, seitdem Milo in dieser Klasse war.

»Ich bin seit 29 Jahren Lehrer an dieser Schule. Aber so eine respektlose Klasse wie diese ist mir in dieser ganzen Zeit hier nicht begegnet!« Er lief zum Lehrerpult nach vorne und schnappte sich seine Tasche. »Mir reicht's!« Er schnaubte. »Ich habe keine Lust mehr auf euer Theater! Ich bin doch nicht hier, um euch Manieren beizubringen! Raus! Alle raus!«, bellte er. »Und wenn ihr wiederkommt, widmen wir uns endlich dem, weshalb wir hier sind! Mathematik! Von diesem Kinderkram hier will ich nichts mehr hören.« Mit einem großen, nicht mehr ganz weißen Stofftaschentuch wischte er sich über die Stirn und öffnete weit die Klassenzimmertür.

Ein wenig durcheinander und ziemlich still standen alle auf und gingen nach draußen. Als Milo ebenfalls an ihm vorbei wollte, hielt er ihn am Ärmel fest.

»Und du begleitest mich ins Lehrerzimmer, Zander. Ich hab mit dir zu reden.«

Milo schluckte. Na super. Das konnte ja heiter werden. Dabei hätte er so gern wenigstens kurz mit Nike gesprochen. Hoffentlich musste sie es nicht büßen, dass sie sich an seine Seite gestellt hatte. Zum Glück hatte sie Sarah, die zu ihr halten würde.

»Milo Zander.« Immerhin hatten sie es bis ins Treppenhaus geschafft, bevor Doktor Schneider mit seiner Rede begann. Überraschenderweise kannte er wohl doch Milos Vornamen. Beinahe hätte Milo gegrinst, aber ein Blick in Doktor Schneiders Gesicht ließ jeden Anflug von Humor im Keim ersticken.

»Ist dir eigentlich klar, was du da tust?« Mit zusammengekniffenen Augen sah er Milo an. Bevor er antworten konnte, fuhr Doktor Schneider fort: »Du spielst mit dem Feuer, mein Freund. Nicht nur bei Max, oh nein. Du riskierst viel mehr.«

Sein Kopf ruckte nach vorn und er kniff die Augen zusammen. Er erinnerte Milo an eine Schildkröte. An eine unfreundliche, ungerechte und nicht besonders attraktive Schildkröte. »Du machst nichts als Ärger. Frau Brettschneider hat sich ebenfalls beschwert. Wie lange bist du schon am THG?« Er schüttelte den Kopf. »Wenn du so weitermachst, schaffst du es nicht einmal bis zum Halbjahr, das sage ich dir. Noch einen wie Max braucht hier niemand. Ich rate dir dringend, dich ein wenig mehr um Anpassung zu bemühen!« Und, als ob es helfen würde, seine Worte zu unterstreichen, tippte er bei jedem einzelnen nun folgenden Milo auf die Brust. »Sonst bist du raus, Milo Zander. Verstanden?«

Nike

Sie wollte das alles nicht. Kein Streit, keinen Stress mit Doktor Schneider. Schon gar nicht wollte sie Max eine weitere Gelegenheit bieten, sie bloßzustellen. Diesmal nicht nur vor Milo, sondern gleich vor der ganzen Klasse. Nike hatte Angst. Nicht nur jetzt, sondern eigentlich immer. Als sie sich zu Milo umgedreht hatte, konnte sie in seinen Augen die gleiche Angst lesen. Sie war nicht die Einzige. Dieser Gedanke machte sie stark. *Du bist nicht allein, Nike*. Es war so einfach. Sie war aufgestanden, die Angst hatte für einen kurzen Augenblick die scharfen Krallen eingezogen und einem anderen Gefühl Platz gemacht: Erleichterung.

Die ganze Klasse – alle bis auf Milo – stand draußen und redete über ihn. Tessa, die nach ihr nach draußen kam, rempelte sie im Vorbeigehen an.

»Sorry«, sagte sie mit einem aufgesetzten Lächeln, »manche übersieht man eben leicht.« Sie grinste Clemens an, der neben ihr stand. »Vor allem die, die versuchen, alte Freunde in die Scheiße zu reiten.«

Clemens lachte. »Uhhh«, machte er, wedelte mit den Händen vor Nikes Nase herum und ergänzte »Zickenalarm!«. Philip raunte ihm ins Ohr: »Wenn wir Glück haben, prügeln sie sich gleich. Schau mal, unsere Prinzessin hat schon Erfahrung!« Er schnippte gegen Nikes Wange, wo ein hellgrüner Schatten an den Schlag erinnerte, den ihr entweder Milo oder Max am Freitag verpasst hatte.

»Lass sie in Ruhe, du Idiot!« Sarah stellte sich vor ihre Freundin. »Du hast doch keine Ahnung, was hier läuft! Anstatt Nike zu ärgern, kümmert euch doch lieber um euren tollen Freund!« Sie zeigte rüber zu den Fahrradständern, wo Max mit Jonas stand und rauchte.

»Ach, das ist doch langweilig«, antwortete Clemens, »der Fisch muckt jetzt noch 'ne Weile auf und dann kriegt er sich wieder ein.« Er grinste breit. »Irgendwann findet hier doch jeder seinen Platz. Wenn der Zander Glück hat, kapiert er es, bevor Max Fischstäbchen aus ihm macht!« Er grölte. Vor Begeisterung über seinen eigenen Witz musste er ihn gleich noch einmal erzählen, und noch einmal, bis ihn auch der letzte gehört und ihn dafür abgeklatscht hatte.

Nike wurde übel von so viel unpassender Selbstgefälligkeit.

Mittlerweile hatte es auch offiziell zur Pause geklingelt und die anderen Klassen strömten auf den Schulhof.

Sie beobachtete, wie einige von ihnen zu den Fahrradständern gingen und Max auf die Schulter klopften. Gelächter schallte zu ihnen herüber. Selbst ein paar Mädchen waren dabei. Sie erkannte Sina aus ihrer Klasse, auch Tessa war mittlerweile rübergegangen, aber vor allem standen einige aus der Neunten um Max herum und himmelten ihn regelrecht an. Nata lehnte als Einzige immer noch neben Sarah an der Wand und lächelte unsicher, als sie bemerkte, dass Nike sie ansah.

Irgendjemand begann im Spaß mit Max zu ringen und er schien seine Prügelei mit Milo noch einmal zum Besten zu geben. Wer auch immer, was auch immer erzählt hatte, es hatte schnell die Runde gemacht und es schien Max' zweifelhaften Ruhm nur noch weiter zu befeuern. Max hatte Fans. Einige sogar. Vor allem die Schwachen bewunderten ihn für seine Stärke und ordneten sich ihm unter. Andere waren einfach nur genauso bescheuert wie Max selbst.

Was Nike allerdings ganz und gar nicht verstand, war, warum ausgerechnet Milos Bruder Carl sich diesem Arsch zugewandt hatte. Soweit Nike es beurteilen konnte, war er weder dumm noch schwach. Er hatte nette Eltern und den besten Bruder, den man sich nur wünschen konnte. Also warum? Vielleicht war er einfach nur ein weiterer Blödmann, der überhaupt nichts kapierte. Warum sonst sollte er sonst mitten in dieser Gruppe stehen und sich über einen Scherz kaputtlachen, der sicherlich auf Kosten seines Bruders ging?

Bevor es zum Unterricht klingelte, löste sich Max aus der Gruppe und schlenderte langsam in Nikes Richtung. *Bitte nicht.*

Kaum hatte er den ersten Schritt in ihre Richtung gemacht, spürte sie, wie die Angst wieder in ihr hochkroch, wie jedes Mal, wenn er sich ihr näherte. Er war die Bedrohung in Person und jeden Tag verlor sie ein wenig mehr Kraft, sich gegen ihn aufzulehnen. Warum konnte er sie nicht einfach in Ruhe lassen? Bevor er bei ihr war, hatte sich Sarah bei ihr eingehakt und starrte ihm wütend entgegen. Nata hatte sich an ihre andere Seite gestellt und spielte nervös mit ihren Fingern.

Max blieb so dicht vor ihr stehen, dass sie den Rauch in seinen Klamotten riechen konnte. Bis er auf ihrer Höhe war, hatte er sie keines Blickes gewürdigt, aber nun wandte er sich ihr zu und sah ihr direkt in die Augen.

»Du wirst deine Meinung noch ändern, Rotkäppchen, das verspreche ich dir«, raunte er.

Schneller, als sie reagieren konnte, hatte er ihr einen Kuss auf die Wange gedrückt. Fassungslos sah sie ihm hinterher, während er pfeifend ins Schulgebäude ging und einige seiner Fans an den Fahrradständern Beifall klatschten. Nike war so schlecht, dass sie sich am liebsten übergeben hätte.

Über dem Klassenzimmer hing eine eigenartige Stimmung, als Nike die Türe öffnete. Die meisten saßen wieder auf ihren Plätzen und tuschelten miteinander. Tessa hatte sich zu Max umgedreht und kicherte affektiert über irgendeinen seiner Witze, und Bert, Johann und Clemens pokerten.

Während Nike, Sarah und Nata eintraten, verstummten alle Gespräche für einen Moment, als ob sie ein Geheimnis teilten, von dem die drei ausgeschlossen waren. Milo und Doktor Schneider waren noch nicht zurück.

Irgendetwas stimmte nicht. Die Härchen an Nikes Unterarm stellten sich auf, als sie langsam zu ihrem Tisch ging. Sie spürte die Blicke und das heimliche Kichern mehr, als sie es sah und hörte. Und dann stockte ihr der Atem. Tränen schossen in ihre Augen, die sie nur mit Mühe zurückhalten konnte.

Auf Nikes Tisch hatte irgendjemand »SCHLAMPE!« geschrieben. Mit Edding und in Großbuchstaben.

Sie schluckte. Hitze schoss in ihre Wangen. Sie würde nicht weinen. Wer auch immer das getan hatte, hatte ihre Tränen nicht verdient. Irgendjemand kicherte. Andere tuschelten. Die ganze Klasse wartete auf eine Reaktion von ihr. Kurz schaute sie zu Sarah nach hinten, aber die hatte offensichtlich nichts von all dem mitbekommen, sondern wühlte unter dem Tisch in ihrer Schultasche. Da legte sich eine Hand auf ihre Schulter. Nike zuckte zusammen und schloss für eine Sekunde die Augen. Max! Hatte er immer noch nicht genug?

»Hey, nicht erschrecken!« Nata stand hinter ihr und hielt ihr mit einem bedauernden Lächeln eine Packung Abschminktücher hin. »Ich hoffe, das funktioniert«, sagte sie, nahm sich selbst eines heraus und begann, den hässlichen Schriftzug zu bearbeiten. »Wer auch immer das geschrieben hat, hat eine beschissene Handschrift.« Sie grinste.

Kein Max. Keine weiteren Schikanen. Vorerst jedenfalls. Dafür ein weiterer Mensch, der gewagt hatte, Farbe zu bekennen. Der Schriftzug verschwand zwar nicht komplett, aber als Doktor Schneider mit Milo im Schlepptau das Klassenzimmer betrat, war er schon deutlich blasser. Nike hätte kaum dankbarer sein können. Als Nata sich zurück an ihren Tisch begab, um sich zu setzen, rückte Tessa bis an die äußere Kante und drehte demonstrativ ihren Kopf zur anderen Seite. Für einen Moment sah Nata zu Nike, zuckte mit den Schultern und grinste. Man fand neue alte Freunde in den merkwürdigsten Momenten, dachte Nike.

Und dann klappte Doktor Schneider die Tafel auf, um mit dem Unterricht zu beginnen.

KAPITEL 20

Milo

»Nike – just do it!« stand an der Tafel. Anstelle des »Swoosh«-Logos hatte irgendein Witzbold einen Penis unter den Schriftzug gemalt.

Im ersten Moment war Milo zu geschockt, um reagieren zu können. Er starrte auf die Tafel und fragte sich, welches Schwein sich so eine Gemeinheit ausgedacht hatte. Sarah neben ihm sog scharf die Luft ein und jegliche Farbe war aus ihrem Gesicht gewichen. Wütend hatte sie die Lippen aufeinandergepresst.

Die Ersten begannen zu kichern. Doktor Schneider rührte sich nicht. Automatisch wanderte Milos Blick durch die Klasse und blieb an Nikes Rücken hängen. Sie saß kerzengerade. Ihre Schultern bebten. Bevor irgendjemand reagieren konnte, war sie aufgesprungen und aus dem Klassenzimmer gestürzt. Milo wollte ihr folgen, doch …

»Milo!« Doktor Schneider hatte sich an der Tür platziert, um ihn daran zu hindern, das Klassenzimmer zu verlassen. Währenddessen hatte Sarah begonnen, die Tafel zu wischen. »Das wird Konsequenzen haben, Freundchen!«, zischte Doktor Schneider Milo zu, als ob er derjenige gewesen wäre, der … Und wenn schon. Es war ihm egal. Alles war ihm egal. Er hatte schon zu lange die Klappe gehalten.

»Ihr seid so asozial!«, rief er in die Klasse und griff an Doktor Schneider vorbei nach der Türklinke.

Das Einzige, was er daran wirklich schlimm fand, war, dass er ihn dafür berühren musste. Was Doktor Schneider von ihm hielt, war ihm völlig gleichgültig. Unter dem Gelächter von Max, Jonas und ein paar anderen rannte er nach draußen und sah sich um. Keine Nike weit und breit.

»Heul doch«, hörte er Max rufen und irgendwas mit »Konsequenzen« brüllte Doktor Schneider, aber da war er schon beinahe auf der Treppe.

Er fand sie zusammengekauert bei den Fahrrädern. Am liebsten hätte er sie in seine Arme gerissen, festgehalten und nie wieder losgelassen, aber er hatte Angst, dass er sie damit noch mehr verstören könnte. Noch viel mehr Angst hatte er allerdings davor, dass sie ihn wegschicken oder schlimmer noch, vor ihm davonlaufen würde. Gleichzeitig hätte er es verstanden.

Bevor er in ihre Klasse gekommen war, war ihr Leben okay gewesen. Seitdem es ihn in ihrem Leben gab, passierten ihr die furchtbarsten Sachen. Er war nicht nur schuld. Er hatte alles noch verschlimmert. Wenn er gekonnt hätte, hätte er alles rückgängig gemacht: Seinen Vlog, die ganzen Streitereien mit Max. Egal was, Hauptsache, Nike musste nichts mehr von diesem ganzen Dreck aushalten.

Milo beugte sich zu ihr hinunter und legte vorsichtig die Hand auf ihre Schulter. Sie reagierte nicht.

»Hey«, sagte er und ging neben ihr in die Knie.

Ihre Haare hingen wie ein Vorhang vor ihrem Gesicht und ihr Rücken bebte. Milo spürte Nikes Schluchzen mehr, als er es hören konnte, und sein Herz tat weh vor so viel Kummer. Wenn er ihr nur etwas davon abnehmen könnte! Er nahm seine Hand von ihrer Schulter und strich ihr zärtlich die Haare hinters Ohr.

Zuerst zuckte sie zusammen und Milo befürchtete schon, dass er zu weit gegangen war, aber dann schmiegte sie ihr Gesicht in seine Hand. Milo fiel ein Stein vom Herzen.

»Hey«, startete er noch einen Versuch.

»Hey.« Tränen liefen über ihre Wangen und Milo bereute, nicht wenigstens ein Päckchen Taschentücher aus seiner Schultasche mitgenommen zu haben.

»Das wird mächtig Ärger geben«, flüsterte sie.

Lächelnd legte er seinen Zeigefinger auf ihr Kinn und drehte ihr Gesicht zu sich, sodass er ihr in die Augen sehen konnte.

»Das ist mir völlig egal«, flüsterte er zurück. »Das Einzige, was wirklich zählt, bist du.« Vorsichtig lächelte sie, bevor sie laut schniefte.

Milo hatte ein kurzärmeliges Shirt über einem langärmeligen an. Was auch immer er sich heute dabei gedacht hatte, es eignete sich sicherlich ideal zum Naseputzen. Als er es über den Kopf zog und ihr damit die Tränen trocknete, musste sie lachen.

»Du spinnst!«, sagte sie, obwohl ihr Körper immer noch zitterte.

»Du spinnst doch selbst.« Er lächelte.

Sie wurde wieder ernst und schüttelte den Kopf. »Was passiert hier, Milo?«

Er konnte die Verzweiflung in ihren weit aufgerissenen Augen lesen und den Schmerz, den sie fühlte. Ihre Wimperntusche war verschmiert und schwarze Schlieren zogen sich über ihre Wangen. Sie war das schönste Mädchen der Welt.

»Ich weiß es nicht.« Er hätte ihr gerne etwas anderes gesagt, aber er wusste es ja selbst nicht.

»Und wann hört es auf?« Wieder liefen Tränen über ihr Gesicht. Hilflos zuckte er mit den Schultern.

Milo hatte sie beschützen wollen. Sie trösten. Dafür sorgen, dass niemals wieder etwas Derartiges passierte, stattdessen war er der Auslöser dafür. Er musste – ja, er würde es in Ordnung bringen. Alles. Gemeinsam mit Vincent. Er wusste nur noch nicht wie. Und Nike durfte auf keinen Fall erfahren, dass er Vincent war. Nicht, weil er ihr nicht vertraute, sondern weil er sie schützen wollte. Wenn sie es wusste, würde sie sich anders verhalten. Andere würden es herausbekommen. Und je erfolgreicher »V wie Vincent« wurde, je öfter die Klasse über Milos gelungene Antworten auf Max' Gemeinheiten lachte und je weniger Nike sich von ihm einschüchtern ließ, desto mehr kotzte Max das an. Seine Macht bröckelte und alle konnten es spüren. Er war so unberechenbar wie eine tickende Zeitbombe, die kurz vor der Explosion stand. Und wenn das geschah, konnte Milo nichts mehr tun, um Nike zu beschützen. Er brauchte einen Plan. Eine Strategie. Und solange er die nicht hatte, hatte Milo richtig entschieden – und gleichzeitig so falsch.

Sanft wischte er ihr die Tränen aus dem Gesicht, bevor er vorsichtig, um sie nicht zu erschrecken, seine Stirn an ihre legte und ihr tief in die Augen sah. »Ich lasse dich nie wieder allein«, versprach er. Und endlich, endlich berührten seine Lippen ihre.

Nike

Sie vergaß den Fahrradschuppen, den Schmerz, den sie bis eben noch gefühlt hatte, schob die Angst vor Max und Doktor Schneider beiseite und ließ sich fallen. In den Kuss, in die Wärme und die liebvolle Geborgenheit von Milos Umarmung. Er war da. Er hielt sie – und er würde bleiben. Noch nie hatte sie etwas Ähnliches empfunden. Noch nie hatte sich jemand für sie auf diese Weise interessiert und eingesetzt. Noch nie wollte irgendjemand da draußen überhaupt wissen, wer sie jenseits ihres hübschen Gesichtes wirklich war. Bis Milo kam. Er war da, trotz verschmierter Wimperntusche, obwohl keiner mehr mit ihr reden wollte und irgendjemand wohl beschlossen hatte, dass sie eine Schlampe sein sollte. Er war für sie da. Aber würde er auch noch da sein, wenn er die Wahrheit über sie erfuhr? Oder – sollte er wirklich Vincent sein – wusste er vielleicht sogar längst Bescheid? Ihre Sehnsucht danach, mit ihm über Rotkäppchen zu sprechen, wurde beinahe übermächtig. Gleichzeitig kroch die Angst in ihre Glieder. Was, wenn sie ihm alles erzählte, und er nicht damit umgehen konnte? Es mochte feige sein, aber sie konnte einfach nicht. Nicht jetzt. Nicht in diesem Moment, in dem er ihr dieses Versprechen gegeben hatte. Ein Versprechen, das man nur jemandem gab, dem man absolut vertraute. Und umgekehrt? Vertraute sie Milo genauso?

»Milo, ich … darf ich dich etwas fragen?«

»Alles«, antwortete er, aber dieses Mal erreichte das Lächeln seine Augen nicht und Nike hatte das Gefühl, als ob er in dem Bruchteil einer Sekunde eine durchsichtige Wand zwischen ihnen beiden hochgezogen hatte. Die Nähe, die sie bis gerade eben empfunden hatte, war verschwunden, dafür hatte sie einer Distanz Platz gemacht, als hätte ihre Frage ihn in ein anderes Universum geschleudert.

»Bist du Vincent?«

KAPITEL 21

Milo

Verdammt. Verdammt. Verdammt.

Er wollte nicht lügen. Er wollte vor allem *sie* nicht anlügen. Dennoch hatte er auf ihre Frage nach seinem Alter Ego mit Nein geantwortet.

Du hast mir vertraut. Was wären das für schlechte Manieren, dir nicht zu trauen?, schoss Milo wieder einmal eines von Vs Zitaten durch den Kopf, aber das erste Mal konnte er sich nicht an Vs Worte halten.

Er konnte ihr einfach nicht erzählen, dass er Vincent war. Es ging nicht. Hätte Nike nachgebohrt, hätte er es vermutlich irgendwann zugegeben. Dann aber hätte er ebenfalls zugeben müssen, dass er ihr Geheimnis kannte.

Aber sie hatte sich sofort für die Frage entschuldigt und dann schnell das Thema gewechselt. Sehr schnell. Ob sie ihm vielleicht doch nicht geglaubt hatte? So oder so – es gab kein Zurück mehr.

Als Milo aus der Schule kam, war schon ein erboster Anruf von Doktor Schneider auf dem Anrufbeantworter, den Milo löschte, bevor ihn seine Eltern abhören konnten. Er hatte ihnen schon genügend Sorgen gemacht. Milo würde versuchen, morgen mit Schneider zu sprechen, vor der Schule, in der Pause, wann auch immer. Vielleicht hatte er sich bis dahin wieder beruhigt. Falls das nichts brachte, wollte er Sven um ein Gespräch und vor allem auch um seine Unterstützung bitten. Wenn er sich nicht ganz getäuscht hatte, konnte man mit ihm reden, er nahm die Schüler ernst und das Wichtigste: es lag ihm wirklich was an ihnen.

Milo stellte die Lasagne, die seine Mutter vorbereitet hatte, in die Mikrowelle und holte sich ein Icepack aus dem Gefrierfach, das er auf seine Wange drückte, während er wartete. Es brachte ihn zum Schmunzeln, dass er den Icepack-auf-Wange-Moment schon in der Schule beinahe so sehr herbeigesehnt hatte wie einen Kuss von Nike. Aber wirklich nur beinahe.

Die Haustür fiel ins Schloss, gerade, als er sich an den Küchentisch setzen wollte. Milo hielt in der Bewegung inne und wartete, bis sein Bruder seine Tasche in die Ecke gepfeffert hatte.

»Na, hast du auch ja nicht vergessen, Hände zu waschen, Liebling?« Carl sah ihn mit einem übertriebenen Zwinkern an, bevor er den Kühlschrank öffnete.

Milo verdrehte die Augen. Konnte sein Bruder nicht ein einziges Mal normal mit ihm sprechen? Irgendwo in diesem Monster musste doch noch ein wenig von dem alten Carl übrig sein? Sein Verhalten war einfach nur kindisch.

»Hi, Carl, und wie war's in der Schule?«, fragte er und bemühte sich um einen einigermaßen freundlichen Ton, auch wenn es ihm mittlerweile nicht mehr ganz so leicht fiel wie am Anfang.

Vielleicht war das auch der Fehler: Vielleicht sollte er ihm einfach ein paar in die Fresse hauen, so wie anscheinend alle hier miteinander umgingen. Übung hatte er ja inzwischen und auf ein blaues Auge mehr oder weniger kam es nicht an. Er ballte unter dem Tisch die Hände zu Fäusten. Er war wütend. Auf alle und alles. Trotzdem nahm er nach wie vor Rücksicht. Ebenfalls auf alle und alles. Er hatte beides unendlich satt.

»Gut! Sehr gut sogar. Du warst ja nicht da.« Carl verzog seinen Mund zu einem halben Grinsen und Milo schluckte die Beleidigung. Immerhin sprach Carl wieder mit ihm. Das war schon mal ein Schritt in die richtige Richtung. »Aber du hast was verpasst.« Carl stellte sich ebenfalls einen Teller mit Lasagne in die Mikrowelle.

»Ach ja?«

Was konnte das schon sein? Hatte Max mal wieder jemanden vekloppt? Carl, wie er den Schulhof fegte? Oder wie Doktor Schneider jemand zum Nachsitzen verdonnerte? Was auch immer es war, Milo war froh über alles, was er an dieser Schule verpasste.

Carl wartete auf das *Pling*, bevor er weitersprach. Mit dem Teller in der Hand setzte er sich neben Milo, aber anstatt zu essen, stocherte er nur in seiner Lasagne herum und ließ Milo nicht aus den Augen.

»Was soll das werden? Du weißt, dass die Lasagne schon tot ist, oder?«, fragte Milo grinsend. Er würde immer weiter versuchen, »seinen« Carl aus diesem Typen rauszulocken. Irgendwann würde es ihm gelingen.

Tatsächlich sah er den Anflug eines Lächelns auf Carls Gesicht, aber bevor es ein richtiges wurde, hatte er es wieder aus seinem Gesicht radiert. Früher hätten sie diesen Scherz ewig weitergetrieben. Wenn ihre Mutter dabei gewesen wäre, so lange, bis sie ihnen angedroht hätte, die Teller wegzunehmen. Aber nicht heute. Carl zeigte mit seiner Gabel auf Milo.

»Stell dir vor: Es gibt da diesen Typen mit einem YouTube-Kanal. Er dreht Videos, in denen er von sich und auch von anderen Leuten erzählt. Wie er von denen gedisst wird und so. Wie schlimm das für ihn ist. Alle finden ihn ganz toll, weil er endlich sagt, was Sache ist. Er ist ja angeblich so unglaublich inspirierend und jeder will jetzt plötzlich zu allen nett sein und Außenseiter integrieren.« Carl lehnte sich nach vorne, sodass sein Gesicht nur noch wenige Zentimeter von Milos entfernt war. Milo hörte auf zu essen.

»Dabei trägt der Feigling eine Maske.« Carl schnaubte und schüttelte den Kopf. »Dreimal darfst du raten welche. Nein, warte. Da kommst du nie drauf. Besser, ich sag es dir: Es ist eine Guy-Fawkes-Maske. Überrascht, was?«

»Äh, also ...«

»Und, weißt du, was der Kracher ist?«

Milo schüttelte stumm den Kopf. Sein Mund war trocken.

»Man sagt, er sei von unserer Schule. Nein, warte ...« Carl legte sich den Zeigefinger auf die Nasenspitze, als würde er überlegen. »Nein. Man sagt, er sei *mein Bruder*!«

Milo hatte die Luft angehalten. Zu lange. Er hatte sich verschluckt und musste husten. Carl sah ihn durchdringend an. »Stimmt das?«

»Stimmt was?«

»Na, dass du Vincent bist?«

»Wie kommst du darauf?«

»Oh, lass mich mal ganz scharf nachdenken. Der Name? Die Maske? Oder vielleicht der ganze Scheiß, den er erzählt?«

»Na und? Was wäre, wenn?« Milo bemühte sich, wenigstens nach außen hin cool zu bleiben.

»Nichts wäre dann, Blödmann. Es wäre mir egal.«

»Warum fragst du dann?«

»Warum ich …? Lies einfach die Kommentare, Mann.«

Er nahm seinen Teller und stand auf.

»Ich esse oben. Ach, und Milo *Vincent* Zander: Du sollst dich morgen beim Rektor melden.«

Als aus Carls Zimmer wie jeden Mittag in ohrenbetäubender Lautstärke Deutschrap dröhnte, holte Milo schnell seinen Laptop von oben. Er hatte sich zwar gedacht, dass sich noch mehr Leute seine Clips angesehen hatten, aber dass »V wie Vincent« regelrecht explodiert war, damit hatte er nicht gerechnet.

Kommentare überschwemmten seine Seite. Mittlerweile hatten sich eigenständige Threads entwickelt, in denen wiederum Geschichten geteilt wurden, oder manche auf die von anderen reagierten, sich gegenseitig Mut machten, Ratschläge erteilten und sich – das war das Allerschönste – gegenseitig erzählten, wenn sich etwas verändert hatte. Wenn *sie* sich verändert hatten.

Auf Instagram hatten die Hashtags #dubistnichtallein, #vwievincent und #mutigundwahr so viele Posts, dass Milo sie nie im Leben je alle anschauen konnte. Das war großartig und genau das Zeichen, das er setzen wollte.

Über sechsundzwanzigtausend Clicks hatte allein der Clip mit Tim. Da fiel ihm erst auf, dass er heute gar nicht in der Schule gewesen war. Verdammt. Ob das was mit seinem Post zu tun hatte?

Und dann sah er den Video-Kommentar. Über dem Gesicht lag zwar ein lachender Emoji, aber Milo erkannte ihn trotzdem. Das Sweatshirt hatte er heute in der Schule angehabt und er saß auf seinem Stammplatz bei den Fahrradständern. Es war ihm vermutlich auch überhaupt nicht wichtig, unerkannt zu bleiben, sondern nur einer möglichen Strafe zu entgehen. Eine Gänsehaut überzog Milos Körper und die Härchen an seinem Unterarm stellten sich auf, als er auf Play drückte und Max' Stimme durch die Küche der Zanders schallte.

»Hallo *V wie Vincent*«, sagte er und winkte in die Kamera, »oder soll ich lieber sagen: Hi, Milo, du Idiot? Denkst du wirklich, wir sind alle blöd und merken nicht, was da läuft? Hältst du mich für so dumm, dass ich nicht eins und eins zusammenzählen kann, du Dumpfbacke? Was glaubst du, wer du bist? Kommst hierher und führst dich auf, als würde dir die Schule gehören. Stell dir vor, es hat ohne dich auch bestens funktioniert! Keiner braucht dich hier! Keiner *will* dich hier! Keiner weiß mehr, wo sein Platz ist. Meine Alten mussten heute beim Rektor anrücken. Ernsthaft, glaubst du, das gefällt mir? Nein, *Vincent*, das gefällt mir nicht, und deshalb beende ich es jetzt und hier. Ich sag dir eins: Lass die Finger von allem, was mir gehört.« Milo konnte sein gehässiges Lachen erahnen. »Ich hab keinen Bock mehr auf Fisch, Zander! Halte dich aus meinem Leben raus und lass die Finger von Menschen, denen …« Er zögerte kurz. »Es gar nicht gut bekommt, wenn sie vergessen, wo sie hingehören.«

Wen meinte er damit? Nike? Oder vielleicht auch … Tim? Das ungute Gefühl, weil Tim nicht in der Schule gewesen war, drängte sich mit einem Mal an die Oberfläche und Milo wurde schlagartig schlecht, als ihm bewusst wurde, dass Max nicht nur von Nike sprach. Hoffentlich war mit Tim alles in Ordnung!

»Dann lasse ich auch die Finger von dem, was dir gehört. Von deinem Bruder zum Beispiel, verstanden?« Noch einmal kam er mit seinem Gesicht ganz nah an die Kamera, so dass man nur noch seinen Mund sehen konnte. »Hashtag V wie Vincent«, sagte er. »Hashtag auf die Fresse, Hashtag verstanden?« Noch einmal lachte er mit diesem schrecklichen Lachen. Dann brach der Film ab.

Milo schwitzte. Max wusste ganz genau, wer er war. Und Max hatte ihm gedroht, seinen Bruder büßen zu lassen, wenn Milo sich nicht unterordnete und Max Nike nicht bekommen konnte. Carl wusste ebenfalls alles und hatte nichts gesagt. Nichts. Kein Wunder war sein Bruder stinkwütend auf ihn.

Was hatte Milo da nur angerichtet? Er musste nachdenken. Auf keinen Fall wollte er Nike oder auch seinen Bruder in Gefahr bringen oder in eine Situation, in der sie für Milos Aktionen geradestehen mussten. Das, was Nike heute erlebt hatte, war schon schlimm genug gewesen. Nie wieder sollte so etwas passieren. Und auch wenn sich sein Bruder zurzeit merkwürdig verhielt (freundlich ausgedrückt), er war sein Bruder, verdammt noch mal. Irgendwo da drin war der Carl, den Milo von Herzen liebte. Er würde ihn niemals Max ausliefern. Verdammt. Verdammt. Verdammt.

Wie sollte er all das wieder in Ordnung bringen? Und – das war das Wichtigste – ohne dabei auf seine Stimme zu verzichten? Ohne irgendetwas von dem, was er gesagt oder bewirkt hatte, zurückzunehmen?

Allein wenn er an Walter dachte, wusste Milo, dass »V wie Vincent« richtig und wichtig war. Dass er den Vlog weiterbetreiben musste und dass er nicht aus lauter Angst vor Max einknicken durfte. Damit würde er ihm nur noch mehr Macht verleihen, als er vorher schon gehabt hatte. Nein, das durfte nicht passieren. Es musste einen Weg geben. Milo musste ihn nur finden.

Zuallererst musste er herausfinden, was mit Tim los war. Die ausgedruckte Adressliste seiner Klasse hing wie die von Carl mit einem Magnet am Kühlschrank befestigt.

Noch kannte er seine Klassenkameraden nicht gut genug, um wirklich alle Vor- und Nachnamen zu wissen, aber glücklicherweise gab es nur einen Tim. Tim … Tim … Mahler! Da war es. Dummerweise stand nur die Postanschrift und die Handynummer von Tims Mutter darauf. So ein Mist! Die wollte er auf gar keinen Fall anrufen. Nein, es gab keine Alternative. Wenn er wissen wollte, wie es Tim ging, musste er wohl oder übel selbst nachsehen.

Er schnappte sich seine Jacke und rief kurz nach oben, dass er noch mal weggehen würde, ohne sich wirklich Hoffnungen zu machen, dass Carl ihn hören würde. Dazu war die Musik nach wie vor viel zu laut. Kurz überlegte er, ob er mit dem Bus fahren sollte, entschied sich aber doch für das Rad. Es war zwar kalt, aber zur Abwechslung mal trocken, außerdem sehnte er sich nach Fahrtwind, der seinen Kopf freipusten würde, und laut Google Maps wohnte Tim nicht weit entfernt.

Unterwegs überfielen ihn allerdings Zweifel, was den Sinn seines Ausflugs anging, denn selbst wenn Tim zu Hause war: Was sollte Milo sagen?

Hallo, ich bin nicht Vincent und ich habe damit nichts zu tun, aber ich wollte trotzdem mal sehen, wie es dir geht?

Großes Kino, Milo Zander.

Er schüttelte über sich selbst den Kopf. Da musste er sich schon was Besseres einfallen lassen. Bevor er allerdings weiter darüber nachdenken konnte, rief jemand seinen Namen.

»Milo?«

Man konnte ja auch mal Glück haben. Er hatte sich beinahe schon dafür entschieden, nur mal kurz an Tims Haus vorbeizufahren, aber Tim stand im Vorgarten. Er hatte sich die Kapuze seines dunkelblauen Hoodies weit ins Gesicht gezogen und hielt einen ziemlich zerzausten schwarzen Pudel an der Leine.

»Meet Dora«, sagte er, nachdem Milo angehalten hatte. Tim grinste ein wenig verlegen und beugte sich nach unten, um Dora durchs Fell zu wuscheln. »Darf ich vorstellen: der Pudel von meiner Oma.«

Milo lehnte sein Rad an den Gartenzaun und ging durchs Gartentor. Vor Dora ging er ebenfalls in die Hocke und kraulte sie am Kopf, wo sie einen extra großen Fellbüschel hatte. Tims Oma hatte offensichtlich nichts für traditionell geschorene Pudel übrig. Gut so.

»Coole Frisur, Dora.« Milo grinste und versuchte, Tims Blick unter der Kapuze einzufangen, aber dessen Gesicht lag im Schatten. *Jetzt oder nie.* »Äh, ich …« Milo räusperte sich. Was, wenn er sich das alles nur eingeredet hatte und Tim ging es prima? Vielleicht tat er nur so freundlich und würde direkt im Anschluss zu Max rennen und mit ihm gemeinsam … *Blödsinn!* Hatte er jetzt schon Verfolgungswahn oder was? Tim hatte sich auf der Party ganz eindeutig positioniert und es gab keinen Grund, ihm nicht zu vertrauen.

Außer, dass er bisher immer mit Max abhing …

»Was wolltest du sagen, Milo?«

In diesem Moment sah Tim auf und Milo konnte zum ersten Mal sein Gesicht erkennen. Er hatte dunkle Ringe unter den Augen und war sehr blass.

Ein hässlicher Bluterguss zierte sein Kinn.

»Du bist nicht krank, oder?«

Nicht, dass Milo ihm eine Erkältung oder Ähnliches gewünscht hätte, aber für einen Moment hatte er einfach nur gehofft, dass Tim es nicht hatte büßen müssen, dass Milo seine Geschichte öffentlich gemacht hatte. Dass er nicht auch noch schuld an Tims momentaner Situation war. Dass er nicht noch jemanden in die Kacke geritten hatte, der nichts dafür konnte. Gut gemeint. Gut gemeint ist die kleine Schwester von Scheiße. Das war zur Abwechslung mal nicht von V, aber es passte trotzdem.

»Na ja, ich … nein.« Milo sah Tim an, wie schwer es ihm fiel, weiterzusprechen. »Also, doch. Ich … hab Grippe.«

Er hustete.

Wenig überzeugend.

Am liebsten hätte Milo den Arm um seine Schulter gelegt, wie er es schon tausend Mal mit Carl oder Jake getan hatte, aber er traute sich nicht. Hätte ihm gesagt, dass er ihm vertrauen konnte und dass es gleichzeitig völlig okay war, es nicht zu tun. Abgesehen davon wusste Milo ja offiziell gar nicht, dass Tim nicht wirklich hinter Max stand. Das wusste nur Vincent – und der war auch für Tims »Grippe« verantwortlich. Mann, war das alles kompliziert. Milo ließ die Hand wieder sinken.

»Soll ich besser gehen?«

»Nein, nein, schon gut, ich … ich freu mich, dass du da bist. Echt, Mann.«

Dora schnüffelte an Milos Hosenbein und machte den

Eindruck, als wolle sie pinkeln, aber Tim zog sie schnell zur Seite und sie begnügte sich mit dem Rosenbusch, der ihr am nächsten stand.

»Dora mag dich.« Tim grinste und kraulte sie zwischen den Ohren. »Sie hat eine gute Menschenkenntnis.« Er löste ihre Leine und Dora rannte durch den Garten, um alle anderen Büsche ebenfalls zu markieren. »Ich ja eher nicht«, ergänzte er so leise, dass Milo es beinahe nicht verstanden hatte.

Nike

»Was soll ich deiner Meinung nach tun?« Nike saß im Schneidersitz auf Sarahs Bett und hielt sich eines von deren Lieblingskissen in Form eines Ferkels vor den Bauch. »Soll ich das glauben, was er gesagt hat? Oder das, was seine *Augen* gesagt haben? Weil nur fürs Protokoll: Das ist genau das Gegenteil.« Sie seufzte. Wie gut, dass sie sich wenigstens ein Herz gefasst und noch mal mit Sarah über Milo-Vincent gesprochen hatte. Rotkäppchen hatte sie ausgelassen, aber das … hatte vielleicht auch noch Zeit, bis … alles andere geklärt war? Sarah hatte dieses Mal nicht gelacht, sondern alles auf dem kleinen Tischchen neben dem Bett aufgebaut, was der Küchenschrank an Süßigkeiten und Keksen zu bieten hatte. Eine Kanne mit Rooibostee dampfte auf dem Stövchen und sie hatte ein paar Teelichter angezündet, sodass der Raum beinahe schon feierlich erleuchtet war.

Milo hatte Sarah und Nike neulich erst auf die Idee gebracht, mal wieder was anderes zu hören als nur Charts und er hatte mit ihnen sofort seine Spotify-Playlist geteilt. Sie passte perfekt zu Nikes momentaner Stimmung, genauso wie die Schokoriegelmischung, die Sarah vor sie hingestellt hatte. Die Keks- und Schokoladenvorräte im Hause Bauer gingen glücklicherweise niemals aus.

»Freedom is just another word for nothing left to lose«, sang Janis Joplin gerade. Jeder Song auf Milos »Woodstock«-Playlist war großartig.

Sarah nahm sich ebenfalls ein Kissen und lehnte sich ein wenig zurück. »Was willst du denn glauben?«

»Ich weiß es wirklich nicht.« Sie wollte die Wahrheit wissen – und gleichzeitig wollte sie das auf gar keinen Fall.

»Lass uns das letzte Video doch einfach noch mal anschauen«, schlug Sarah vor. »Vielleicht entdeckst du doch noch irgendwas, das dir weiterhilft?«

Die vielen Clickzahlen, die unter dem neuesten Post angezeigt wurden, überraschten Nike nicht mehr sonderlich.

Was ihr allerdings ins Auge stach, war ein Post von Funkyfred, einem der aktuell angesagtesten YouTuber Deutschlands. Er hatte einen Post aufgenommen und Vincent darin ermutigt. Außerdem gab es eine Nachricht von Elise Marquart, diesem neuen deutschen Supermodel. Unglaublich, was für Wellen das alles schlug. Und zwischendrin Vincent, immer wieder Vincent, mit seiner Maske und dem grauen Hoodie.

Wenn Milo Vincent war, warum verschwieg er es ihr? Und wenn er ihr Geheimnis kannte, warum tat er so, als hätte es an seinen Gefühlen nichts geändert? Denn das war wohl schlicht nicht möglich. Oder?

Milo-Milo-Milo schlug ihr Herz. Was so einfach war, wenn sie in seine Augen sah, wurde kompliziert, wenn sie anfing darüber nachzudenken. Sie musste raus. Etwas anderes machen, als immer nur grübeln.

»Sarah?«

»Ja?«

»Lass uns Schlittschuhlaufen gehen.«

Die Bahn lag ein wenig außerhalb der Stadt, aber immer noch so, dass man sie gut mit dem Bus erreichen konnte. Im Sommer hatten Nike und alle anderen eine Dauerkarte fürs Freibad und im Winter eine für die Eisbahn.

Ed und Felix spielten dort Eishockey und dementsprechend waren immer auch die anderen Kumpels vor Ort. Nike hatte mit Eiskunstlauf begonnen, als sie sechs Jahre alt war. Vor allem, weil die Eiskunstlaufkostüme einem Prinzessinnenkleid am nächsten kamen. Bald aber hatte sie festgestellt, dass es nicht reichte, hübsch auszusehen, sondern dass man richtig hart trainieren musste. Daraufhin hatte sie es wieder sein lassen und sich stattdessen Volleyball zugewandt. Mannschaftssportarten machten ihr viel mehr Spaß und waren einfach ihr Ding. Außerdem war Volleyball eine Sportart, bei der auch Sarah mitmachen wollte und somit war das Thema erledigt. Nike hatte den Glitzer hinter sich gelassen. Eine anständige Pirouette konnte sie aber immer noch drehen.

Sarah musste nicht wirklich überredet werden, auch wenn Nike wusste, dass sie Sportarten, bei denen man nicht über glatte Oberflächen schlittern musste, lieber mochte. In den letzten Jahren hatte sie immer irgendwelche Ausreden gefunden, wenn Nike mit ihr dorthin gehen wollte. Ihre Augen glänzten, als sie begeistert nickte.

»Was für eine großartige Idee!«

Nike musste lachen. »Interessante Entwicklung, muss ich sagen.«

Ob Milo Schlittschuh laufen konnte? Ob er es schon jemals probiert hatte? Gab es so etwas wie eine Eisbahn überhaupt in Namibia? Und warum fragte sie ihn nicht einfach, ob er Lust darauf hatte?

KAPITEL 22

Milo

Milo war noch nie Schlittschuhlaufen gewesen. Er hatte noch nicht einmal darüber nachgedacht, es auszuprobieren.

Schlittschuhlaufen. Vor seinem inneren Auge liefen tausend kurze Clips ab, wie sich Menschen beim Schlittschuhlaufen zum Affen machten, aber natürlich hatte er Ja gesagt. Allein die Euphorie darüber, dass Nike ihn angerufen hatte, hatte ausgereicht, um sich alles zuzutrauen.

Milo on Ice.

Was hatte er sich da nur eingebrockt? Wenigstens war er schon mal Inlineskates gefahren und kannte das Gefühl, zu gleiten. Trotzdem. *Milo Zander, lass bloß keine Gelegenheit aus, dich zu blamieren.*

Andererseits: *If you can't make it – fake it.* Wie gut, dass Coach Smith immer an seiner gedanklichen Seite war. Kneifen galt nicht.

Ein wenig nervös lief Milo in seinem Zimmer auf und ab. Es war nicht so, dass er noch nie Schnee gesehen hatte, immerhin war er nicht das erste Mal in Europa.

Sogar im Skifahren hatte er Erfahrung gesammelt. Allerdings auch hier wieder nicht in der Kälte, sondern in der Wüste. Milo grinste bei der Erinnerung an den Trip mit Jake, Carl, Ellie und den anderen und an den großen Spaß, den sie gehabt hatten. Vor allem Carl und Jake hatten sich mal wieder als Helden profiliert und innerhalb kürzester Zeit waghalsige Sprünge und rasend schnelle Rennen ausprobiert. Am Abend hatten sie sich gegenseitig stolz ihre blauen Flecken gezeigt, mit ihren »Stunts« angegeben und sich ihre jeweiligen Karrieren als Profi-Dünenskifahrer in den buntesten Farben ausgemalt. Typisch.

Nike und Sarah, Felix und Ed waren schon dort, als Milo eintraf. Trotz den vielen Menschen auf dem Eis sah er sie sofort.

Nike bewegte sich mit einer Anmut und Leichtigkeit, als wäre sie auf dem Eis aufgewachsen. Geschickt fuhr sie durch die kleinen Grüppchen hindurch, vorwärts und rückwärts. Sie drehte sich, lachte und nahm Sarah an der Hand, um sie hinter sich herzuziehen. Ihr Strahlen zog Milos Blick magisch an. Beinahe kam es Milo vor, als würde sie leuchten. Nike. Allein ihr Anblick ließ Milos Herz schneller schlagen und ein Lächeln breitete sich auf seinem Gesicht aus. Er war hier. Mit ihr. Was konnte in seinem Leben schon Schreckliches passieren, wenn er einen Menschen wie sie an seiner Seite hatte?

Er hätte ihr stundenlang zusehen können. Theoretisch. Als hätte sie seinen Blick gespürt, stoppte sie mitten in der Bewegung, wandte sich zu ihm um und winkte ihm zu, bevor sie sich wieder in Bewegung setzte und hinter ein paar Jungen und Mädchen verschwand, die Milo vom Schulhof vage bekannt vorkamen, aber mindestens zwei bis drei Jahre jünger waren. Er starrte immer noch auf die Stelle, wo Nike gerade erst verschwunden war, da kam sie von links in einem Höllentempo herangerauscht und bremste direkt vor ihm ab, sodass das Eis nur so umherwirbelte.

Ihre Wangen waren gerötet und ihre Augen glänzten, als sie ihn anstrahlte. Sie zog ihre Handschuhe aus und legte ihre warmen Hände an Milos kaltes Gesicht. Ein heißer Schauer schoss durch seinen Körper und er schloss kurz die Augen. Noch nie in seinem ganzen Leben hatte er etwas Vergleichbares gefühlt. Sein Mund wurde trocken und die Sehnsucht, Nike zu küssen, beinahe übermächtig.

»Hi!«, flüsterte sie und stupste seine Nase mit ihrer an.

Ihr Gesicht war so nahe, dass er die goldenen Einsprengsel in ihren namibiahimmelblauen Augen sehen konnte.

»Hi«, antwortete er und legte seine kalten Hände auf ihre warmen. »Ich hab dich vermisst.«

Gerne hätte er irgendetwas Cooles gesagt, etwas, das Jungs eben so sagen, wenn sie ein Mädchen beeindrucken wollten. Aber alles, was er denken konnte, war, wie sehr er sich freute, sie zu sehen. Coolness war eben einfach nicht seine Stärke.

Nike lächelte. »Ich dich auch.«

Zärtlich fuhr sie mit ihren Fingern über das Himba-Armband, das ihm aufs Handgelenk gerutscht war, und neigte sich noch ein winziges Stückchen näher zu ihm. Er war Milo. Und das war gut so. Aber wer hätte gedacht, dass Coolness ein Irrtum war?

In dem Moment, als seine Lippen ihre berührten, war alles andere gleichgültig. Allem voran die Frage, ob er ausreichend lässig war, wer ihnen zusah, dass die Sechstklässler tuschelten und er vielleicht beim Schlittschuhlaufen versagte. Sogar Rotkäppchen spielte für diesen einen Moment keine Rolle. Nikes Lippen, die Berührung ihrer Hände auf seiner Haut und diese Vertrautheit, die Milo fühlte, war alles, was zählte. Die Welt stand still, löste sich auf und war nur noch ein einziger, gemeinsamer Herzschlag. Ein Funkeln. In jeder Zelle seines Körpers pulsierte pures Glück.

Nike

Wo war er nur die ganzen Jahre gewesen? Als er gesagt hatte, dass er sie vermisst hatte, hatte er genau das ausgesprochen, was sie selbst empfand. Mit dem kleinen Unterschied, dass sie ihn schon vermisst hatte, obwohl sie ihn noch gar nicht kannte. Das war doch wohl wirklich total strange.

Am liebsten wäre sie ewig so stehen geblieben, eingehüllt in diese Zauberblase aus Geborgenheit und Liebe. Es gab keine Fragen in Nikes Kopf und das Wichtigste: Es war gleichgültig, ob er Vincent war oder nicht. Es spielte nichts eine Rolle außer ihm und ihr.

Niemand konnte ihr etwas anhaben, noch nicht einmal Max. Aber kaum hatte sie ihn in ihre Gedanken gelassen, war der kurze Moment des Glücks vorbei, so schnell und unverhofft, wie er gekommen war. Sie öffnete ihre Augen einen Spaltbreit und fuhr erschrocken zurück. *Max.* War er nicht gerade da hinten an Ed, Felix und Sarah vorbeigefahren? War das nicht sein Lachen? War er hier?

Nervös sah sie sich um. Wenn Max Nike und Milo so sehen würde, wenn er ihren Kuss beobachtet hätte, würde alles noch viel schlimmer werden. Er würde seine Drohung wahrmachen und alles zerstören. Wie hatte sie ihn nur vergessen können?

Angst kroch durch ihren Brustkorb und schnürte ihr die Kehle zu. Max durfte sie niemals mit Milo sehen. Niemals!

Glücklicherweise waren weder er noch irgendjemand von seinen Freunden hier, soweit sie es beurteilen konnte. Sie musste sich getäuscht haben. Wenn sie Glück hatten, würde das so bleiben, denn meist hatte er kurz nach Saisonbeginn schon Eis- und dann ziemlich schnell Hausverbot.

Und dennoch: Milo und Nike. Nike und Milo.

Wie auch immer sie es drehte und wendete, es war gefährlich. Max war gefährlich. So gefährlich, dass es ein Geheimnis bleiben musste, wenigstens vorerst. So lange, bis sie … eine Lösung gefunden hatte. Sie wusste nur noch nicht welche oder wie sie sie finden konnte. Plötzlich wurde Nike klar, dass, egal, was sie für Milo empfand, es vorerst kein Happy End für sie beide geben würde. Sie war verliebt, so sehr, wie sie noch nie verliebt gewesen war. So glücklich, dass Milo ihre Gefühle offensichtlich erwiderte. Glücklich. Und gleichzeitig so unglücklich.

Ihr war eiskalt und all ihre Freude war aus ihren Gliedern gewichen. Nike drehte sich wieder zu Milo um, der sie lächelnd ansah und nichts von ihren Gedanken wissen konnte.

»Was? Was ist?« Er schüttelte amüsiert den Kopf. »Warum bist du so erschrocken? Hast du vielleicht jemand anderen erwartet?«

»Nein, ich …«

Sie schluckte. In seinem Gesicht spiegelten sich offensichtlich ihre Gefühle wider. Milos Lächeln verschwand und hinterließ eine Leere, die beinahe körperlich spürbar war.

»Was ist los, Nike?« Er nahm ihre Hände in seine und hielt ihren Blick mit seinem fest. »Sag mir bitte, was los ist.«

»Ich … kann nicht.« Sie versuchte seinem Blick auszuweichen, denn sobald sie in seine Augen sah, wollte sie einfach nur wieder zurück in seine Umarmung, seinen Kuss und zurück in diesen Moment, in dem alles gut schien. Der gerade erst vorüber war und sich anfühlte, als hätte all das in einem anderen Leben stattgefunden.

»Du kannst was nicht?«

Verdammt. Nike. Sag was. Das Richtige. Etwas, das sich glaubhaft anhört und das ihn daran hindert, nachzufragen. Oder sei mutig genug, ihm die Wahrheit zu sagen. Los, was auch immer du tust, tu es jetzt!

Milo kannte Max nicht. Er wusste nicht, wozu er in der Lage war. Vor allem aber wusste er nicht, dass Max immer wieder auch mit diesen Leuten aus der Stadt abhing, die so viel älter und gewaltbereit waren, und nur auf eine Gelegenheit warteten, jemanden zu quälen. Die, die auf der schrecklichen Waldhaus-Party im Sommer gewesen waren, und vor denen Max sie gerettet hatte, um sie dann noch viel schlimmer zu quälen. Sie fragten nicht nach einem Grund, sie schlugen zu. Einzeln waren sie feige, aber in der Gruppe … Nike wusste ganz genau, warum sie Angst vor ihnen hatte. Um sich, aber vor allem um Milo.

»Ich kann nicht … das … du bist … Ich …«

Fuck.

Über Milos Strahlen legte sich eine dunkle und dichte Decke aus tiefer Traurigkeit, als er langsam zu begreifen schien, was sie ihm mit ihrem Gestammel hatte sagen wollen.

Alles in ihr wollte *LÜGE!* schreien und ihn anflehen, ihr nicht zu glauben, aber aus ihrem Mund kam nichts. Sie hatte keine Worte mehr – und auch ohne hatte sie alles kaputt gemacht. Sie ganz allein.

Milo

Weg! Nur weg!

Was war das für ein grausames Spiel, das Nike da mit ihm spielte? Was sollte das alles? Warum war er überhaupt hier gewesen? Milo rannte, bis ihm die Lungen brannten. Als er in ihren Augen gelesen hatte, was sie ihm nicht sagen konnte, wollte er es für einen Augenblick nicht wahrhaben, aber es stimmte. Er hatte das Lachen der anderen auf der Eisbahn immer noch im Ohr. Fühlte das Starren der Zuschauer. Das tiefe Fallen vor Publikum und den lauten Aufprall, mit dem sein Herz auf dem Beton aufschlug und zerplatzte wie eine Wasserbombe im Sommer auf heißem Asphalt. Nur dass in seinem Fall nicht Wasser, sondern das Glück in einem Regen aus tausend schillernden Tröpfchen auf dem eiskalten Betonboden der Eisbahn explodierte.

Je höher der Flug, desto tiefer der Fall.

Coach Smith hätte ihn besser rechtzeitig gewarnt. Weg. Nur weg. Auch wenn er sich die Aufmerksamkeit nur eingebildet hatte und alle anderen einfach weiter Schlittschuh gelaufen, gelacht und Spaß gehabt hatten, als wäre nichts gewesen. Das war vielleicht sogar noch schlimmer.

Er hatte Nikes Tränen und die Verzweiflung in ihrem Blick gesehen, aber was bedeutete das schon? Keiner wollte dem anderen sagen, dass da keine Gefühle waren. Oder zumindest nicht genug. Sie weinte um sich. Nicht um ihn. Sie weinte seine Tränen. Ihr stand überhaupt nichts davon zu.

Und was ist mit Rotkäppchen?

Es war eine Lüge. Alles war eine Lüge. Er konnte nichts

und niemandem mehr glauben. Nur rennen konnte er. Immer weiter rennen.

Beinahe wünschte er sich, Max würde jetzt plötzlich vor ihm stehen. Und der dümmlich grinsende Jonas am besten daneben. Milo wollte um sich schlagen. Oh ja, eine Prügelei mit Max wäre jetzt genau das Richtige. Aber weder begegnete ihm der noch sonst irgendjemand. Er rannte, bis seine Lungen brannten und er völlig durchgeschwitzt war. Kaum war er stehen geblieben, hätte er sich am liebsten auf den Boden gelegt. In ihm war nichts mehr. Keine Kraft, keine Wut, nur gähnende, alles verschlingende Leere.

Das Haus war dunkel, als er sich die Stufen zum Eingang hochschleppte. Selbst sein Vater schien nicht zu Hause zu sein und es war Milo das erste Mal völlig gleichgültig.

Er nahm sich eine Cola aus dem Kühlschrank und ging in sein Zimmer. Ohne das Licht anzumachen, warf er sich aufs Bett. Von draußen malten vorbeifahrende Autos helle Kringel an die Decke und sein Wecker war das einzige Geräusch, das er hörte.

Tick-Tock. Nike. Tock. Nike. Tick.

Er trank einen Schluck und rieb sich die Stirn. Tränen waren keine Option. Trotzdem. Er verstand einfach nicht. Nichts.

Schlafen. Er wollte nur noch schlafen. Nichts mehr denken. Nicht mehr grübeln. Nichts mehr fühlen. Am liebsten hätte er sich einfach in nichts aufgelöst. Erschöpft und benommen klappte er den Laptop auf. Konnte man sich wirklich so in einem Menschen täuschen? Er seufzte. Und wenn er schon nichts kapierte, warum konnte er dann den ganzen Mist nicht einfach vergessen? Wenigstens auf seine bescheuerten Gefühle hätte er jedenfalls gut verzichten können.

32.798 Clicks in sechs Tagen. Sogar ein paar bekannte YouTuber, Musiker und Schauspieler hatten kommentiert, und bis vor ein paar Stunden war er unendlich stolz darauf gewesen. Jetzt war er nur noch müde. Trotzdem. Er hatte sich und den ganzen Leuten da draußen ein Versprechen gegeben. Und er würde es nicht brechen, so wenig, wie V seine Versprechen gebrochen hätte. Egal, was seine Gefühle davon hielten.

Er trank noch einen Schluck und angelte die Maske von seinem Schreibtischstuhl.

»Hallo, Leute!«

Genau wie vor einer knappen Woche hatte er das dringende Bedürfnis, zu reden. Und gleichzeitig hätte er am liebsten gar nichts gesagt, sich nur die Maske vom Kopf gerissen und »Ihr könnt mich alle mal« ins Mikro gebrüllt.

Vielleicht würde nach diesem Post der ganze Spuk vorbei sein, wer wusste das schon? Vielleicht war es sogar gut so. Dieses ganze Milo-Vincent-Spiel, die Heimlichtuerei war sowieso nicht sein Ding. Er konnte Lügen nach wie vor nicht ausstehen und er selbst wollte niemals einer von denen sein, die Fake News für völlig normal hielten. Schlimm genug, dass er auf eine Lügnerin reingefallen war. Die Maske rutschte und er musste sie mehrfach nach oben schieben, bevor er mit seinem Post beginnen konnte.

Was hatte er noch mal sagen wollen? Sich bedanken, feiern und bestärken? Machte das alles überhaupt einen Sinn?

Was brachte es schon, wenn andere einen verstanden und unterstützten, die man nie im Leben je zu Gesicht bekam? Und die, die einem wirklich etwas bedeuteten, entweder viel zu weit weg waren oder sich als … etwas anderes entpuppten, als erwartet?

Verdammt, warum hörten ihm überhaupt so viele zu? Ihm, der keine Ahnung von nichts hatte? Ausgerechnet? Hatten die Leute kein eigenes Leben? Er wusste, wie ungerecht er gerade war, und es war ihm völlig egal.

Du bist nicht allein … Von wegen, Milo Vincent Zander.

Manchmal war man auch allein, wenn einem über dreißigtausend Menschen das Gegenteil sagten.

KAPITEL 23

Milo

Sowohl an den Mittwoch als auch an den Donnerstag hatte er nur verschwommene Erinnerungen. Die Tage waren vergangen, irgendwie, während er sich bemühte, in diesem Nebel, der ihn immer weiter runterzog, nicht komplett unterzugehen. Nur noch diesen Schultag überstehen und dann war es geschafft. Wochenende. 48 Stunden, die er in seinem Zimmer verbringen konnte.

Er hatte Sport geschwänzt und kam mit Absicht zusätzlich noch ein paar Minuten zu spät in den anschließenden Unterricht. Die Blicke, das Getuschel und Gelächter seiner Klassenkameraden konnte er an diesem Morgen einfach nicht ertragen. Er hatte zu wenig geschlafen, zu viel gegrübelt und Kopfschmerzen. Es fühlte sich an, als wate er durch Nebel. Zähen, dunklen undurchdringlichen Nebel. Wie gut, dass der auch sein Umfeld einhüllte, so ließ sich wenigstens Nikes Anblick besser ertragen.

Vorne stand Doktor Schneider und neben ihm Sven, obwohl eigentlich Englisch bei Arnold dran war. Milo hatte sich schon eine Entschuldigung zurechtgelegt, um zu erklären, warum er nicht in Sport gewesen war, aber fürs Zuspätkommen bei Doktor Schneider galten Kopfschmerzen vermutlich nicht. *Super gemacht, Milo. Steilvorlage für Schneider zum ersten, zum zweit…*

»Ah, Herr Zander, auch schon da!«

Na bitte. Aber da ging doch noch was, oder?

»Wenigstens kommst du auch bei den Kollegen zu spät, dann muss ich es nicht persönlich nehmen.«

Sein Lachen war falsch und gemein und Milo sah ihm an, dass er es genoss, ihn vor der Klasse zu demütigen. Max und Jonas johlten. Max hielt Doktor Schneider sogar seine Hand zum High Five hin.

Milo sah seinem Klassenlehrer an, dass er mit sich rang, ob er einschlagen sollte. Zu verführerisch war es, einmal Anerkennung von jemandem zu bekommen, der sonst nur Ärger machte. Kurz zuckte seine Hand nach oben. Doch dann ließ er sie wieder sinken und schob stattdessen nervös die Brille auf die Nase.

Keiner sonst aus der Klasse lachte. Sven räusperte sich.

»Herr Doktor Schneider, sind wir nicht aus einem anderen Grund gekommen?« Er schenkte Milo ein schnelles Lächeln.

Milo bemühte sich, es zu erwidern, aber er war sich nicht sicher, ob es ihm gelang.

»Ja, natürlich. Vollkommen richtig«, stimmte Doktor Schneider zu. »Also, wo waren wir?«

»Wie kommen Menschen dazu, andere zu verletzen? Mutwillig?«, las Sven mit eindringlicher Stimme vor und Milo stutzte. *»Müssen sie andere klein machen, um selbst ein bisschen größer zu sein? Gibt es so etwas wie ein Recht darauf, Schwächere zu quälen – nur, weil man es kann?«*

Sven sah immer wieder auf, um die Reaktionen der Schüler zu beobachten. Die Stille war beinahe greifbar und Milo bekam eine Gänsehaut. Das waren *seine* Worte. Das war, soweit er sich noch erinnern konnte, genau das, was er, vielmehr Vincent, gestern in seinem Clip gesagt hatte.

»Wer seid ihr alle da draußen, dass es euer größtes Glück ist, zuzusehen, wie euer Gegenüber leidet? Ihr tretet ihm in den Bauch, ins Herz und in die Seele, nur um lachend daneben zu stehen, wenn derjenige versucht, sich aufzurappeln. Und dann tretet ihr erst recht wieder zu. Und wieder. Und wieder. So lange, bis er nicht mehr aufsteht. Aufgibt. Anschließend geht ihr nach Hause, klopft euch auf die Schulter und behauptet, ihr seid stark. Irrtum. Ihr seid nicht stark. Ihr seid feige. Denn neben euch stehen andere, viele, die Angst vor euch haben und deshalb ihre Stimme nicht erheben. Oder die so feige sind wie ihr, und lautstarkes Grölen mit Stärke verwechseln. Wobei ich heute gelernt habe, dass man auch sehr leise oder vielleicht auch ganz ohne Worte jemanden zerstören kann. Es reicht ein Blick. Ein Satz.

Eines solltet ihr wissen: Ihr kriegt uns nicht klein. Es mag so aussehen, als lägen wir am Boden, aber ihr biegt uns nur, ihr brecht uns nicht.

Und ihr anderen, die ihr vielleicht gerade wie ich mal wieder ein Messer ins Herz gerammt bekommen habt: Ihr seid nicht allein!«

Stille. Keiner sagte etwas. Erst nach ein paar Sekunden räusperten sich vereinzelt Schüler, aber keiner sprach, bis Sven die Stille durchbrach. »Wie ihr ja sicher alle mitbekommen habt, gibt es da diesen Vincent auf YouTube. Angeblich soll er sogar von unserer Schule sein, aber so genau weiß man das nicht. Was wir aber alle unglaublich finden und weshalb wir jetzt auch in die Klassen damit gehen, ist, dass er etwas anspricht, was allgemein als Mobbing bezeichnet wird.«

Max und Jonas kicherten. Sven ging durch die Reihen. Er nahm sich Zeit dafür und sah jeden einzelnen Schüler dabei an. Einige erwiderten seinen Blick, andere schauten beschämt nach unten. Als er an Max vorbei war, drehte der sich zu Milo um und fixierte ihn mit zusammengekniffenen Augen. Sein Gesicht war eine einzige Drohung.

Milos Mund wurde trocken. Er spürte, wie Angst durch seinen Körper kroch und er zu schwitzen begann. Er spürte kaum, wie Sven zurückkam, Milo kurz die Hand auf die Schulter legte und dann vor Max' und Jonas' Tisch stehen blieb. Keiner von beiden sah auf. Sven tippte mit seinem Finger auf die Tischplatte, bis wenigstens Jonas den Kopf hob. Sven ging in die Knie und fixierte Max.

»Mobbing? Ein Begriff? Max? Jonas? Was denkt ihr darüber?«

Nun schaute auch Max hoch.

»Boah, echt jetzt, Ertel! Mobbing ist doch auch nur ein Wort. Dieser Vincent macht sich bloß wichtig. Wenn ihr mich fragt, ist das ein totaler Vollidiot!« Max schüttelte schnaubend den Kopf. »Immer dieses Gefühlsgequatsche, das macht einen doch total krank! Der Typ ist ein schwuler Sack, eine Heulsuse, den keiner leiden kann. Und ein Feigling, der sein Gesicht nicht zeigen will. Wenn der in unserer Klasse wär, der würde erst mal ein paar auf die Fresse kriegen.« Er drehte sich zu Milo um und zischte: »Oder was meinst du, Fisch?«

Milo zuckte zusammen und Max klatschte lachend Jonas ab. Jonas lachte ebenfalls, während Milo Sven für einen kurzen Moment ansehen konnte, wie angewidert er war. In der Klasse entstand Gemurmel. Walter meldete sich.

»Ja, Walter?«

»Vincent ist ganz sicher kein Feigling. Ich bin echt froh, dass er die Dinge anspricht. Das hat wirklich was verändert.« Er grinste. »Zumindest bei mir! Äh, bei Walt Yensid natürlich.«

»Walt Yensid! Ich lach mich schlapp. Du bist eben genauso ein Schwachmat wie Vincent«, schaltete Max sich ein.

»Wenn hier einer ein Schwachmat ist, dann bist du das!« Sarah war aufgestanden.

»Sarah!« Doktor Schneider sah sie böse an. »Setz dich sofort wieder hin!«

»Nein, ich setze mich nicht wieder hin. Vincent spricht das aus, was wir alle wissen. Bisher haben alle weggeschaut. Alle. Auch viele Lehrer.« Sie starrte Doktor Schneider an. *Wenn Blicke töten könnten ...* »Oft genug haben sie es damit noch viel schlimmer gemacht.«

Milo bewunderte Sarahs Mut. Schneiders Gesichtsfarbe tendierte schon wieder in Richtung dunkelrot. Sven stand an den Türrahmen gelehnt und hatte die Arme vor der Brust verschränkt. Er lächelte Sarah aufmunternd zu.

»Vielleicht sind die Lehrer nicht unbedingt feige«, fuhr sie fort. »Zumindest nicht alle. Vielleicht sind sie ja auch nur gleichgültig und faul?«

»Willst du damit etwa sagen, wir würden keine Verantwortung für das Geschehen in unserer Klasse übernehmen?«, erwiderte Doktor Schneider wütend. Noch ein Wort und er würde explodieren. Vielleicht reichte aber schon, dass Sarah gar nichts sagte, sondern einfach nur den Kopf schräg legte und ihn herausfordernd ansah.

»Sarah! Das ist respektlos und ... und ... respektlos! Ich will nichts mehr von dir hören, sonst ...!«

Sven legte Doktor Schneider beruhigend die Hand auf den Arm.

»Herr Doktor Schneider, bei allem *Respekt*: Genau darum geht es doch. Hatten wir nicht im Kollegium besprochen, dass wir diese Diskussion anregen wollen, um etwas zu verbessern?«

Doktor Schneider stand da wie gelähmt.

»Sie fallen mir in den Rücken?«, fragte er fassungslos.

»Prügelei! Prügelei!«, skandierte Max leise, aber nachdem ihm Sven einen bitterbösen Blick zuwarf, ließ er es wieder sein.

»Nein, ich falle Ihnen nicht in den Rücken. Ich unterstütze einen Prozess, Herr Doktor Schneider. Kennen Sie nicht den Spruch: Wenn sich nichts ändert, ändert sich nichts?«

Oh, Coach Smith is in the house, dachte Milo. Beinahe hätte er gelächelt.

Doktor Schneider schnaubte und befreite seinen Arm. Man sah ihm an, dass er mit der Situation völlig überfordert war. Es fehlten ihm die Worte.

»Hat sonst noch jemand etwas zu sagen?« Sven sah aufmunternd in die Runde.

Es gab einiges, was zu sagen gewesen wäre, aber Milo fühlte sich ausgelaugt. Seine Worte waren aufgebraucht. Vincent hatte alles gesagt. Und er … hatte genug gehört.

Keiner meldete sich, obwohl Milo von vielen seiner Mitschüler Kommentare gelesen hatte. Die meisten hatten zwar ein Pseudonym benutzt, aber Milo hatte sie trotzdem anhand ihres Profilbildes oder der Geschichten erkannt, die sie erzählten. Auch das war feige. Der Großteil der Klasse starrte vor sich auf die Tische, ein paar andere, unter ihnen Tessa, beobachteten Sven und grinsten dabei dümmlich.

Nicht, dass Milo ein Problem damit hatte, wenn jemand seinen richtigen Namen nicht benutzte, schließlich tat er das ja auch nicht. Aber was half es schon, sich im Internet so deutlich zu positionieren und dann die Klappe zu halten, wenn es darauf ankam? *Das Volk sollte sich nicht vor seiner Regierung fürchten. Die Regierung sollte sich vor ihrem Volk fürchten.* V hatte natürlich recht. Ganz sicher galt das auch für Schüler und Lehrer. Aber die meisten wollten lieber eine gute Note von Schneider oder keinen Stress mit Max, als für andere oder sich selbst einzustehen. Unfassbar.

»Milo? Du vielleicht?«

Milo hatte gar nicht bemerkt, wie Sven zu seinem Platz gekommen war und sich zu ihm nach unten beugte. Nein. Er schüttelte den Kopf. Milo hatte im Moment absolut keine Worte übrig.

Sprachzentrum wegen Umbaumaßnahmen geschlossen.

»Schade«, sagte Sven so leise, dass es nur Milo mitbekam. »Du hast wichtige Dinge zu sagen.« Er lächelte.

»Dann sind wir jetzt ja wohl fertig.« Doktor Schneider sah demonstrativ auf die Uhr und nahm seine Tasche vom Stuhl.

Irrtum, Doktor Schneider. Wir sind noch lange nicht fertig. Wir haben noch nicht einmal richtig angefangen, begehrte ein winziger Teil von Milos Stolz auf. Aber er war zu erschöpft, um ihm nachzugeben.

»Ach ja, Milo?« Doktor Schneider drehte sich noch einmal zu ihm um.

»Ja?«

»Vergiss nicht, dich direkt nach der Stunde beim Rektor zu melden.«

»Nein, vergesse ich nicht.«

Er hatte seinen Eltern nichts von dem Anruf erzählt und auch keine Ahnung, was auf ihn zukam. Eine Verwarnung, eine Suspendierung oder flog er womöglich gleich von der Schule? Was auch immer es war, eine Auszeichnung wegen vorbildlichem Verhalten war es ganz sicher nicht. Außerdem war es ihm auch völlig egal. Heute jedenfalls. Er war nur eine Hülle. Milo und Vincent hatten wohl gerade beide Besseres zu tun. *Lautlos verabschiedete sich nun auch noch das letzte bisschen Selbstachtung.*

»Herr Doktor Schneider?« Sven.

»Ja?« Herr Schneider war schon auf dem Weg nach draußen und drehte sich nur widerwillig noch einmal um. Anscheinend konnte er es nicht erwarten, die Klasse zu verlassen. Das hatte er definitiv mit Milo gemeinsam.

»Was halten Sie davon, wenn ich ihn hinbringe?«

Als alle das Klassenzimmer verlassen hatten und nur noch Milo und Sven übrig waren, legte er eine Hand auf Milos Schulter.

»Hey, Milo. Magst du reden?« Milo schüttelte stumm den Kopf. Alles andere als das.

»Ich bin auf deiner Seite«, versuchte Sven es weiter. »Ich weiß, du hattest keinen leichten Start.«

So konnte man es auch ausdrücken. Er schnaubte.

Milo hatte die ganzen Floskeln schon zur Genüge gehört. Auch, dass man das aushalten musste. Sven meinte es nur gut, schon klar.

»Ähm, also …« Sven sah sich im Klassenzimmer um, als wäre er zum ersten Mal hier. »Wollen wir uns kurz setzen?«

Nein, wollen wir nicht. Wir wollen nach Hause, ins Bett, nach Namibia, auf den Mond – egal wohin, nur nicht uns setzen. Jedenfalls nicht hier.

Aber andererseits gab es nicht einen Grund, der dagegensprach. Außerdem verschaffte es Milo ein wenig Aufschub, bevor er im Büro des Schulleiters stehen musste.

Milo ließ sich auf Tims Platz fallen. Keine tausend Pferde hätten ihn dazu bewegen können, sich auf Max' Stuhl zu setzen. Ein bisschen war von seinem Stolz noch übrig.

»Ich habe mit Doktor Ebenhauser gesprochen und mit ihm ausgemacht, dass ich das mit dir übernehme. Also mach dir keinen Kopf. Manchmal ist es ganz gut, Vertrauenslehrer zu sein.« Er zwinkerte Milo zu. Unter normalen Umständen hätte ihn das gefreut und erleichtert. Jetzt aber kam nichts durch den dicken Frustmantel zu ihm durch, den er sich über sein Herz, seinen Körper und seine Seele gelegt hatte.

»Was ich sagen will: Wenn es irgendetwas gibt, worüber du reden möchtest, was dir Sorgen macht, dann bin ich für dich da, Milo – und nicht nur für dich. Auch für ... Vincent.« Er legte ihm wieder eine Hand auf die Schulter und versuchte, Milos Blick aufzufangen, aber der wich ihm aus.

Das war alles ganz prima und sicher gut gemeint, aber ausgerechnet *Reden* war schließlich genau das, was ihn in Schwierigkeiten gebracht hatte. Vielleicht funktionierte *Schweigen* ja besser?

»Milo?«

»Mmh?«

»Denk drüber nach, okay?«

Würde er. Vermutlich.

»Ach ja, und Milo?« Sven hielt Milos Blick fest, während er auswendig zitierte:

»Los, kommt schon! Erhebt eure Stimme! Ihr seid doch mehr als nur die Masse! Seid einzigartig und unverwechsel-

bar. Seid ihr selbst. Traut euch!« Sven hatte leise gesprochen, aber seine eindringliche Stimme hallte in Milos Kopf nach. Er fühlte sich gleichermaßen stolz wie ertappt.

»Weißt du, wer das gesagt hat?« Er sah Milo in die Augen. *Zeit, zu sprechen.*

»Ja, das weiß ich.« *Vincent hat das gesagt.*

»Du bist großartig, Milo, aber noch viel wichtiger: Auch du bist nicht allein.«

Noch eine Lüge. Vielleicht war es Vincents Wahrheit, aber für Milo stimmte es einfach nicht. Denn Milo *war* allein.

Und Vincent hielt heute besser die Klappe. Er hatte sich selbst genug Schaden zugefügt. Wenigstens hatte er für andere ein paar Dinge zum Guten gewendet. Milo könnte also stolz auf sich und sein Alter Ego sein.

Aber auch dieses Gefühl erreichte ihn nicht.

Nike

Der Himmel war grau, aber immer wieder blitzten ein paar Sonnenstrahlen durch die Wolken und warfen glitzernde Flecken auf den asphaltierten Schulhof, sodass es aussah, als hätte jemand einen Bühnenscheinwerfer direkt auf die Erde gerichtet. Für Ende Oktober war das Wetter beinahe schon gut. Und für Nikes Stimmung machte es keinen Unterschied. Sie saß an die Schulhauswand gelehnt und hatte die Augen geschlossen. Sie wartete darauf, dass Sarah von der Toilette kam, um eine Runde um den Sportplatz zu drehen. Nur nicht das dumme Gequatsche von Tessa und Co. anhören müssen. Milos Anblick war schrecklich gewesen. Noch nicht einmal nach der Party und der Schlägerei hatte er so mitgenommen ausgesehen.

Am liebsten wäre sie aufgestanden und zu ihm gegangen. Ihre Finger kribbelten und ihr Herz schlug schnell. Jede ihrer Zellen wünschte sich, ihn zu berühren. Ihr Körper brannte regelrecht vor Sehnsucht.

Und schuld war nur sie selbst. Und …

»Hey, Rotkäppchen!«

Nike zuckte zusammen. Sie hatte gehofft, dass Max sie wenigstens einmal in Ruhe lassen würde. Aber die Chance, allein mit ihr zu sprechen, ließ er wohl nicht ungenutzt.

Als sie die Augen öffnete, sah sie, dass nicht nur Jonas sondern auch Carl neben ihm stand. Konnte das wirklich wahr sein? Carl hing immer noch freiwillig mit Max ab? Sie hatte ihn wohl doch überschätzt. Schade eigentlich, dass er ausgerechnet demjenigen die Treue hielt, der seinem Bruder das Leben zur Hölle machte.

»Du?« Kurz schien Carl beschämt zur Seite zu schauen, aber er fing sich schnell wieder. Ob Milo wusste, dass Max und Carl richtig befreundet waren und nicht nur zufällig bei den Fahrradständern abhingen?

»Ich. Na und? Gibt's ein Problem damit?« Herausfordernd überkreuzte Carl die Arme vor der Brust.

»Ich verstehe es einfach nicht.«

»Was gibt's da schon zu verstehen, Rotkäppchen?«, schaltete sich Max ein. »Carl hat eben auch keinen Bock auf Loser.« Er grinste selbstgefällig. »Sag mal, hab ich nicht noch ein Date mit dir gut?« Er ging vor ihr in die Knie und versuchte, Nikes Blick einzufangen. Seine Augen glänzten kalt und Nike kam sich vor wie ein Kaninchen, das einer Schlange gegenübersitzt.

»Ich gebe nicht auf, Rotkäppchen, das weißt du genau. Also ...« Er kam noch ein Stückchen näher. »... du schuldest mir ein Date, wenn ich mich richtig erinnere.« Er legte den Kopf schräg und sah sie aufmerksam an. »Vielleicht lösche ich danach das ein oder andere Foto und gebe ein gewisses Kleidungsstück zurück? Wichtig wäre nur, dass du dieses Mal auch kommst. Und zwar allein.« Er grinste gemein. »Dein *Freund* scheint ja sowieso nicht mehr aktuell zu sein, oder?«

Feixend sah er sich zu Carl um, der kurz zusammengezuckt war und dessen Lächeln nicht mehr ganz so selbstbewusst schien. Warum ließ er das alles zu? Warum sagte er nichts?

Nike fror. Die Angst, die sie auf der Eisbahn empfunden hatte, kam zurück und legte sich wie ein Würgegriff um ihren Hals.

Das hier würde immer so weitergehen. Sie würde Max immer ausgeliefert bleiben. Irgendwann würde sie ihm nicht mehr entkommen, und dann ... Wo blieb Sarah überhaupt?

»Na, was sagst du?« Max streckte seine Hand aus und begann, eine ihrer Haarsträhnen um seinen Zeigefinger zu wickeln. Nikes Mund wurde trocken. Sie war gefangen zwischen ihm und der Wand. Ekel stieg in ihr auf. Und Wut.

»Lass mich sofort los!«

Sie rappelte sich so plötzlich auf, dass Max nach hinten kippte.

Carl und Jonas fingen an zu lachen, als er nicht sofort wieder auf die Beine kam und unwillig grunzte.

»Klappe, ihr Loser«, schnauzte er, bevor er sich wieder an Nike wandte. »Wie sieht's aus, Rotkäppchen? Wann und wo treffen wir uns?«

»Wir treffen uns gar nicht.« Sie kniff die Augen zusammen.

Vielleicht war Wut nicht der geschickteste Ratgeber, wenn es um Gespräche mit Idioten ging. Andererseits: Angst war auch nicht besser. Sie hatte Nike gelähmt. Und sie hatte das Schönste zerstört, das sie je erlebt hatte.

Schlimmer konnte es wohl kaum werden, oder?

Freedom is just another word for nothing left to lose, sang Janis Joplin leise in Nikes Ohr. Sie hatte recht. Verdammt, und wie sie recht hatte. Was hatte sie schon zu verlieren?

»Ich werde heute nicht mit dir ausgehen.«

»Musst du nicht, ich hab auch morgen ...«

»Morgen werde ich auch nicht mit dir ausgehen.«

Es gefiel Nike, wie sehr sie Max damit aus dem Konzept gebracht hatte. Dieser kurze Augenblick von Max' Schwäche reichte aus, um einen kleinen Spalt in die Schutzmauer zu reißen, die Nike um ihr Herz gelegt hatte. Was für ein armseliges Würstchen er war. Ein Nichts. Niemand! Sie schloss für einen Moment die Augen und genoss die Kraft und Stärke, die sich plötzlich in ihr aufbaute. Eine riesige Welle aus angestauter Wut, Angst und Verzweiflung rauschte mit voller Wucht gegen die Mauer und brach sich ihren Weg nach draußen. Plötzlich sah sie alles ganz klar: lange genug hatte sie ihre Kraft dafür verbraucht, alles auszuhalten. Jetzt war die Zeit für eine andere Strategie gekommen.

»Übermorgen, nächste Woche, nächstes Jahr! Völlig egal, Max. Ich werde niemals mit dir ausgehen. Du bist armselig und feige. Noch nicht einmal das: Du bist gar nichts, ohne Erpressung, ohne Spielchen und Gewalt. Du bist der wahre Feigling hier. Und weißt du was? Veröffentliche doch die Videos, häng dir von mir aus meinen BH um den Hals! Es ist mir scheißegal! Ich habe vor dir keine Angst mehr!« Sie stieß ihn gegen die Schulter. Max war zu perplex, um sich rechtzeitig abzufangen und stürzte rückwärts. Weder das eine noch das andere stimmte zwar, aber sie hatte längst eine Grenze überschritten. Es gab sowieso kein Zurück mehr.

Mit offenem Mund saß Max vor ihr auf dem Boden und starrte sie immer noch ziemlich verwirrt an. *Endlich.* Warum hatte sie nur so lange gezögert?

»Verpiss dich einfach, Max«, setzte sie noch nach. Aber dann war ihre Kraft aufgebraucht. Sie ließ sich an der Wand hinuntergleiten und ging in die Hocke. Mut war anstrengend. Hatte sie das alles wirklich gerade gesagt? Wenn sie nicht zu erschöpft gewesen wäre, hätte sie gelächelt.

Sarah kam um die Ecke. »Was ist denn hier los?« Sie beugte sich zu Nike nach unten und legte ihr besorgt die Hand auf die Schulter. »Alles okay?«

»Geh weiter, Bauer. Du wirst hier nicht gebraucht!« Max versuchte, sie zur Seite zu schieben, aber das ließ sich Sarah nicht gefallen.

»Du fasst mich nicht an. Klar?«

»Ich fasse an, wen ich will, und das gilt auch für Rotkäppchen hier. Da kann sie rumschreien, so viel sie will. Ich find's sogar ganz süß, wenn sie sich wegen mir aufregt. Das würde sie nämlich nicht, wenn ich ihr egal wäre.« Auf leisen Pfoten kehrte die Angst zurück und schlich sich wieder in Nikes Herz, als Max seine Hand ausstreckte und sie an ihre Wange legte. Es war sinnlos. Ihre Wut hatte rein gar nichts bewirkt.

»Nicht wahr, Rotkäppchen?«

Aus dem Augenwinkel sah sie, wie Felix und Ed um die Ecke bogen und anfingen zu rennen, als sie die Situation erfasst hatten. Gott sei Dank. Max hatte sie offensichtlich auch gesehen.

»Lasst uns abhauen«, zischte er seinen Freunden zu. Bevor er wirklich ging, drehte er sich noch einmal zu Nike um. Seine Augen waren zu Schlitzen verengt.

»Das war ein Fehler, Rotkäppchen. Ein großer. Wenn du sehen willst, was du dir damit eingebrockt hast«, er legte den Finger auf die Nase, als würde er überlegen, bevor er weitersprach: »Oder nein, wenn du sehen willst, was du *dem Fisch* damit eingebrockt hast, dann komm doch einfach und schau zu.« Er grinste gemein. »An deinem Lieblingsort um sieben. Du weißt ja noch, wo das ist, oder?«

Das Waldhaus. Nike spürte, wie die alte Panik in ihr aufstieg. »Hach, da werden Erinnerungen wach, Rotkäppchen. Das Waldhaus, du ... und ich. Ich freue mich schon!« Er drehte sich um, um seine Freunde einzuholen, während er laut durch die Finger pfiff. »Hey, Leute! Wartet auf mich!«, brüllte er. »Ich musste doch noch mein Date für die große Party heute klarmachen!«

Im Sommer mochte das Waldhaus ein beliebter Ort für Partys sein, bei denen es laut zuging. Aber vor allem jetzt im Herbst und in der Abenddämmerung war es der einsamste Ort der Welt. Kein Mensch ging freiwillig dorthin. Es war kalt und feucht und obendrein unheimlich, auch für Menschen, die keine schrecklichen Erinnerungen an diesen Ort hatten. Perfekt also für Max und seine »Freunde«.

Das Schlimmste war, dass Carl da irgendwie mit drinhing und Nike sich sicher war, dass Milo davon keine Ahnung hatte. Sie musste es ihm sagen, bevor er in die Falle tappte. Egal, was zwischen ihnen war. Denn Milo hatte keine Ahnung, zu was Max und seine Freunde in der Lage waren. Nike aber schon. Sie musste ihn warnen. Sofort.

KAPITEL 24

Milo

Siebzehn Anrufe in Abwesenheit von Nike? Ebenso viele WhatsApps mit der Bitte, sie zurückzurufen? Das war … absurd. Was auch immer sie ihm zu sagen hatte, er hatte absolut keinen Bock darauf, es zu lesen. Schnell steckte er sein Smartphone wieder in die Tasche. Wenn er die Nachrichten nicht las, ersparte er sich vielleicht den einen oder anderen Schmerz.

Sven hatte ihn persönlich ins Sekretariat begleitet und dafür gesorgt, dass er für den restlichen Tag vom Unterricht befreit wurde. Zu Hause hatte er sich samt Klamotten aufs Bett gelegt, sein Handy auf Flugmodus gestellt und bis jetzt gepennt. Dem Licht nach zu urteilen, war es Nachmittag. Wenn er sich nicht täuschte, Freitagnachmittag. Es konnte aber genauso gut Samstagmorgen sein.

Die Sonne, die sich heute früh ab und zu rausgetraut hatte, hatte einem einheitlichen und für Oktober in Deutschland ganztägig typischen Grau Platz gemacht. Milo tastete nach seinem Wecker. 15.37 Uhr. Also doch Freitag. Beinahe sechs Stunden hatte er geschlafen und fühlte sich immer noch völlig erschlagen. Müde rieb er sich die Augen, aber sein Display zeigte trotzdem das Gleiche an: Siebzehn Anrufe in Abwesenheit. Keine hinterlassene Nachricht auf der Mailbox. Jeder einzelne verpasste Anruf wäre natürlich schon merkwürdig gewesen, aber siebzehn war einfach unfassbar.

Ob sie vielleicht doch ihre Meinung geändert hatte? Ob sie vielleicht doch mehr für ihn fühlte, als ... Aber nein. Es ging hier nicht um eine Meinung, die man je nach Bedarf ändern konnte, sondern um Gefühle. Das machte überhaupt keinen Sinn. Entweder sie empfand das Gleiche wie er – oder eben nicht. Und Nike hatte ihm auf der Eisbahn ja wohl mehr als deutlich gesagt, dass auf sie Variante zwei besser passte.

Er seufzte und schloss die Augen. Es gab wirklich nichts mehr zu bereden. Er hatte es kapiert. Noch mal musste er sich das nicht anhören.

Ein leises Brummen kündigte eine neue WhatsApp-Nachricht an. Neugierig zog er das Handy doch wieder aus der Tasche. Vernunft war gut, aber Neugier und Hoffnung waren eben stärker.

Es war nicht Nike, die ihm schrieb. Das, was er da las, ließ ihm das Blut in den Adern gefrieren.

> Dein süßer kleiner und sehr dummer Bruder Carl ist bei mir. Er denkt zwar, wir wären beste Kumpels, aber so kann man sich täuschen. Muss der eben für dich geradestehen, wenn du zu feige bist, deinen Scheiß direkt zu klären. Um sieben am Waldhaus. CU! Max.

Was hatte das zu bedeuten? Carl war bei Max? Aber warum? Milo hatte sehr wohl gesehen, dass Carl immer wieder mit Max abhing, aber er wäre niemals auf die Idee gekommen, sie für Kumpels zu halten. Verdammt. Carl war zwar nicht dumm, aber zumindest naiv und, wie Milo auch, eben einsam gewesen. Ob er wirklich an eine Freundschaft mit Max geglaubt hatte? Aber jemand wie Max würde man doch niemals als Freund haben wollen. Oder etwa doch? Das hier war nicht gut. Gar nicht gut. Offensichtlich hatte Carl keine Ahnung, was vor sich ging. Er musste ihn warnen. Beschützen. Da rausholen. Nur wie?

Sollte Milo die Polizei anrufen? Oder seine Eltern? Wenn nur sein verpenntes Gehirn schneller arbeiten würde!

Nein. Weder seine Eltern noch die Polizei. Er hatte keine Ahnung, in was für Schwierigkeiten Carl steckte, was es wirklich mit dieser »Freundschaft« auf sich hatte, außerdem war das alles jetzt schon viel zu kompliziert. Was auch immer es war, er wollte es auf gar keinen Fall noch schlimmer machen. Seine Eltern hatten sich schon genug Sorgen wegen ihm und dieser Schlägerei mit Max gemacht. Nein. Er musste Carl selbst finden und zwar sofort, bevor Carl und Max und wer sonst noch an diesem Waldhaus waren. Selbst wenn sein kleiner Bruder sich in den letzten Wochen wie der letzte Idiot aufgeführt und Milo oft genug mehr als deutlich gemacht hatte, dass er mit ihm nichts zu tun haben wollte, gab es für Milo überhaupt keine Zweifel. Carl war sein Bruder und er musste ihm helfen, selbst wenn Carl diese Hilfe nicht haben wollte.

Er schnappte sich hektisch seine Jacke vom Fußboden, wo er sie heute Morgen einfach nur fallen gelassen hatte. Dabei fiel sein Blick auf die Guy-Fawkes-Maske, die er gestern Nacht achtlos neben seinem Bett auf den Boden gelegt hatte. Er fragte sich, was V wohl in seiner Situation tun würde.

Man trägt für so lange Zeit eine Maske, dass man vergisst, wer man darunter eigentlich ist.

Galt das auch für ihn selbst? Hatte er vergessen, wer er war? Er hielt in seiner Bewegung inne.

Bestandsaufnahme: Milo Vincent Zander. 16 Jahre alt. Überzeugt davon, dass es sich lohnt, sich für andere einzusetzen. Jemand, der an das Gute in allen glaubt. Na ja, in fast allen. Ganz sicher an das Gute in seinem Bruder Carl.

War das wirklich so? Denn wenn er auf seine innere Stimme hörte, dann fühlte er vor allem eine große Sorge. Aber dahinter, leicht davon verdeckt, etwas anderes. Es leuchtete nur schwach, aber es war eindeutig da. Vertrauen. Ja, ganz tief drinnen vertraute er hundertprozentig darauf, dass Carl und er wieder einen Weg zueinander finden würden.

Aber noch saß Carl in der Falle. Einer Falle, die er Milo zu verdanken hatte.

Kurz vor vier. Milo schnappte sich die Maske und sein Rad und fuhr in Richtung Waldhaus.

Der Wald war still, bis auf den Wind, der durch die Äste strich, aber schon als er sich der Lichtung näherte, spürte er, dass noch niemand dort war. Es war zu leise. Die Amseln schreckten erst durch das Knirschen seiner Räder auf und flogen davon. Er ging einmal um die Hütte herum und entdeckte dabei einen Sack mit Altglas, den jemand vermutlich nach einer Party vergessen hatte, aber weit und breit war kein Anzeichen von Carl oder Max zu sehen. Die Tür zur Hütte selbst war nicht abgeschlossen, aber im Inneren befand sich auch nichts, was man hätte einschließen müssen. Die Hütte bestand aus grob gezimmerten Balken und hatte einen Betonboden. Das Einzige, was die Bezeichnung »Haus« vielleicht rechtfertigte, war das Dach und die ebenfalls gezimmerten Bänke, die an den Wänden entlangliefen. Rechts neben dem Eingang war ein kleiner Anbau mit einem Vorhängeschloss.

Milo vermutete, dass sich dahinter eine Toilette befand und das »Waldhaus« ein Unterstand für Waldarbeiter war, wo sie ihre Mittagspause verbringen oder sich bei einem Unwetter unterstellen konnten.

Aber auch die Waldarbeiter schienen am Freitagnachmittag Besseres zu tun zu haben. Hier war kein Mensch. Nirgends.

Schnell stieg Milo wieder auf sein Rad. Der Schulhof war wie ausgestorben. In der Hoffnung, dass es sich bei Max' Drohung vielleicht doch um einen schlechten Scherz gehandelt hatte, machte er wieder einen Abstecher nach Hause, aber schon als er das Rad an den Zaun lehnte, sah er, dass hier niemand war. Verdammt. Kein Scherz.

Ratlos und verzweifelt fuhr er alle Plätze ab, an denen er Carl vermutete, und bemerkte, dass er überhaupt keine Ahnung mehr hatte, wo sich sein Bruder in den letzten Tagen und Wochen rumgetrieben hatte. Vor lauter Vincent, Nike und seinen eigenen Problemen. Wie egoistisch er doch gewesen war. Selbst in seiner Besorgnis um seinen Bruder war es letztendlich immer um ihn gegangen. Er wollte ein guter Bruder sein. Er machte sich Sorgen. Er ... Er ... Er. Kein einziges Mal hatte er wirklich versucht, sich in Carl hineinzuversetzen, sondern immer nur, dessen Probleme zu lösen. Superhelden-Ego-Idiotenmäßig. Aber sich selbst Vorwürfe zu machen, half jetzt auch nicht weiter.

Milo stoppte bei Tim und klingelte so lange Sturm, bis dessen Oma öffnete, aber Tim war nicht da. Er zwang sich sogar dazu, bei Max zu klingeln, selbst wenn er keine Ahnung hatte, was er sagen wollte, aber auch dort war niemand zu Hause. Verdammt.

Denk nach, Milo. Denk nach. Wo konnten sie sein? Wo konnte Max seinen Bruder hingebracht haben? Denn dass Carl bei Max war, daran zweifelte Milo keine Sekunde mehr.

Sein Smartphone hatte kaum noch Akku, aber wenn er jetzt noch einmal zurückfuhr, um seine Powerbank zu holen, verlor er wertvolle Minuten, in denen er vielleicht verhindern konnte, dass seinem Bruder etwas passierte. Egal, das Handy würde schon durchhalten. Es musste einfach. Denn vielleicht hatte er Glück und Carl rief an, um Milo auszulachen. Oder Max meldete sich, und sagte ihm …

Nike

Wo war Milo? Nach ihren gefühlt tausend Anrufen und WhatsApp-Nachrichten hätte er sich doch längst zurückmelden müssen! Selbst wenn … selbst wenn er dachte, dass … was auch immer er dachte …

Ruf an, Milo! Bitte ruf an!

Sie sehnte sich so sehr nach seiner Stimme. Nach einer winzigen Chance, zwischen seinen Worten herauszuhören, dass seine Gefühle immer noch die gleichen waren. *Ich lasse dich nie wieder allein, Nike*. Er hatte es versprochen. Und sie hatte dafür gesorgt, dass er sein Versprechen nicht halten konnte.

Sie schluckte die Tränen hinunter. Jetzt ging es nicht um ihren Kummer, sondern um Carls Verrat. Carl und Max. Einträchtig. Lachend. Nein, Milo konnte nichts davon wissen. Niemals hätte er das akzeptiert. Max hatte außerdem ausreichend klargemacht, dass er vorhatte, sich an Milo zu rächen. Jemand musste Milo vor ihm warnen. Und vor seinem eigenen Bruder. Dieser jemand war sie. Aber ob Milo ausgerechnet ihr überhaupt glauben würde? Egal. Sie musste es wenigstens versuchen. Das war sie ihm – und sich selbst – schuldig.

Als sie vor Milos Haustür stand, war sie sich nicht mehr ganz so sicher. Was, wenn Carl ihr jetzt öffnete? Oder Milo selbst? Was sollte sie dann sagen?

Vielleicht irgendwas wie: *Hallo, Milo, du, ich wollte nur mal kurz deinen Bruder bei dir anschwärzen, der hängt nämlich mit Max ab und die hecken was gegen dich aus. Ich habe zwar keine Ahnung was, und ich weiß, Carl ist dein Bruder, aber vertrau ihm besser nicht. Oh, und Milo, Max hat ziemlich viele gewaltbereite Freunde. Lass dich nur nicht auf irgendwas ein! Wenn er dich irgendwo hinlocken will, zum Beispiel zum Waldhaus, geh bloß nicht hin?* Super Idee.

»Hallo, Nike!« Es war Milos Mutter, die ihr freundlich lächelnd die Tür öffnete. Bei mehr oder weniger hellem Tageslicht betrachtet, sah sie viel jünger aus als neulich Nacht. »Milo ist leider nicht da, aber wenn du magst, komm doch rein?« Sie öffnete die Tür ein wenig weiter.

»Carl ist auch nicht da.« Sie runzelte die Stirn. »Ich dachte eigentlich, dass beide längst aus der Schule zurück sein müssten, aber …« Sie trat einen Schritt zurück und zuckte mit den Schultern. »… egal. Wenn du Lust auf einen Tee hast, setz dich einfach zu mir. Einer von beiden kommt bestimmt gleich. Vermutlich der Richtige.«

Nike versuchte, das Lächeln zu erwidern. *Der Richtige.* Wenn Karin wüsste, *wie* richtig Milo war, und wie sehr Nike es verbockt hatte.

»Rooibos-Vanille? Oder lieber grünen Tee?«

»Rooibos. Gern.« Nike ließ sich auf einem der Küchenstühle nieder und beobachtete Karin, die zuerst den Wasserkocher und dann eine Teekanne befüllte und sich dann mit einem Teller voller Kekse zu ihr setzte.

»Hast du eine Idee, wo er sein könnte?« Fragend sah sie Nike an. »In letzter Zeit denke ich oft, dass ich meine Jungs gar nicht mehr richtig kenne«, fuhr Karin fort, nachdem Nike nur den Kopf geschüttelt hatte. »In Namibia war unser Haus immer voll mit Carls und Milos Freunden. Ich hab jeden Einzelnen aufwachsen sehen. Und hier …« Sie seufzte und Nike sah ihr an, wie müde sie war. »Weißt du, das soll jetzt keine Entschuldigung sein oder so, aber ich hatte nicht wirklich eine Wahl. Der Job und … na ja.« Sie schluckte. »Ist eben für niemanden einfach, so ein kompletter Neustart aus dem Nichts.« Sie trank einen Schluck, bevor sie Nike wieder ansah und weitersprach. »Aber seit ein paar Tagen läuft es endlich ganz gut. Bei der Arbeit, meine ich. Ich hab mir vorgenommen, mich jetzt wieder mehr um Milo und Carl zu kümmern. Natürlich nur, wenn sie wollen. Ich hoffe, es ist noch nicht zu spät.« Ein hoffnungsvoller Schimmer erhellte ihr Gesicht und endlich erreichte auch das Lächeln wieder ihre Augen.

Nike wollte auf gar keinen Fall unhöflich sein. Gerade jetzt hätte sie nichts lieber getan, als mit Karin über ihre Söhne, speziell den einen, zu sprechen, aber ihr lief die Zeit davon. Unruhig rutschte sie auf ihrem Stuhl herum, während Karin sie lächelnd beobachtete.

»Okay. Ich sehe schon: Kekse und Tee mit mir sind nicht unbedingt der Grund für deinen Besuch. Kann ich irgendwas anderes für dich tun?«

Eines musste man Karin lassen: Sie spürte wirklich sofort, wie es dem Gegenüber ging. Etwas, was sie ihrem Ältesten absolut vererbt hatte. Und ja, das konnte sie. Nike hatte nämlich eine Idee.

»Wäre es eventuell möglich, dass ich in Milos Zimmer auf ihn warte?«, fragte sie schnell, bevor sie es sich anders überlegen konnte. Dass Karin sie für aufdringlich hielt, wollte sie nämlich auf gar keinen Fall. Karin lachte und schob ihr den Teller mit Keksen zu.

»Na klar. Hier, nimm die mit. Die könnt ihr nachher zusammen essen. Das hättest du doch gleich sagen können. Ich bin mir sicher, dass Milo nichts dagegen hat.«

Nike war sich da zwar überhaupt nicht sicher, aber das musste Karin ja nicht wissen. Sie bedankte sich, schnappte ihre Teetasse und den Teller und nahm zwei Stufen auf einmal. Als sie schon beinahe oben war, drehte sie sich noch einmal um. Karin saß immer noch in der gleichen Haltung wie eben da und rührte gedankenverloren in ihrem Tee.

»Karin?«

»Ja?«

»Hast du einen Computer?«

»Äh ja, brauchst du …?«

»Nein, ich nicht. Aber …«

Sie zögerte. Ob Milo das überhaupt recht war? Außerdem hatte sie noch immer keinen absolut sicheren Beweis, dass er wirklich Vincent war. Egal. Immerhin redeten alle darüber. Selbst wenn Milo nicht Vincent war, würde Karin wenigstens ein bisschen Einblick in das haben, womit sich ihre Jungs gerade beschäftigten. Ja, es war richtig, das mit Karin zu teilen.

»… schau dir doch mal auf YouTube ›V wie Vincent‹ an. Ich glaube … ich glaube, es wird dich interessieren.«

Nike drehte sich um und ließ eine ziemlich verwirrt dreinschauende Karin zurück. Die Verwirrung würde sich legen, sobald sie sich die Posts angeschaut hatte, da war sich Nike sicher. Vincent konnte bestimmt die meisten täuschen. Seine eigene Mutter vermutlich nicht.

Sie strich über sein Regal mit den Büchern, betrachtete erneut die Fotografien an der Wand, fragte sich, ob er ihr je von seiner Heimat erzählen würde, und ließ sich schließlich auf seinen Schreibtischstuhl fallen.

Milos Zimmer fühlte sich ohne ihn merkwürdig an. Alles in diesem Raum erzählte eine Geschichte. Eine, von der sie noch viel zu wenig gehört, gesehen und gefühlt hatte. Sein Geruch lag im Raum. Frisch und gut. Nikes Herz zog sich schmerzhaft zusammen, so sehr sehnte sie sich nach ihm. Am liebsten hätte sie sich seinen grauen Sweater übergezogen, der über seinem Schreibtischstuhl hing, und hätte sich in sein Bett gekuschelt, bis er kam, und sich solange eingeredet, dass alles in Ordnung war. Wo konnte er bloß sein?

Nike stand auf. Ihr Plan war gewesen, sein Zimmer auf den Kopf zu stellen, bis sie einen Hinweis auf seinen Aufenthaltsort entdecken würde – und gleichzeitig auch nach einem Beweis zu suchen, dass Milo doch Vincent war. Aber während sie sich ratlos in seinem Zimmer umsah und überlegte, wo sie anfangen sollte, kam sie sich richtig mies vor. Für wen hielt sie sich? Sherlock Holmes? Es war einfach nicht richtig, jemandem hinterherzuspionieren. Schon gleich gar nicht jemand, der ihr so viel bedeutete und den sie sowieso schon ziemlich gründlich davon überzeugt hatte, dass sie sein Vertrauen nicht wert war. Selbst wenn sie all das nur tat, um ihn zu schützen.

Ach Milo. Wenn du wüsstest ...

Beinahe hätte sie aufgegeben, bevor sie überhaupt richtig angefangen hatte. Da fiel ihr Blick auf seinen Laptop, den er neben dem Bett auf das kleine Tischchen gestellt hatte.

Ob sie ... sollte sie ... Ihr wurde heiß. Sie selbst hätte jeden getötet, der es wagte, ihren Computer auch nur hochzufahren. Na ja, vielleicht nicht getötet, aber zumindest wäre sie stinkwütend geworden. Andererseits ... wenn sie wirklich etwas herausfinden wollte, dann blieb ihr wohl nichts anderes übrig. Das war zwar echt übel, aber auch eine richtig gute Idee.

Sorry, Karma, dachte Nike, ließ sich auf Milos Bett nieder und klappte den Laptop auf.

Er war noch nicht einmal mit einem Passwort geschützt.

Super, Nike, und was jetzt?

Auf seinem Desktop befanden sich ein paar Ordner, die sich problemlos öffnen ließen, aber darin befand sich nur langweiliger Schulkram, den sie sich genauso gut auf ihrem eigenen Rechner anschauen konnte. Im Laufwerk steckte eine DVD von »V wie Vendetta«.

War das nicht der Film, von dem er letzte Woche gesprochen hatte? Den er mit ihr zusammen anschauen wollte? Das Date, das letztendlich daran scheiterte, dass sie doch auf diese bescheuerte Party ging und die damit endete, dass Max Milo verprügelt hatte? Letzte Woche. Unfassbar. Es kam Nike vor, als wäre es mindestens ein paar Monate her.

V wie Vendetta. V wie Vincent. V wie ... Verrat.

Sobald das hier vorüber war, würde sie diesen Film anschauen. Mit Milo. Wenn er das überhaupt noch wollte ...

Wahllos klickte sie einen Ordner nach dem anderen an. Nichts. Eher zufällig geriet sie auf seinen Internetbrowser. Anscheinend hatte er YouTube als Startseite festgelegt. Und zwar die Seite von »V wie Vincent«. *Bingo.*

Ihr Herz klopfte schnell, als sie den neuesten Beitrag anklickte. Anders als sonst hatte Vincent nicht in irgendeinem Raum, sondern draußen gefilmt. Nike sah Bäume im Hintergrund. Es war düster und Vincent schien ziemlich außer Atem zu sein. Er trug zwar Beanie und Maske, aber eine Jeansjacke und nicht, wie gewohnt, das graue Sweatshirt. Kunststück. Dafür war es auch einfach zu kalt und feucht draußen. Außerdem hatte er es in seinem Zimmer liegen lassen. Nike zog es von seinem Schreibtischstuhl und drückte ihre Nase in den weichen Stoff. Tief atmete sie seinen vertrauten Duft ein und wünschte zum tausendsten Mal, Milo wäre hier.

Die Maske schien nicht richtig zu halten und als »Vincent« sie wieder gerade rücken wollte, rutschte sein Ärmel nach oben. Der Junge mit der Maske trug ein Armband mit drei Muscheln. Dasselbe wie Milo. Nicht, dass sie noch einen weiteren Beweis gebraucht hätte.

Sie klickte auf Play. Schon bei Milos ersten Worten zog sich ihr Herz schmerzhaft zusammen. Offensichtlich hatte er vergessen, seine Stimme zu filtern, oder es war ihm nicht mehr wichtig gewesen. Jedenfalls klang er furchtbar gehetzt.

»Hallo Leute, ich muss euch etwas Wichtiges sagen: Ihr alle da draußen, ihr seid großartig. Die letzten Tage mit euch waren toll und ich bin stolz auf alles, was ihr, vielmehr wir gemeinsam erreicht haben. Ich habe nie damit gerechnet, dass so viele mein Gequatsche hören wollen, und noch viel weniger habe ich damit gerechnet, dass sich dadurch so viel verändert.

Für euch. Auch für mich. Ich habe unglaublich viel gelernt über Loyalität und darüber, dass man manchmal Freunde findet, wenn man am wenigsten damit rechnet, stimmt's, Walt Yensid?« Milo zeigte das Victory-Zeichen in die Kamera. Nike hörte sein Lächeln trotz der Maske. Unwillkürlich lächelte auch sie. Walter war wirklich spitze gewesen.

»Auch wenn ihr es vermutlich kaum vermutet habt, bin ich der allergrößte Fan von ›V wie Vendetta‹. Er lachte auf. »Und V, mein Superheld, hat mir die Kraft gegeben, diesen Kanal überhaupt zu starten. Ohne ihn wäre ich niemals auf die Idee gekommen. Schließlich ist er derjenige, der aufsteht, als sich längst keiner mehr traut. *Auch wenn man den Schlagstock, anstelle eines Gespräches einsetzen kann, werden Worte immer ihre Macht behalten!,* sagt V. Und er hat recht. Ja, er hat recht! Das Wort wird immer eine scharfe Waffe sein. Es ist großartig, dass ihr alle da draußen angefangen habt, euch zu wehren, für andere einzustehen, oder eure Stimmen zu entdecken. Zu sehen, wie viel Großes und Besonderes in euch steckt und dass es sich lohnt, es zu zeigen. Ihr seid wirklich zu Helden in eurem eigenen und im Leben von vielen anderen geworden. Und das ist doch das Beste, was man erreichen kann, oder etwa nicht?« Er machte eine kurze Pause, bevor er fortfuhr: »Und dennoch habe ich die Erfahrung machen müssen, dass Worte ihre Grenzen haben.« Er schüttelte den Kopf. »Sie haben ihre Grenzen, wenn ein Einzelner versucht, sich mit Worten gegen eine ganze gewaltbereite Clique zu wehren, die sich ein wehrloses Opfer gesucht haben. Oh, ich habe keine Angst um mich, denn ich habe begriffen, dass ich unzerstörbar bin, auch wenn ich ein blaues Auge habe und meine Lippe blutet. Meine *Seele* ist unzerstörbar. Aber ich habe meinen Bruder in eine Situation gebracht, von der ich nicht weiß, wie und ob ich ihn da heil wieder rauskriege. Ihr Helden da draußen, jetzt haben meine Worte ihre Grenze erreicht. Ich weiß, tief drinnen bin ich nicht allein, aber hier und jetzt, bin ich es eben doch. Also betet für mich, macht weiter so und passt auf euch auf. Ich glaub an euch. Das war's von mir. Ich bin und bleibe euer Vincent.«

Milo hob noch einmal kurz die Hand, dann brach der Clip ab und Nike starrte auf den Bildschirm mit dem schwarz-roten Logo. Nichts. Kein Hinweis auf seinen Standort.

Okay. Okay. Denk nach, Nike, denk nach!

Milo dachte anscheinend immer noch, dass Carl unfreiwillig bei Max war, sonst hätte er nicht dieses Video aufgenommen, oder wäre irgendwo im Wald unterwegs.

Er hatte immer noch nicht begriffen, dass Carl längst genauso schlimm war wie Max. Ja, sogar schlimmer, dass er Milo verraten hatte. Milo hatte keine Ahnung, dass es nicht nur um Max, sondern auch um Carls Rache ging, und dass er auf dem besten Weg war, in deren Falle zu tappen. Nein, Carl war nicht in Gefahr. Der Einzige, der wirklich in Gefahr war, war Milo selbst.

In ihrer Tasche kündigte ein Brummen eine neue WhatsApp-Nachricht an. Hektisch tastete sie nach dem Handy, bis sie schließlich die Tasche einfach auf dem Schreibtisch auskippte. Schulhefte, Portemonnaie, eine Brotdose, Lippenbalsam, Kaugummis und ein Täschchen mit Schminke, Tampons und all dem Kram, den man eben in der Schule so brauchte, rutschten durcheinander. Ungeduldig schob sie alles beiseite, bis sie endlich ihr Telefon in den Händen hielt.

Kannst du es auch kaum erwarten?
Komm doch schon früher!
Wir sind alle schon da und freuen uns auf dich. Und auf Milo!

Dieser Text stand unter einem Foto, das er mitgeschickt hatte.

Da stand er, mitten zwischen diesen schrecklichen Schlägertypen. Nike hatte gewusst, dass Max sie aktivieren würde. Obwohl sie Milo noch nicht einmal kannten, waren sie da, weil es ihnen Spaß machte, anderen Angst einzujagen. Weil sie sich in der Gruppe stark fühlten.

Jeder Einzelne von ihnen hatte eine Bierflasche in der Hand. Nike zoomte das Bild größer. Ein paar von denen kannte sie von dieser schrecklichen Waldhaus-Party. Nur Carl war nirgends zu sehen. Was hatte das zu bedeuten? Hatte er sich womöglich versteckt? Es machte sie ganz verrückt, dass sie nicht wusste, was vorging. Und etwas anderes beunruhigte sie noch zusätzlich. Sie zoomte näher an Max heran. Hatte er etwa ein Messer in der Hand?

Genug. Es war einfach genug. Nike wählte die 110. Der Polizist am Telefon versprach zwar, jemanden am Waldhaus vorbeizuschicken, aber wann das sein würde, konnte er nicht sagen. Kein Personal, sagte er pseudobedauernd und sehr gelangweilt. Ob überhaupt schon irgendetwas vorgefallen sei? Ansonsten hätten sie nämlich Wichtigeres zu tun.

Danke sehr. Die Polizei kam also erst, wenn schon geschehen war, was der Anrufer befürchtete? Von dieser Seite war also keine Hilfe zu erwarten. Aber es musste doch irgendetwas geben, was sie tun konnte! Nervös trommelte sie mit den Fingern auf Milos Bettdecke.

Wenn sie Milo helfen wollte, musste sie selbst aktiv werden. Aber wie? Sie schaute auf die Uhr. Kurz vor sechs. Wie sollte sie in so kurzer Zeit alle Leute, die sie kannte, zusammentrommeln? Und selbst wenn ihr das gelang, wären es immer noch viel zu wenige! Verdammt. Sie hatte einfach nicht das gleiche Netzwerk wie Vincent. Oder Moment: vielleicht doch …?

KAPITEL 25

Milo

Schon als Milo den Parkplatz hinter sich gelassen hatte und sich dem Waldhaus näherte, spürte er, dass etwas anders war als vorhin. Der Wald war erfüllt von Geräuschen, die nicht hierher gehörten. Stimmen statt Stille. Gelächter und dumpfe Beats statt dem Zwitschern der wenigen Vögel, die um diese Jahreszeit noch unterwegs waren. Es war schon ziemlich düster, aber da das Waldhaus auf einer Lichtung lag, konnte Milo zumindest die Umrisse der Hütte sehen. Irgendjemand hatte außerdem ein Feuer gemacht und darum herum konnte Milo schemenhaft Menschen ausmachen. Viele Menschen. Grob überschlagen mindestens zwanzig. Wer die waren, konnte er im diffusen Licht zwar nicht sehen, aber es war sehr wahrscheinlich, dass sie zu Max' Clique gehörten.

Niemals hatte Milo damit gerechnet oder auch nur darüber nachgedacht, dass er in der Lage sein würde, eine ganze Horde zusammenzutrommeln. Wer waren die?

Sein Herz schlug ihm bis zum Hals. Hier war er nun. Und jetzt? Er gegen – alle? Wenn er jetzt auf die Lichtung treten würde, konnte er sich auch gleich ein Schild um den Hals hängen: *Einmal verprügeln, bitte!*

Damit wäre wohl niemand geholfen. Am wenigsten ihm oder auch Carl. Vorsichtig näherte er sich. Vielleicht konnte er ja seinen Bruder irgendwo ausmachen, ohne dass ihn jemand von Max' Gestalten entdeckte. Da er außerhalb des Feuerscheins stand, hatte ihn bisher zwar noch niemand gesehen, aber das hier war definitiv trotzdem eine Nummer zu groß für ihn. Je näher er kam, umso klarer wurde ihm, dass er es nicht nur mit wesentlich älteren, sondern auch offensichtlich angetrunkenen und ziemlich aggressiven Jungs zu tun hatte. Milo schätzte sie auf mindestens achtzehn. Jeder Einzelne hatte eine Bierflasche in der Hand.

Aber wo war Carl?

Er musste noch näher ran.

Verdammt. Hinten, bei der Eingangstüre, entdeckte er Max. Er hatte einen Arm um Tessa gelegt und leerte gerade eine Flasche auf Ex, um im Anschluss laut zu rülpsen. Jonas neben ihm lachte.

Weit und breit kein Carl. Verdammt. Wo zur Hölle war sein Bruder? Was hatten sie mit ihm gemacht? Keine Frage, die Angst, die ihm beinahe die Luft zum Atmen nahm, riet ihm, die Beine in die Hand zu nehmen und davonzulaufen. Nach Hause, zu seinen Eltern, zur Polizei – irgendwohin. Hauptsache weg.

Zuerst ignorieren sie dich. Dann lachen sie über dich, dann bekämpfen sie dich. Und dann gewinnst du. Und warum?

Weil Angst im Kopf beginnt, Milo, aber Mut auch!

Coach Smith. Immer an seiner Seite. Nein, Angst war heute keine Option.

Milo trat in die Helligkeit.

»Carl?«, rief er laut. Und als keiner reagierte, noch einmal lauter: »Hat jemand Carl gesehen?« Und damit auch wirklich der Letzte von diesen Idioten Bescheid wusste, wer er war, setzte er hinzu: »Meinen Bruder?«

Die Gespräche um ihn herum verstummten. In die Stille

dröhnte merkwürdige Musik, die nur mit Mühe als Deutschrap zu erkennen war.

»Ey Mann, mach mal jemand die Box leiser!«, brüllte Max quer über den Platz. »Unser Ehrengast ist da!«

Milo schluckte. *Weil Angst im Kopf beginnt. Aber Mut auch!*

Über die Dummheit, sich in gefährliche und ziemlich eindeutig ausweglose Situationen zu manövrieren, hatte Coach Smith allerdings nichts gesagt.

Max spuckte auf den Boden. Tessa kicherte und hüpfte zur Seite.

»Mann, Max! Meine Schuhe!«, kiekste sie. »Du bist ja wohl voll eklig!« Milo konnte ihr ansehen, wie toll sie ihn trotzdem fand.

»Hey yo, Vince, was geht? Hat heut keiner von deinen tollen neuen Freunden Zeit gehabt, mit dir Händchen zu halten?« Max hakte seine Daumen in den Hosentaschen ein und grinste selbstgefällig.

Während der wenigen Sekunden, in denen Milo neben das Feuer getreten war und er sich voll auf Max konzentriert hatte, war ihm völlig entgangen, dass ihn dessen Freunde eingekreist hatten. Jede Ausweglosigkeit war anscheinend immer noch steigerbar.

»Ich suche Carl. Du interessierst mich überhaupt nicht! Wenn du mir sagst, wo er ist, schnappe ich mir meinen Bruder und verschwinde.« Er verschränkte die Arme vor der Brust. Wenigstens konnte er versuchen, ein wenig Selbstvertrauen vorzutäuschen. *If you can't make it, fake it.*

»So, so, du haust wieder ab?« Max kam noch ein bisschen näher. »Wenn ich das aber gar nicht will?« Seine Stimme klang schneidend. »Weil du doch mein Ehrengast heute Abend bist? Weißt du, meine Freunde und ich haben uns schon so auf dich gefreut! Oder, Jungs?«

Ein ohrenbetäubendes Grölen dröhnte in Milos Ohren. Seine Sinne waren hellwach und reagierten auf das flackernde Feuer genauso, wie auf jede Bewegung, die er aus dem Kreis wahrnahm. *Ich komme hier nicht lebend raus,* dachte er verzweifelt und schloss kurz die Augen, bevor er diesen Gedanken energisch beiseite schob. *Sagt wer?*

»Oh, hat der kleine Vincent Angst?« Max grinste gemein. »Dabei ist er doch sonst so mutig!«

Lieber Gott, oder wer auch immer für mich zuständig ist, beschütze mich.

»Findest du es etwa besonders mutig, dich hinter zwanzig Leuten zu verstecken, die nichts anderes in ihrer Birne haben als Bier?«

Er bemühte sich, sein Lachen abfällig klingen zu lassen, aber selbst in seinen Ohren klang es ziemlich kläglich.

»Hey Mann, glaubst du Idiot echt, du kannst uns hier dissen? Wir machen dich kalt, Arschloch!«, rief Max. »Zuerst dich und später deine tolle Freundin!«

»Halt Nike da raus!«

»Oh, das würde ich gern, aber ich bin mir sicher, dass sie sich das hier nicht entgehen lassen will.« Er schaute auf die Uhr. »Sie sollte demnächst eintrudeln. Sie ist doch sonst immer so zuverlässig. Und brav. Sonst wäre nach der Sommerparty ganz bestimmt doch was mit uns gelaufen. Was wollte ich nur von dieser Strebertussi?«

Was meinte Max damit, dass Nike bald da sein müsste?

Und hatte er gerade wirklich zugegeben, dass nichts in

dieser Nacht passiert war? Rotkäppchen war also eine Lüge, die er sich ausgedacht hatte, um Nike zu erpressen? Wie krank musste man sein, um sich so was auszudenken?

Neben ihm schlug eine Bierflasche auf dem Boden auf und zerbarst in tausend Splitter. Milo zuckte zusammen. Er stand im hellen Feuerschein und sah kaum, was außerhalb vor sich ging. Über Nike würde er später nachdenken müssen.

Eine zweite Flasche flog und Milo konnte ihr gerade noch ausweichen. Der Kreis wurde enger. Je näher Max und seine Freunde kamen, umso deutlicher erkannte er sie. Nun konnte er zwar ihre Reaktionen besser abschätzen, aber beinahe wünschte er sich die Dunkelheit auf ihren Gesichtern zurück. Die Freude an der Gewalt, die sich darin spiegelte, war erschreckender als jede Bierflasche, die vor ihm zerplatzt war. Kein Funken Mitgefühl oder Scham ließ sich darin erkennen. Bis auf das wütende Glitzern in ihren Augen und die verzerrten Münder sah Milo überhaupt nichts. Egal. Das Einzige, was für ihn zählte, war sein Bruder. Aber Carl blieb verschwunden.

»Hey, Milo?« Max war noch einen Schritt näher getreten, sodass er jetzt als Einziger mit Milo im Kreis stand.

»Da ist jemand, der dir was sagen will!« Max drehte sich nach hinten um und winkte jemandem zu, der im Schatten stand. »Los Alter, gib Gas! Da hast du doch schon so lang drauf gewartet! Jetzt kannst du deinem Loserbruder endlich sagen, wie peinlich du ihn findest. Ich hab dir auch den ersten Schlag aufgehoben, Digger.« Er wedelte immer noch mit den Armen. »Oder du hältst ihn fest und ich fang an. Mir egal, Kumpel. Hauptsache, es geht endlich los!«

Aus der Dunkelheit trat Carl in den Kreis und stolperte, als Max ihm einen Schubs in Richtung Milo gab.

Vor Milos Augen flimmerten schwarze und silberne Sterne um die Wette, seine Knie wurden weich und in seinem ausgetrockneten Mund sammelte sich plötzlich Spucke. Beinahe hätte er gewürgt. Das war nicht wahr! Das konnte einfach nicht wahr sein!

Carl

Er hatte sich die ganze Zeit mit Absicht im Hintergrund gehalten. Auf Milo zu schimpfen und wütend zu sein, war die eine Sache. Diese Wut hatte ihn durch die letzten schwierigen Wochen getragen und sein völlig aus dem Ruder geratenes Leben wenigstens ein bisschen erleichtert. Er hatte Milo für alles verantwortlich gemacht, obwohl er gar nichts dafür konnte.

Dadurch wurde es beinahe erträglich. Das Heimweh. Die Sehnsucht. Die Angst. Und das Gefühl, nirgends dazuzugehören. Einer musste schuld sein. Und das war Milo. Als Max kam, hatte er in ihm die Bestätigung dafür gefunden. Alles war klar gewesen. Einfach.

Aber was half diese Erkenntnis schon, jetzt, viel zu spät?

Schon heute Mittag hatte Carl Angst bekommen, als Max sein Messer eingesteckt und diese aggressiven Typen aus dem Nachbarort angerufen hatte. Diese Jungs schreckten vor nichts zurück. Das wusste Carl zwar, schließlich war er in den letzten Tagen oft genug dabei gewesen, wenn sie irgendjemand in die Mangel genommen hatten. Aber da waren es nie mehr als drei oder vier gewesen. Jetzt waren es mindestens zwanzig, und aufgeheizt und angetrunken wie sie waren, kannten sie bestimmt keine Gnade. Max hatte ihnen eine »Schlägerei nach ihrem Geschmack« versprochen. Einerseits hatte Carl das abartig gefunden, andererseits hatte er nicht eine Sekunde daran geglaubt. Wer fand schon Gefallen daran, jemanden zu verprügeln, einfach nur um des Verprügelns willen?

Nun, jetzt wusste er es.

Er hätte gehen können. Gehen *müssen*. Spätestens zu dem Zeitpunkt, als er begriffen hatte, dass zumindest Max das alles total ernst gemeint hatte. Er war zu feige gewesen und dadurch immer tiefer mit reingeraten. Nein, das hatte er nicht gewollt. Nichts davon.

Max hatte ihn nicht eine Sekunde aus den Augen gelassen und Carl war nur nicht auf diesem Foto, weil er behauptet hatte, dass er pinkeln musste. Schon da war Max misstrauisch geworden. Ob er sich sicher sei, hatte er wissen wollen, dass er Milo wirklich einen Denkzettel verpassen wollte. Wahrscheinlich deshalb auch diese Aktion hier vor Publikum. Er wollte Beweise für Carls Loyalität, hatte Max gesagt. Schon da hätte Carl beinahe gekotzt.

Verdammt. Er hatte es verbockt.

Idiot! Idiot! Idiot!, hallte es in seinen Ohren.

Kreidebleich stand Milo da und starrte ihn an. Noch nie hatte Carl seinen Bruder so geschockt gesehen. Er schämte sich in Grund und Boden. Was hatte er sich nur dabei gedacht? Angst kroch von seinem Bauch zu seinem Herzen. Was hatten sie mit Milo vor? Mit seinem Bruder, der mitten in diesem schrecklichen Kreis aus ätzenden fiesen Gestalten komplett alleine stand.

Moment …

Zögerlich setzte Carl einen Fuß vor den anderen. Richtete seinen Blick auf Milo und blendete alles andere um sich herum aus. Die Stimmen. Das Grölen. Max' Rufen. Die Gesichter. Seine Angst. Er ging wie durch einen Tunnel unter all dem Zorn und dem Hass hindurch, bis er Milo erreicht hatte.

Dass Max total ausflippte, realisierte er erst, als er längst neben seinem Bruder stand.

Milo sagte noch immer nichts und rührte sich nicht vom Fleck, als wäre er von einer Sekunde auf die andere zu einer Statue aus Eis gefroren.

Egal was hier jetzt gleich passiert, es tut mir so leid!

Millionen Gedanken wirbelten gleichzeitig durch Carls Gehirn und plötzlich wurde ihm nicht nur das ganze Ausmaß dieser Katastrophe bewusst, sondern auch, dass er es verursacht hatte.

Er spürte noch einmal den ganzen Schmerz darüber, dass Milo offensichtlich mit der Situation so viel besser klarkam als er, währender Carl von Tag zu Tag mehr in die Scheiße rutschte. Nur eines war in diesem Moment anders: er machte nicht mehr Milo dafür verantwortlich, sondern sich selbst. Und gleichzeitig erfasste er mit einem Atemzug, wie sehr sein Bruder um und für ihn gekämpft hatte. Am liebsten hätte er Milo all das gesagt und erklärt, aber der Kreis hatte sich noch enger um die beiden gezogen. Die Rufe wurden immer lauter und es würde nicht mehr lange dauern, bis es losging.

Immerhin würde er gleich die Gelegenheit bekommen, für Milo zu kämpfen. Er neigte sich zu seinem Bruder hinüber.

»Tut mir leid«, flüsterte er, aber Carl wusste nicht, ob er ihn überhaupt gehört hatte, denn Milo rührte sich nicht.

Tränen brannten in Carls Augen. Egal, wie groß das Loch

war, das das Heimweh nach Namibia in sein Herz gerissen hatte, es war nicht einmal ansatzweise so groß wie die Sehnsucht nach seinem Bruder und die ihn in dieser Sekunde beinahe von den Füßen riss. Die Sehnsucht nach dem, was sie einmal gehabt und was er, Carl, verloren hatte. Leichtfertig hergegeben und mutwillig zerstört.

»Sorry, Bruder, echt. Es tut mir so leid!«, flüsterte er noch einmal.

Milo drehte seinen Kopf wie in Zeitlupe. Wenigstens sah er ihn wieder an. Und auch wenn das noch nicht hieß, dass Milo ihm verziehen hatte, fühlte Carl einen winzigen Hoffnungsschimmer in sich aufsteigen. Milo nickte. »O.k.« Ein Wort. Kein Lächeln. Aber es reichte.

Carl wusste, sie würden später darüber sprechen. Sie *mussten* darüber sprechen. Er würde nicht lockerlassen und darum kämpfen, dass es wieder so wurde, wie es einmal war, wenn sie nach diesem Abend überhaupt jemals wieder kämpfen konnten.

»Duck dich!« Eine Bierflasche verfehlte Milos Ohr nur knapp und zerbrach irgendwo hinter ihnen. Eine andere landete direkt vor Carls Füßen. Das Geräusch von zerberstendem Glas schien die Initialzündung gewesen zu sein. Der Startschuss.

Der Kreis wurde enger und enger. Die Rufe immer lauter.

»Dresche!«, rief irgendjemand.

»Auf die Fresse!« und noch ein paar andere Sprüche und Schimpfworte, mit denen sie sich gegenseitig anstachelten.

Bisher hatte keiner den Anfang gemacht und sich in den Kreis getraut, aber Carl wusste, dass es kein Halten mehr geben würde, wenn erst einer begann.

Es war Max, der den letzten Schritt auf die Brüder zumachte

und Milo vor die Brust stieß, sodass er nach hinten taumelte. Milo wehrte sich nicht. Es schien beinahe, als wäre er nicht hier. Er bemühte sich zwar, sein Gleichgewicht wieder zu erlangen, aber als er stand, wartete er nur ab. Ohne Deckung, ohne Körperspannung, völlig kraftlos und so, als ginge ihn das alles gar nichts an.

Max drehte sich zu Carl um. »Oh, zwei Arschlöcher zum Preis von einem? Hab ich es mir doch gedacht: Heute ist mein Glückstag!« Er grunzte und ballte seine Hände erneut zu Fäusten. »Ein Loser kommt selten allein.« Er lachte einmal kurz auf und boxte Milo mit voller Wucht gegen die Schulter.

Carl hörte auf zu denken. Die ganze Wut der letzten Wochen pulsierte plötzlich durch seine Adern. Er riss Max am Arm herum und holte aus, um ihm seine Faust ins Gesicht zu donnern. Aber Max war schneller. Er befreite sich aus Carls Griff, und fing den Schlag ab.

»Da musst du schon früher aufstehen, du kleiner Vollhonk, wenn du dich mit mir anlegen willst.«

Max spuckte vor ihm auf den Boden und stieß Carl so heftig, dass er ein paar Schritte nach hinten taumelte und schon die Hitze des Lagerfeuers im Rücken spürte. Glühende Funken stoben auf, dort wo er in die Glut getreten war. Wenn Milo nicht bald aufwachte, würde das hier sehr schnell zu Ende sein. Aber als hätte er das gehört, schüttelte Milo sich kurz, als ob er wirklich geschlafen hätte, und stürzte sich mit einem wütenden Schrei auf Max.

»Finger weg von meinem Bruder!« Milo holte aus, doch bevor er einen Treffer landen konnte, war Jonas neben Max getreten und hatte Milo seinen Ellbogen in die Rippen gedonnert. Dieses Mal konnte er sich gerade noch auf den Beinen halten, taumelte aber gegen einen von diesen Typen, der ihn grob von sich stieß. Milo setzte sich ziemlich unsanft auf den Hosenboden. Der komplette Kreis johlte.

Carl streifte sich schnell die Funken von der Jacke, die er aufgewirbelt hatte. Das hier sah nicht gut für sie aus. Gar nicht gut.

Plötzlich durchschnitt eine laute Stimme den Tumult.

»Aufhören! Hört auf! Max, hast du sie noch alle? Lass Milo in Ruhe!«

Nike, dieses superhübsche Mädchen aus Milos Klasse, war ebenfalls in den Kreis getreten und vor Max stehen geblieben. Keiner rührte sich mehr, was ein gutes Zeichen hätte sein können, aber zu seinem Schreck beobachtete Carl, wie sich ein sehr zufriedenes Grinsen in Max' Gesicht ausbreitete. Nicht gut.

»Herzlich willkommen, Rotkäppchen!« Max ließ seinen Blick von oben nach unten und wieder zurück über Nikes Körper wandern. Carl schauderte. Es fühlte sich beinahe so an, als hätte Max Nike nicht nur mit seinen Augen, sondern auch mit seinen klebrigen Fingern betatscht.

Nike spuckte vor ihm auf den Boden.

»Du hast keine Chance, Arschloch«, sagte sie mit fester Stimme und hielt ihren Blick fest auf Max gerichtet. Er schluckte.

Carl bewunderte Nikes Mut. Kein Wunder, dass Milo sie so toll fand. Sie und ihre Freundin Sarah, die sich gerade ebenfalls neben Carl und den sehr benommenen Milo stellte.

Das erste Mal und nur für einen kurzen Moment bemerkte Carl so etwas wie Unsicherheit in Max' Gesichtsausdruck aufflackern.

Milo

Das hier war der blanke Horror.

Sein Kopf versuchte immer noch, die Infos zu verarbeiten, die Carls Auftritt seinem Gehirn geschickt hatte. Gerade, als er sich so weit gefasst hatte, dass er auf Max' Angriffe reagieren konnte, tauchten Nike und Sarah auf. Fassungslos starrte er die beiden an. Wie hatte Max das hinbekommen? Aber noch viel dringlicher: Wie sollte er die beiden beschützen, wenn er kaum in der Lage war, etwas zu sehen, geschweige denn, sich selbst gegen Max und seine fürchterliche Clique zu wehren?

»Wenn das so ist, Rotkäppchen, haust du vielleicht doch besser wieder ab!«, blaffte Max in diesem Moment Nike an. »Das heißt«, er setzte ein falsches Grinsen auf, bevor er weitersprach: »Zuschauen kannst du natürlich gern, wie wir deinen Freund fertigmachen. Vielleicht stehst du ja eher auf Luschen, als auf richtige Kerle?« Er lachte und drehte sich zu Jonas, um ihn abzuklatschen.

»Ich gehe auf keinen Fall«, sagte Nike und stellte sich noch etwas näher neben Milo. Kurz traf ihr Blick seinen und Milo sah, wie sie sich um ein Lächeln bemühte. Er lächelte zurück, immer noch viel zu geschockt von den Ereignissen der letzten Minuten, um zu begreifen, was hier gerade vor sich ging.

»Ich gehöre genau hierher. Neben meinen …« In ihren Augen sah Milo für einen winzigen Moment die vorsichtige Frage, ob sie den Satz vervollständigen durfte. *Wenn du mich noch willst*? Aber dann, ohne seine Antwort abzuwarten, beendete sie ihn doch. »… Freund«, sagte sie und schluckte, ohne ihren Blick von Milo abzuwenden.

War das … Konnte das … wahr sein? Schon als Max die Erpressung zugegeben hatte, war ihm einiges klar geworden, aber jetzt fielen alle Zweifel von Milo ab. Nike war genauso ein Opfer von Max gewesen wie Carl und egal, was vorgefallen war, ob sie gelogen hatte oder nicht, ihre Gefühle Milo gegenüber waren genauso wahr wie seine. Sofort hätte Milo sie am liebsten gleichzeitig geküsst und geschüttelt. Um ihm ihre Gefühle klarzumachen, hätte sie sich nicht in Gefahr bringen müssen – nicht dürfen. Oder war es genau das, um was es ging? War nicht Liebe immer ein Risiko?

Vorsichtig griff er nach Nikes Hand. Was auch immer jetzt geschah, keiner von ihnen war mehr allein.

»Zuckersüß, dieses Liebesglück!« Max kam näher und blieb so nah vor Nike stehen, dass selbst Milo seinen Geruch nach Bier wahrnehmen konnte. Widerlich. »Aber weißt du was, Rotkäppchen? Es interessiert mich nicht mehr. Du interessierst mich nicht mehr!« Milo hörte im Hintergrund Tessa jubeln. Gott, war dieses Mädchen dumm!

»Aber wenn du glaubst, dass es einen Unterschied macht, ob du ein Mädchen bist oder nicht, hast du dich geschnitten. Wenn du und deine ach so tolle Freundin hier mitmachen wollt, bitte schön. Aber geh später nicht heim zu Mutti und heul! Du hast die Wahl gehabt, Rotkäppchen, und du hast dich entschieden. Hab ich recht, oder hab ich recht?«

Nike blinzelte noch nicht einmal.

»Ganz genau. Du hast vollkommen recht. Und weißt du was, Max? Das Gleiche gilt für dich. Jetzt lass uns endlich in Ruhe!«

Sie legte ihre Hände auf seine Schultern und versuchte, Max wegzuschieben, aber das Einzige, was sich bewegte, waren seine Brustmuskeln, die sich deutlich sichtbar unter seinem Sweatshirt abzeichneten.

»Lass sie gehen, Mann«, schaltete Milo sich ein und schob sich zwischen Max und Nike, wobei er ihre Hände von Max' Schultern streifte. Alles konnte er ertragen, aber ihre Finger auf seinem Brustkorb ließen ihn schaudern. »Uns alle. Komm schon, du brauchst uns doch nicht. Du hast gewonnen!«

Er nahm Max' rechten Arm und reckte ihn zu einer Siegerpose nach oben. Völlig verdutzt ließ Max das geschehen. Ohne den Überraschungsmoment hätte Milo keine Chance gehabt. »Hier! Seht her! Max ist der große Gewinner! Wahnsinn, was?«

»Was soll das, du Pisser?« Max entriss Milo seine Hand und stieß sie ihm gegen die Brust. »Glaubst du, wir spielen hier ein lustiges Spiel?«, zischte er. Seine Augen funkelten böse. »Da täuschst du dich gewaltig. Ja, ich habe gewonnen, Milo Fisch Vollidiot Zander. Und zwar, weil du hergekommen bist. Du, der supertolle megaschlaue Vincent, bist in meine Falle getappt. Glaubst du ernsthaft, ich lasse euch jetzt einfach so nach Hause gehen?«

Schwer atmend wartete er auf Milos Antwort.

»Das wäre doch eine prima Idee.« Milo tackerte ein Grinsen auf sein Gesicht. Er hatte nicht geglaubt, damit durchzukommen, aber er musste es wenigstens versuchen.

Und scheiterte. Milo spürte den Schlag, bevor er Max' Faust überhaupt wahrgenommen hatte. Sterne tanzten vor seinen Augen, in seinen Ohren dröhnte es und ein spitzer Schrei hallte darin wider. Nike. Milo schmeckte Blut in seinem Mund, während Carl sich auf Max warf und sich ein gehässiges Grinsen in dessen Gesicht ausbreitete.

»Los geht's, Jungs! Haut drauf!«, hörte Milo noch, dann waren überall Arme, Beine und Köpfe. Innerhalb eines Sekundenbruchteils hatte er Nike und Sarah aus den Augen verloren, aber er konnte sich weder so weit befreien, dass er mehr sehen konnte, noch war er in der Lage, irgendetwas zu denken, außer *Lieber Gott, mach, dass wir heil hier rauskommen!*

Er hörte, wie Nike laut aufschrie und plötzlich sah er Sarah, die ziemlich am Rand stand und sich bemühte, einen besonders schmierigen Typen abzuwehren, der offensichtlich die Gunst der Stunde nutzte, und versuchte, sie anzugrabschen.

Carl fühlte er mehr, als dass er ihn sah. Dessen Kräfte waren zwar ausreichend für ein anstrengendes Basketball-Match, nicht aber für einen Faustkampf mit völlig irren und angetrunkenen Verrückten. Aber obwohl sie absolut keine Chance gegen all die Typen hatten, beruhigte ihn das Gefühl, dass derjenige, der da an seiner Seite kämpfte, sein so schmerzlich vermisster Bruder war.

Nike, Sarah, Carl und er gegen so viele. Aussichtslos. Und beschämend für all diejenigen, deren Hirn noch immer nicht eingesetzt hatte und die weitermachten, anstatt all dem hier ein Ende zu bereiten.

KAPITEL 26

Milo

Plötzlich erregte irgendetwas in seinem Augenwinkel Milos Aufmerksamkeit. Zwischen den Bäumen, am Rande der Lichtung, zog ein helles Licht seinen Blick magisch an. Eine Reflexion des Feuers vielleicht? Oder nein. Es wackelte und bewegte sich auf die Lichtung zu. Irgendjemand mit einer Taschenlampe hatte den Weg hierher gefunden. Hoffentlich jemand, der zur Abwechslung mal auf ihrer Seite stand. Daneben war noch ein Licht. Noch eines. Und noch ein weiteres. Milo zählte mindestens acht. Acht Menschen mit Taschenlampen? Vor lauter Staunen kassierte Milo einen ordentlichen Schlag ins Gesicht, aber er bemerkte es kaum.

Abgesehen davon, dass sich plötzlich von allen Seiten Lichter näherten, wusste er auch, dass all jene, die da kamen, auf ihrer Seite waren. Alle Idioten waren schließlich schon hier.

Zuerst war es nur ein Murmeln, ein Rauschen, als ob der Wald zu diesem ganzen Aufruhr auch etwas sagen wollte, aber je näher die Lichter kamen, umso lauter wurden auch die Geräusche.

Max' Jungs hatten aufgehört, die vier zu attackieren und starrten ebenfalls staunend auf die Menschen, die von allen Seiten auf die Lichtung strömten.

Verwirrt sah Milo zu Nike, auf deren Gesicht sich ein freudiges Grinsen ausbreitete. Sie schloss die Augen und seufzte erleichtert, bevor sie Sarah abklatschte und dann ihren Arm auf Milos Oberarm legte.

»Gott sei Dank«, sagte sie aufatmend. »Sie sind gekommen.« Milo hätte es nicht besser ausdrücken können, auch wenn er keine Ahnung hatte, was hier vor sich ging. Allein die Berührung von Nikes Hand auf seinem Arm war schon unglaublich, aber das, was hier passierte, war einfach unfassbar.

Wie viele Jugendliche es wohl sein mochten, die sich mittlerweile vor der Hütte eingefunden hatten? Zwanzig? Fünfzig? Hundert? Milo hatte aufgehört zu zählen.

Der Platz ums Feuer war jedenfalls voll und es wurden immer mehr.

Wer waren sie? Woher kamen sie? Wieso wussten sie, dass …

Zuerst leise, aber dann immer lauter ertönten ihre Stimmen, als sie näher und näher kamen.

»V wie Vincent! Du bist nicht allein!«, riefen sie. »Du bist nicht allein!« Und lauter und immer lauter: »Du bist nicht allein!«

Max stand immer noch wie angewurzelt im Inneren des Kreises, wo er eben noch großkotzig verkündet hatte, dass Milo keine Chance hatte. Aber nun war er es, in dessen Augen sich Angst spiegelte. Er wusste, dass er verloren hatte. Von seinen Jungs stand nur noch Jonas neben ihm, alle anderen versuchten gerade, so unauffällig wie möglich zu verschwinden. Selbst Tessas Gekicher war verstummt.

Je näher die Menschen kamen, desto besser konnte Milo sie erkennen. Ein paar von ihnen trugen Guy-Fawkes-Masken.

»V wie Vincent, du bist nicht allein!« Der ganze Wald war erfüllt von ihren Rufen. Manche reckten ihre Fäuste in die Luft, andere zeigten das Victory-Zeichen. Milo erkannte Nata und Tim. Sie gingen nebeneinander. An ihrer Seite Sven mit Frederik aus der Social-Media-AG und jemand, den er trotz der Guy-Fawkes-Maske, die er jetzt gerade trug, immer und überall an seiner senffarbenen Cordhose erkannt hätte: Walter. Ed, Felix, Patrick und der Rest der Clique waren ebenfalls da und standen weiter rechts. Sarah hatte sich mittlerweile zu ihnen gesellt und schmiegte sich an Felix, der seinen Arm um sie gelegt hatte und ihr liebevoll einen Kuss auf die Schläfe drückte, just in dem Moment, als Milo zu ihnen hinsah. Sie sah so glücklich aus. *Wie schön, dachte Milo.* Liebe war so kostbar. Und jedes Risiko wert. Er legte seine Hand um Nikes Hüfte und zog sie näher zu sich heran. Ihre Wärme vermischte sich mit seiner und er fragte sich, warum er je gezweifelt hatte.

Basti, Anton, Filip und noch ein paar andere Jungs und Mädchen aus der 10c waren gekommen. Selbst Frau Brettschneider war da. Unfassbar. Woher kamen die alle?

Während sich immer mehr Menschen auf der Lichtung versammelten, zogen sich andere zurück. Weder Max' Freunde noch Tessa, Jonas oder Max selbst waren in der Menge auszumachen. Wobei: In dem Moment, als Milo Walter entdeckt hatte, kam es ihm außerdem so vor, als hätte er einer Gestalt, die Max sehr ähnlich sah, seine Taschenlampe in die Hand gedrückt, bevor derjenige in Richtung Parkplatz schlich.

»Wie hast du das gemacht?«

Verwirrt sah Milo von all den Menschen zu Nike in seinem Arm. Dass sie für dieses Wunder verantwortlich war, daran hatte er überhaupt keinen Zweifel.

»Deine Mutter hat mich in dein Zimmer gelassen«, flüsterte Nike in Milos Ohr und schenkte ihm ein entschuldigendes Lächeln. »Ich hab mich in deinen Account gehackt. So sorry!« Am neckischen Blitzen in ihren Augen konnte Milo allerdings sehen, wie ernst sie die Entschuldigung meinte. Sie drückte ihm einen Kuss auf die Wange. »Und na ja, du scheinst echt viele Freunde zu haben. Mutige und sehr loyale Freunde, die nicht nur im Internet große Töne spucken, sondern sich auch im richtigen Leben trauen, anderen zur Seite zu stehen.« Sie zwinkerte ihm zu. »Meine Idee mit dem Aufruf hat jedenfalls mega funktioniert!«

Ihr Gesicht strahlte voller Stolz. Milos Herz drohte vor lauter Glück überzulaufen.

»Ja, da solltest du dich allerdings bei mir entschuldigen«, sagte er lächelnd. »Und was fällt meiner Mutter überhaupt ein, Fremde in mein Zimmer zu lassen? Ich muss unbedingt mit ihr darüber sprechen!«

»Na, dann los!« Nike wies auf eine Stelle im Wald. »Da steht sie und kann es kaum erwarten, ihren Sohn in ihre Arme zu schließen. Ihre *Söhne*«, verbesserte Nike sich, denn Carl hatte Karin wohl schon früher entdeckt und stand nun zwischen ihr und seinem Vater, der liebevoll seine Arme um beide gelegt hatte. Karins Blick war fest auf Milo gerichtet. Fassungslos schüttelte Milo den Kopf. Sowohl sein Vater als auch seine Mutter – beide hier? Das überstieg nun wirklich seine Vorstellungskraft. Aber sie waren da. Seine Eltern waren gekommen. Vorsichtig bahnten sich Erleichterung und Freude ihren Weg in sein Herz und Milo spürte, wie es mit einer Leichtigkeit gefüllt wurde, die er schon so lange nicht mehr gespürt hatte. Seine Eltern. Und sein Bruder. Familie. Sein Herz war wieder heil.

»Wie …?«

»Okay, okay. Ich habe deiner Mutter gesagt, dass sie sich mal die Clips von ›V wie Vincent‹ anschauen soll. Konnte ich ja nicht ahnen, dass sie das sofort macht.« Nike lächelte verschmitzt. »Aber jetzt geh schon! Ich bin auch später noch da. Mal sehen, ob sie die Musikanlage da gelassen haben. Was hältst du von einer klitzekleinen Siegesparty? *Schließlich ist eine Revolution ohne Tanzen eine Revolution, die sich nicht lohnt!*« Nike zitierte V. Unfassbar.

Milo schüttelte lachend den Kopf. »Du hast den Film gesehen?«

»Nein, hab ich nicht. Aber ich habe auf einer Seite Vs Lieblingszitate gefunden. Ich musste ja ein bisschen recherchieren. Woher sollte ich sonst wissen, dass du du bist?« Sie grinste. »Das war echt die mieseste Lüge, die ich je gehört habe. Irgendwann erklärst du mir auch, warum du es mir nicht einfach gesagt hast, ja? Und vielleicht«, jetzt wurde sie doch wieder ernst, »schauen wir den Film demnächst mal zusammen? Das heißt, wenn du jemals wieder ein Date mit mir willst?«

»Ob ich …?«

Sie lächelte. »Wie wäre es mit heute? Oder, nein warte: Heute muss ich feiern, aber morgen hätte ich Zeit.«

Milo spürte jeden blauen Fleck, den er sich zugezogen hatte, genauso spürte er aber auch das Glück, Nike endlich bei sich zu haben und Carl an seiner Seite zu wissen. Alles war gut. Und dennoch lag ein schmerzhafter Schatten über all dem. Er wollte jede Sekunde mit Nike verbringen und ihr absolut vertrauen. Ein Blick in ihr Gesicht sagte ihm, dass das möglich war. Aber bevor er all das schwere und Dunkle loslassen konnte, musste er es nicht nur gesehen haben, er musste es auch hören.

»Auf der Eisbahn am Dienstag … als du gesagt hast, dass du nicht mit mir zusammen sein willst …« Milo konnte den Schmerz über die Zurückweisung noch immer spüren, als läge er wie eine Aura um das Glück, das gerade seinen Körper geflutet hatte, und es fiel ihm schwer, weiterzusprechen. »Weißt du, ich habe dir jedes Wort geglaubt.« Es tat immer noch weh.

»Ich …« Sie sah auf den Boden.

Milo schluckte. Was, wenn sie jetzt ihre Worte wiederholte? War er wirklich bereit für die Wahrheit?

»Milo … ich …« Sie atmete tief durch und sah ihm fest in die Augen. »Es tut mir so furchtbar leid.« In ihren Augen schimmerten Tränen. »Ich hatte solche Angst. Vor Max … und davor, dich zu verlieren, wenn du herausfindest, dass …«

»Schhhhh.«

Milo legte seinen Zeigefinger auf ihren Mund und seine Stirn an ihre.

»Es ist schon gut. Alles gut.« Er hatte genug gehört.

»Nein Milo, nichts ist gut. Diese Sache mit Max … Ich … es … ich erinnere mich an nichts. Es ist so schrecklich, weil ich sehr gut verstehen könnte, wenn du mich nicht … mehr willst, weil ich mit Max …« Wieder senkte sie den Kopf.

Milo merkte, wie schwer es ihr fiel, überhaupt darüber zu sprechen, was Max ihr angetan hatte. Die alte Wut kam wieder in ihm hoch, aber dieses Mal ließ er ihr keine Chance. Er wollte schließlich einen Neuanfang. Nicht nur ohne Lügen, sondern auch ohne Zorn. So viel Aufmerksamkeit und so viele Tränen hatte Max gar nicht verdient.

»Hey.« Milo hob ihr Kinn mit dem Zeigfinger. »Schau mich

an.« Er lächelte, als sie ihre Augen wieder öffnete. »Es war bestimmt nicht seine Absicht, aber Max hat mir selbst gesagt, dass rein gar nichts zwischen euch gewesen ist.«

»Nicht?«

Die Erleichterung, die sich auf Nikes Gesicht widerspiegelte, war so unbeschreiblich groß, dass Milo schmunzeln musste.

»Nein. Es wäre mir zwar nicht egal gewesen, schon allein, weil es furchtbar ist, was er mit diesen Filmen und Fotos bei dir ausgelöst hat. Aber egal, was gewesen ist, ich will mit dir zusammen sein. So viel Macht darf niemand über uns haben. Wer weiß schon, was in Zukunft passiert?«

Sie lächelte.

Yesterday is history, tomorrow is mystery, today is a gift, that's why it's called the present. Coach Smith war allgegenwärtig. Er musste ihm unbedingt in den nächsten Tagen einmal schreiben.

»Lass uns einfach von vorne anfangen, ja? Ohne Geheimnisse und ohne Lügen, in Ordnung?«

»Versprochen.« Er hätte ewig so stehen bleiben können. Es war schon verrückt: vor ein paar Wochen hätte er am liebsten seine Sachen gepackt und wäre nach Namibia zurückgekehrt. Er war einsam, verzweifelt und unglücklich gewesen und davon überzeugt, dass sich daran nie wieder etwas ändern würde.

Und jetzt stand er inmitten von diesen Menschen, die nur wegen ihm gekommen waren. Gut, eher wegen Vincent natürlich, aber im Grunde war es egal, um wen es dabei ging. Die Idee dahinter zählte.

Sein Leben hier hatte eine Kehrtwendung gemacht, mit der

er selbst am allerwenigsten gerechnet hätte. Es hatte definitiv eine zweite Chance verdient.

Anstatt Deutschrap schallte nun eine Playlist durch den Wald, die Milo mehr als bekannt vorkam. »Bad Moon Rising« sangen Creedence Clearwater Revival und die Menschen auf der Lichtung begannen zu tanzen, als wäre dies eine ganz normale Party an einem ganz normalen Freitag. Nach einer Weile wechselte die Playlist zu Tschaikowsky und der Ouvertüre 1812. Die Musik, die V während der Sprengung der Westminster Abbey spielte. Milo hätte beinahe gelacht, als ein Feuerwerk den Himmel erhellte. Es schienen noch mehr Leute »V wie Vendetta« gesehen zu haben, als er je für möglich gehalten hätte. Perfektes Timing: Es war beinahe der fünfte November. Die Bonfire Night. Besser hätte V es nicht inszenieren können.

Ein Feuerwerk war hier im Wald zwar vermutlich nicht erlaubt, aber es hatte tagelang geregnet und es konnte nichts passieren. Außerdem war es trotzdem – oder vielleicht gerade deshalb – wunderschön.

»Das mit dem Feuerwerk und der Musik war übrigens Walters Idee«, sagte Nike und schmiegte sich in Milos Arm. Er zog sie noch ein wenig näher an sich. Walter also. Unglaublich.

Milo war immer noch einigermaßen fassungslos darüber, was ihm dieser Freitag, diese Wochen und überhaupt sein Leben hier bescherte. Und all den anderen, die hier mit ihm standen und das Feuerwerk bewunderten.

»Danke«, flüsterte er und sog tief Nikes Duft, gemischt mit Wald, Feuer und Glück ein. »Danke. Und noch viel wichtiger: Ich liebe dich.« Als sie ihm ihr Gesicht zuwandte, fühlte es sich an, als bliebe die Welt für ein paar Sekunden stehen, als wären all die Leute nicht da und sie alle nicht gerade aus einer wirklich gefährlichen Situation in letzter Sekunde gerettet worden. In Milo explodierten Erleichterung und Liebe zu seinem ganz eigenen funkelnden Feuerwerk aus Glück, während er die Augen schloss und Nike endlich und voller Hingabe küsste.

Als Milo später langsam am Feuer und all den fröhlichen Menschen vorbeiging, von denen er ein paar zwar kannte, aber die meisten noch nie gesehen hatte, durchströmte ein unglaubliches Glücksgefühl seinen Körper. Das hier war gut – und es war aus einer simplen Idee entstanden. Auch wenn er den Kanal zumindest am Anfang nur für sich betrieben hatte und ihn ein paar Mal zwischendurch vor lauter Zweifel und Schmerz beinahe gelöscht hätte, war es doch das Beste, was ihm je eingefallen war. V hatte es einfach schon immer gewusst: *Ein Mensch konnte versagen. Er konnte gefangen werden. Er konnte getötet und vergessen werden. Aber 400 Jahre später konnte eine Idee immer noch die Welt verändern.*

Während Milo sich seiner Familie näherte, die immer noch am Rand des Feuers zusammenstand, breitete sein Vater die Arme aus, als warte er nur darauf, dass Milo sich eine Umarmung abholen käme. In seinem Gesicht spiegelte sich die gleiche Mischung aus Angst, Verwirrung und Stolz wider, die vermutlich in seinem eigenen sichtbar war.

Sobald Milo nah genug war, zog sein Vater ihn an sich und drückte ihn so fest, als wolle er ihn nie wieder loslassen.

»Du bist nicht allein, Milo!«, sagte er. Laut und deutlich.

Carl hob den Kopf von der Schulter ihrer Mutter und legte ebenfalls seinen Arm um ihn. Nun standen alle vier in einer einzigen festen Umarmung ganz eng zusammen. Schulter an Schulter. Kopf an Kopf.

»Wir«, erwiderte Milo. »Es muss heißen: *Wir* sind nicht allein.«

DANKE

Eine Geschichte wie diese kann man nur erzählen, wenn man Dinge erlebt hat, die man sich selbst und/oder seinen Kindern, Freunden und Geschwistern gerne erspart hätte. Aber im Leben scheint es nicht immer darum zu gehen, was man sich wünscht, und deshalb gibt es Momente, in denen man sich in Situationen wiederfindet, aus denen es keinen Ausweg zu geben scheint. An dessen Ende keine Party mit Freunden steht und man sich nicht vorstellen kann, dass es überhaupt ein Ende gibt. Dann kostet es unglaubliche Kraft, morgens aufzustehen und sich all dem zu stellen, was einem so willkürlich angetan wird. Ja, ich kenne das. Glücklicherweise ist es schon sehr viele Jahre her und die Erinnerung an diese Jahre ist ein wenig verblasst. Verschwinden wird sie nie.

Dementsprechend berührt mich dieses Thema auch besonders.

Warum es mich damals getroffen hat? Nun, ich denke, es gibt genügend Gründe, von denen jeder einzelne eigentlich keiner ist. Manchmal reicht vielleicht ein exotischer Vorname, um ein Außenseiter zu werden. Eine falsche Reaktion auf einen vermeintlichen »Spaß« oder ein Mitschüler, der es darauf angelegt hat. Vielleicht war ich zu groß, zu dick, zu dünn, zu hübsch, zu hässlich, zu … egal was. Wenn ein Grund gefunden werden muss, findet man einen. Seitdem ich erwachsen bin und Mutter von vier wundervollen Kindern, weiß ich, dass Neid oft genug der Antrieb ist. Der Neid darauf, dass jemand besonders ist.

Ich dachte, ich sei die Einzige, der so etwas passiert, und irgendwie selbst schuld daran. Ich hätte damals alles dafür gegeben, einfach nur so zu sein wie alle anderen. Unsichtbar. Ein Teil der Masse. Dass es mir nicht gelang, schien Rechtfertigung genug.

Hätte es damals schon YouTube, »V wie Vincent« und all die Kommentare von Menschen gegeben, denen es ähnlich ging, es wäre eine Offenbarung für mich gewesen.

An meiner Seite war – niemand.

Mobbing war damals und auf dem Land, wo ich in die Schule ging, noch kein Thema. Noch nicht einmal das Wort war bekannt.

Ich hatte Angst, in die Schule zu gehen. Von der Schule nach Hause. Und ich begann, die Ablehnung meiner Klassenkameraden zu verstehen. Schließlich lehnte ich mich selbst ab.

Also: Ist die Geschichte wahr oder ist sie es nicht? Die Antwort ist einfach: Ja. Und nein. ☺ Aber vielleicht wäre eine Seite wie »V wie Vincent« ja wirklich eine gute Idee?

Wie sagt der kluge Coach Smith immer? *Wenn sich nichts ändert, ändert sich nichts.* Und man muss etwas beginnen, um es zu beenden. Also los: Worauf wartet ihr noch?

Als ich viele Jahre später begonnen habe, dieses Buch zu schreiben und darüber zu sprechen, haben mir so viele Menschen, bei denen ich es niemals für möglich gehalten hätte, von ihren eigenen Erfahrungen erzählt und ich bin extrem hellhörig geworden, wenn es irgendwo in den Medien um Mobbing ging. Eines ist mir dabei aufgefallen: Gerade diejenigen, die mich am meisten beeindrucken, die stolzen, klugen, wissbegierigen Frauen und die feinfühligen, interessierten und besonderen Männer haben sehr oft in ihrer Kindheit oder Jugend Ausgrenzung und Ablehnung erfahren. Menschen, bei denen wir es nie für möglich halten würden. Jeder einzelne sagt, dass sie nach wie vor den Grund nicht kennen. Ich sage: Neid.

Was ich aber vor allem sagen will: Wenn wir hinschauen und auch unseren Kindern beibringen, hinzusehen, Verantwortung zu übernehmen und füreinander einzustehen, dann haben wir viel getan. Für jetzt – und für später. Denn mutige, verantwortungsvolle, starke Jugendliche und ebensolche Erwachsene brauchen wir alle. Dringender denn je.

Danke also der großartigen Silke Kramer von Planet! Dafür, dass ich dieses Buch schreiben durfte und vielleicht damit etwas bewegen kann. Liebe Franzi, deine Begeisterung war und ist mitreißend und auch wenn du gerade das allerschönste Projekt betreust, bin ich froh, dass du trotzdem Teil von diesem hier bist. <3

Vielen Dank Larissa Rupp, für das aufmerksame und inspirierende Lektorat und dafür, dass du so überzeugt von Milo und seiner Geschichte bist. Die Idee mit dem extra Kapitel war außerdem der Hammer! DANKE, DANKE, DANKE! Ihr seid toll und mit euch allen zu arbeiten ist eine Freude.

Meiner Agentin und Freundin Anja Koeseling für die Motivation und den Glauben an dieses Projekt – und an mich! Du machst meine Bücher, Geschichten und Ideen so viel besser!

Danke dir, Jana Lukaschek, fürs Testlesen. Deine Meinung und unsere Freundschaft bedeutet mir sehr viel. Du bist ein absolutes Adlerauge, ein Logikfuchs und findest ALLES! Großartig!

Leonie Lastella, dito! Und Louis: Wir glauben alle an dich!

Danke Dir, Gabriella di Stefano, für deine wertvollen Tipps und deine gute Beobachtung! Das war toll!

Ich danke meinen Kindern Paulina, Maria, Lilli und William dafür, dass ihr so mutig, ehrlich, empathisch und loyal seid. Ihr seid toll – genau so, wie ihr seid. Ich bin unendlich stolz auf euch!

Meinen Freundinnen Tita, Dagmar, Andrea, die mich schon so viele Jahrzehnte begleiten, danke ich für ihre Einzigartigkeit und ihr großes Herz. Dass ihr da seid und auch in schwierigen Zeiten bleibt, ist so ein kostbares Geschenk. Arleen, Schwester: Wo warst du nur so lange? ☺

Und Zeljka: Du bist toll! Lass dir von niemandem etwas anderes erzählen! Oliver, danke für das schöne Wissen, dass du ein echter Freund bist.

Das Gefühl, dass ihr an meiner Seite seid und bleibt, was auch immer geschieht, ist unbeschreiblich. Dafür bin ich unendlich dankbar.

Ganz besonders aber danke ich denjenigen, die anderen beistehen, ohne dabei zu überlegen, ob es sich lohnt oder irgendwelche Folgen für sie haben könnte.

Mein größter Dank gilt den großartigen Lehrern wie Sven Ertel in dieser Geschichte, die nicht wegschauen. Den Schulleitern, die sich einsetzen, die Verantwortung übernehmen, den Schülern zuhören und ihnen glauben. Auch das habe ich erlebt und es war ein Geschenk.

Dem »richtigen« Sven Ertel, der mich während der Entstehung dieses Buches auf seine Weise gerettet hat. Das war wirklich »tiptop«! ☺

Und last but not least: Ich danke euch dafür, dass ihr dieses Buch gelesen und mit Milo mitgefühlt habt. Manche von euch haben vielleicht schon Ähnliches erlebt. Besonders euch, aber auch denjenigen, die dabei auf der anderen Seite standen, möchte ich sagen, was Coach Smith so gerne sagt:

Wenn sich nichts ändert, ändert sich nichts. Ihr habt es in der Hand. In jedem von euch steckt ein Held. Traut euch, einer zu sein!

Und wenn ihr euch einsam oder unverstanden fühlt, eure Welt dunkel ist und ihr verzweifelt seid, denkt immer daran: Ihr seid nicht allein!

Alles Liebe,
Lucinde

#Vwievincent #mutigundwahr #dubistnichtallein

V wie Vendetta

(Achtung: Spoileralarm!)

V ist ein Film, der 2006 erschienen ist und viele Preise erhielt. Die Idee dazu stammt aus den Comics von Alan Moore und David Lloyd, deren Geschichte allerdings in den 1990ern spielt, während die Handlung des Filmes zwischen 2028 bis 2030 angelegt ist.

V ist ein Freiheitskämpfer, der zwei unterschiedliche Gründe für seine Rache hat. Zum einen wurde er selbst vom Staat gefoltert, zum anderen will er die korrupten Machenschaften des autoritären und faschistischen Staatsoberhauptes Adam Sutler aufdecken, einen politischen Umsturz herbeiführen und somit die Unterdrückung des Volkes beenden.

Übrigens: Vendetta ist der italienische Begriff für Blutrache.

Sutlers Macht beruht darauf, dass er mit einem Virus, das er selbst in Umlauf gebracht, Hunderttausende getötet und so für Angst und Schrecken gesorgt hat, das Volk regelrecht erpresst, ihn zu wählen, weil er verspricht, Sicherheit und Ordnung wiederherzustellen.

V beginnt nach und nach, Männer der Führung zu töten, wobei er eine Guy-Fawkes-Maske trägt. Zuerst geht man davon aus, dass er diese Maske trägt, um unerkannt zu bleiben. Im Verlauf des Filmes wird allerdings klar, dass er es auch noch aus einem anderen Grund tut: Sein Gesicht wurde bei Experimenten völlig verätzt, die der Staat an Menschen durchgeführt hatte, die nicht ins System passten. Seine »Opfer« sind nun allesamt hohe Minister, die früher Teil dieses »Experiments« waren.

Bei einem seiner Racheaktionen fällt ihm Evey (gespielt von Natalie Portman) in die Hände, die er aus den Fängen von patrouillierenden Wachen befreit. Er nimmt sie mit in sein Versteck.

So. Mehr möchte ich nicht erzählen, denn vielleicht will sich der eine oder andere von euch den Film ja wirklich selbst ansehen. Möglicherweise begegnen euch ja auch sogar ein paar von V's Zitaten?

Der Film ist übrigens frei ab sechzehn. Und ja: Es kommt Gewalt darin vor. Das muss man einfach wissen. Also, bitte: Schaut ihn nicht heimlich und alleine an, sondern fragt eure Eltern vorher. Wenn sie mitschauen, umso besser.

Guy Fawkes wurde am 13.4.1570 in York (England) geboren und starb 1606 in London. Fawkes war katholischer Offizier und Gegner des Königs Jakob I. Er versuchte am 5. November 1605 ein Sprengstoffattentat auf König Jakob I., das englische Parlament wurde aber verraten und scheiterte. Guy Fawkes sollte gehängt werden, tötete sich aber kurz vor der Hinrichtung selbst, indem er vom Galgenpodest sprang. An vielen Orten in England (und auch an anderen Orten der Welt) wird jährlich am 5. November dem Scheitern des sogenannten »Gunpowder-Plots«, also der Pulververschwörung, gedacht und die sogenannte »Bonfire Night« mit Feuerwerken und Fackeln veranstaltet.

Die Maske stammt aus der Feder des Comic-Zeichners David Lloyd und orientiert sich an Guy Fawkes tatsächlichem Aussehen. Lloyd ließ »V« im ursprünglichen Comic von Alan Moore mit dieser Verkleidung gegen die Missstände im Staat kämpfen. Mittlerweile wird die Maske aber auch oft von anderen Untergrundorganisationen wie der Hackergruppe »Anonymous« verwendet.

Nützliche Links für Betroffene und Interessierte:

https://www.klicksafe.de – die EU-Initiative für mehr Sicherheit im Netz

https://www.schau-hin.info, eine Initiative vom Bundesministerium für Familie, Senioren, Frauen und Jugend sowie DAS ERSTE, ZDF und TV-Spielfilm für ein sicheres Erleben von Medien

https://www.juuuport.de – eine Beratungsseite von Jugendlichen für Jugendliche – anonym

Für Lehrer:
www.thienemann-esslinger.de/unterrichtsmaterialien
Hier finden sich Anregungen und Methoden für den Unterricht, mit denen die Lektüre dieses Buchs begleitet und aufbereitet werden kann.

Zitate stammen aus dem Film *V wie Vendetta* (2005).

Hutzenlaub, Lucinde
Ich bin V wie Vincent
ISBN 978 3 522 50629 8

Umschlaggestaltung: Frauke Schneider
unter Verwendung von Bildern von shutterstock.com
Innentypografie: Kadja Gericke
Reproduktion: DIGIZWO GmbH, Stuttgart
Druck und Bindung: CPI Books GmbH, Leck

FSC www.fsc.org MIX Papier aus verantwortungsvollen Quellen FSC® C083411

Dieses Buch wurde vermittelt durch die Agentur SCRIPTZZ
www.scriptzz.de